KB153084

왕십리 온 단테 I
(Wangsimni on Dante)

— 『신곡』 읽기 길잡이 —

《천국 • 연옥편》

왕십리 온 단테 Ⅰ
(Wangsimni on Dante)

— 『신곡』 읽기 길잡이 —

《천국 • 연옥편》

김명복 지음

평민사

왕십리 온 단테 I
Wangsimni on Dante

차 례

『왕십리 온 단테』
발간 경위

2016년 4월, 벌써 5년이 흘렀다. 내가 운영하는 성동구 왕십리의 독서당고전교육원에서 김명복 교수의 단테 『신곡』 평설 강론이 출발하였다. 이 강연은 애당초 책 출간을 목표로 한 것이어서 책 제목을 『왕십리 온 단테』(Wangsimni on Dante)로 정하고 출발하였다. 영어로 'on'은 연구 대상에 대한 관심을 표시하지만, 우리말로 '온'은 '와 있는' 상태를 가리키기도 한다. 『신곡』에 대한 공동 관심사를 공유하고 단테를 모시고 왕십리에 모인 참석자는 김 교수와 가까운 영문학 전공자가 주축을 이루고, 고려대 병원장처럼 문학 전공이 아니면서도 상당한 수준의 지식을 지니고 있는 분들이 합세하였다. 연세대 국문과 박사인 양세라 씨는 내 소개로 오셔서 곧 분위기에 익숙해졌다. 강의 시작 전날 교육원에 『사기열전』을 들으러 오신 정명규 선생이 합세하기로 했는데, 이 분은 MBC TV 피디로서 〈세계문학기행 '명작의 고향'〉이란 1980년대 초 당시로서는 낯선 교양 프로를 제작하면서 단테 『신곡』의 현장에 대한 생생한 기억을 지닌 분이었다.

강의는 진지하게 진행되면서 김 교수 특유의 느리게 성찰하는 분위기에 이끌려가는 듯하다가도 문득 기억의 고삐가 풀린 참석자들의 독무대로 변하기 일쑤였다. 나도 시조나 한문 따위의 동양 지식을 과시하며 참견하였는데, 엉덩이에 구더기가 생기도록 외국문학을 공부한 김 교수를 국문학 소양이 부족하다고 핀잔주던 장면을 생각하면 모골이 송연할 지경이다. 김 교수는 특유의 미소를 지으며 우왕좌왕하는 강의실 구석에 앉아있었는데, 원고를 돌이켜보니 개개인들의 욕망에 휘둘리면서도 추구하는 한 방향이 뚜렷한 담소를 나름대로 새기며 다음 주제를 준비했던 것을 알 수 있다.

강의가 끝나면 왕십리의 음식점이나 술집에 가서 환담을 더 나누었는데, 교육원 근처의 펍 형태의 호프집은 이 모임이 아니었으면 모르고 지나쳤을 수도 있었다. 강의는 8월까지 매주 지속되어 「천국」 14편의 평설이 마련되었다. 끝판에 김 교수의 필력이 달려가는 것을 느꼈지만 깊이 살피지 못한 불찰을 저지르고 말았다. 기관지인 『독서당고전교육』 제2집부터 원고를 싣는 혜택을 누리면서도 김 교수께 상응하는 접대를 못해 드린 자책감이 남아있다. 김 교수가 헐렁한 성품은 아닌데, 내게 편하게 대해준 것은 일리노이대학에서 공부할 때 나의 은사가 같이 지내셨기 때문일까, 자문이나 하고 있는 형편이다.

강연자는 한 구석에 비켜 세우고 수강자들이 독판을 치던 광경은 지금도 기억하자면 미소를 자아내게 하지만, 정명규 선생이 정색을 하고 피렌체나 라벤나의 정경을 되살려냄으로써 다시 진지한 상태로

돌아갔던 기억이 잇따르면서 책으로만 아는 추상적인 지식의 빈곤함을 새삼 깨닫게 된다. 정명규 선생의 해설을 대신한 다큐멘터리 큐시트를 2권 「지옥」편 마지막에 인용한 것은 정 선생이 깨우쳐준 어둠과 빛의 선명한 대조를 통한 『신곡』의 구조 파악을 기대하기 때문이다. 그는 세계의 문학 발상지를 돌아본 경험에 의한 특별한 공간감각을 지니고 있어서 세계문학의 전체상을 그려내는 작업에 적절한 자질이 있다고 생각한다.

김 교수는 매일 일찍 연구실에 나와서 저녁 늦게야 집에 돌아가는 근실함 속에서도 영화·음악 등의 다양한 자료를 섭렵하는 한편, 한글의 우수성에 대한 깊은 관심을 가지고 논문을 발표하기도 하였다. 몸이 불편해지면서 서두르게 된 『신곡』 평설 원고도 김 교수가 자료를 넘기기 전까지는 「천국」편만 되어있는 줄 알고 있었는데, 놀랍게도 전편 평설의 원고를 써 놓아서 책을 몇 권으로 할 것이냐는 작은 고민까지 안겨주기도 했다.

김 교수가 주도하는 영문과 동기들의 카톡방에서 2020년 12월부터 2021년 2월까지 석 달 동안 노벨문학상 수상자인 루이즈 글뤽의 시를 번역하고 해석하는 작업이 이루어졌는데, 모두들 관심을 가지고 하나의 대상에 몰입하는 아름다운 정경을 보여주는 가운데에 특히 강석원 씨가 퇴직 여가에 익힌 사진 솜씨를 보여주어 곁에서 즐거운 시간을 보낼 수 있었는데, 판권 문제로 출간이 어렵다는 말을 듣고 얼마나 실망했는지 모른다.

　김 교수가 자유롭게 활동하지 못하는 조건 속에서 이정옥 평민사 사장의 호의로 조속히 발간되는 이 책의 유포와 홍보에 정명규 선생의 비디오 시청을 비롯한 강연이 톡톡히 역할을 할 것으로 기대한다. 또한 원주 동료인 임성래 교수의 헌신적인 교열 작업이 이 책의 출간을 뒷받침하고 있어서 걱정을 놓게 하니 출간이 순조롭게 진행되는 흐뭇함을 참여자들과 나누는 작은 기쁨도 있음을 다행으로 여긴다. 지켜보는 김 교수가 흡족해 하는 결과가 빚어지도록 불찰과 무심의 부채를 지고 있는 내가 힘닿는 대로 앞장 서 보려는 생각을 지니고 있다.

　2021년 꽃 피는 사월에,
　독서당고전교육원 원장 윤덕진 삼가 씀.

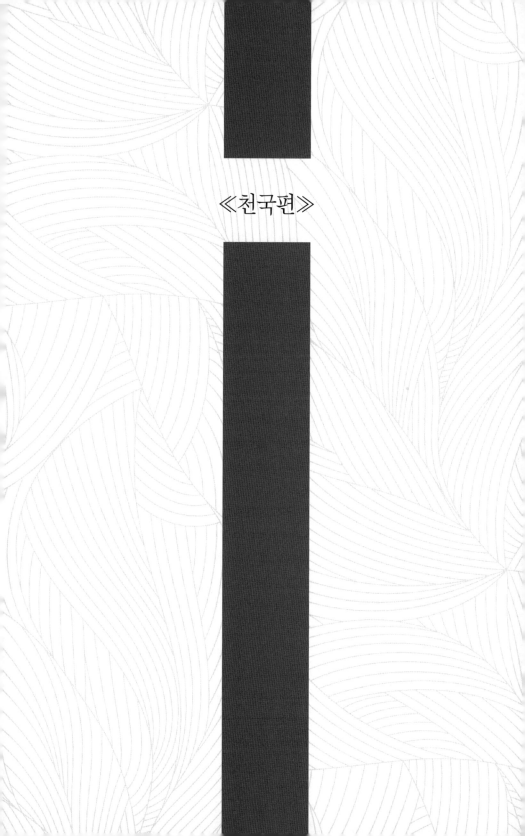

≪천국편≫

I

"위대하고 독창적인 작가라면 누구나, 자신의 위대성과 독창성과 비례하여, 독자들이 자신의 작품을 스스로 감상할 수 있도록 작품 속에 자신의 감상 기준을 말해주어야 합니다. 다시 말해, 독자들이 그 작가를 이해할 수 있도록 작품 속에서 작가는 독자들을 교육시켜야 합니다."

이 글은 워즈워드(Wordsworth : 1770-1850)가 1807년 레이디 보몬트(Lady Beaumont)에게 보낸 편지의 내용입니다. 편지의 내용을 자세히 읽어보면 워즈워드 본인이 말한 것이 아니라, 그의 친구 콜리지(Coleridge)가 그녀에게 말한 내용을 상기시키는 내용입니다. 위대한 시인이란 독자를 위대하게 만들 수 있는 사람입니다. 그래서 그 작가가 위대하다고 할 수 있습니다. 작가가 독자를 창출해야 합니다.

예수의 제자들이 예수라는 훌륭한 선생을 만나 위대한 제자들이 되었습니다. 훌륭한 선생을 만난 행운아들이었던, 신약의 12사도들이 그렇게 위대한 삶을 살아 위대한 사람들이 된 것은, 그들이 예수의 위대한 꿈에 동참하여서입니다. 작은 꿈에 동참하면 작은 사람이 되고, 위대한 꿈에 동참하면 위대한 사람이 됩니다. 우리가 생각하는 우리가 바로 우리가 됩니다. 우리가 우리의 내면을 위대한 꿈으로 가득 채우면, 그때 우리는 위대한 우리가 됩니다. 작은 책이 작은 사람을 만들고, 큰 책이 큰 사람을 만듭니다. 작은 책은 작은 꿈이고 작은 기억이고, 큰 책은 큰 꿈이고 큰 기억이기 때문입니다. 물론 우리는 작은 책에서 작은 우리를 발견할 수 있습니다. 그러나 작은 사람을 만나면 우리는 작은 사람이 되고, 큰 사람을 만나면 우리는 큰 사람이 됩니다. 만남은 우리의 경험이고 과거이고, 만남의 경험과 과거가 바로 우리이기 때문입니다. 어찌 되었든 과거가 우리입니다. 내 모습이 바로 과거입니다. 기억입니다. 우리에게 과거가 없다면 우리도 없습니다. 기억이 우리를 만듭니다. 기억이 없다면 우리도 없습니다. 책은 기억이고, 기억을 찾는 것은 우리를 찾는 일입니다. 우리가 책을 읽는 것은 바로 우리를 찾는 일입니다.

왜 단테입니까? 꼭 단테이어야만 합니까?

지난 수십 년 사이 의학의 발전과 건강관리의 세심함으로 인간 수명이 길어져 보통 90세 이상이 되어야 저 세상을 맛볼 수 있게 되었습니다. 현재 우리가 유산으로 물려받은 문학 작품들은 모두 인간 수명이 그리 길지 않았을 때 쓰인 작품들입니다. 인간 수명이 짧았을 때와 길어졌을 때의 삶의 모습이 달라졌듯이, 작품 속 인물들의 모습도 다릅니다. 사건의 속도가 빠르고 사건의 결과도 미성숙한 상태에서 끝납니다. 주인공들이 결혼하면 이야기는 끝입니다. 수명이 짧아 곧 주인공들이 아이 낳고 얼마 살지 못하고 죽습니다. 그래서 우리가 읽을 만한 좋은 문학작품들로 분류되는 많은 문학작품들의 내용들이 너무 젊습니다. 작품의 내용이 노인층이 읽을거리가 아닙니다. 그 작품들 가운데에, 작가가 죽을 때까지 붙잡고 쓰다가 사후에 출판된 작품들이 있습니다. 이런 작품들은 노인들이 읽을 만합니다. 독자층을 고려하여 이들 작품들을 실버문학(Silver Literature)이라고 부르는 것이 좋겠습니다. 예를 들어 단테(Dante)의 『신곡』(Divine Comedy)이나 초서(Chaucer)의 『캔터베리 이야기』(Canterbury Tales), 밀턴(Milton)의 『실낙원』(Paradise Lost), 셰익스피어(Shakespeare)가 말년에 쓴 희곡 『태풍』(The Tempest)과 조이스(Joyce)의 『피네간스 웨이크』(Finnegans Wake), 그리고 박경리의 『토지』 5부 등이 대표적인 실버문학으로 분류될 수 있습니다.

인간은 태어나자마자 평생 죽음이란 불치의 병을 앓으며 조금씩 죽어갑니다. 우리는 살아가는 만큼 죽음에 더 가까이 다가갑니다. 직장에서 정년퇴직이 가까워 퇴직 이후의 삶을 준비하듯이, 노인은 사후를 준비해야 합니다. 사후에 대하여 꿈꾸어야 합니다. 우리가 꿈꾸지 못하면, 우리를 대신하여 이전에 꿈꾸었던 사람들의 이야기를 들어야 합니다. 그들의 이야기를 통하여 우리의 꿈을 준비하여야 합니다. 실버문학으로 단연 독보적인 작품이 있다면, 그것은 단테의 『신곡』이라 할 수 있습니다. 그 작품은 사후의 세계가 내용이기 때문입니다. 인간이 영원불멸하다면 우리는 사후에 어떠한 모습을 갖겠습니까? 단테는 사후의 우리의 모습들을 시로 써놓았습니다. 우리도 단테와 같이 사후의 세계를 준비해야 합니다. 영국 낭만주의 시인 블레이크(William Blake)는 "바보와 현자는 같은 사물을 다르게 바라본다"라고 했습니다. 인류의 역사가 시작되고 누구나 사과가 나무에서 떨어지는 것을 바라보았습니다. 그러나 뉴턴은 만유인력을 생각해냈습니다. 하나님은 무엇 하나 똑같이 창조하지 않으셨습니다. 같다면 그곳에 폭력이 있습니다. 모두가 다릅니다.

1

"일반 대중이 위대한 시인의 작품을 읽기는 어렵습니다. 위대한 시인만이 위대한 시 작품을 읽을 수 있습니다. 일반 대중은 별들을 바라보듯이 작품을 읽습니다. 점성술사가 점을 치듯이 시들을 읽습니다(남들이 다 알고 있는 방식으로 시들을 읽습니다). 대중은 천문학자가 별들을 읽듯이, 시작품을 읽지 않습니다(천문학자들은 별들을 직접 보고, 자신의 방식으로 별들을 읽습니다). 물건을 계산하거나, 물건을 팔고 살 때 속지 않기 위해 숫자 계산하는 법을 배우듯이, 대부분의 사람들은 작은 편리함을 추구하려고 책 읽는 방법을 배웁니다. 대중들은 고도의 지적 훈련을 쌓기 위한 독서방식에 대하여는 아는 바가 없거나 아니 전혀 없습니다.

그러나 진정한 의미의 독서를 사치품 정도로 생각하지 맙시다. 그보다 더 멋지게 사용할 수도 있는 우리의 귀하고 귀한 독서 능력을 졸면서 사용하지 말아야 합니다. 우리는 책을 읽기 위해 자리에서 벌떡 일어나 발가락의 앞 끝으로 서서 책을 읽어야 합니다(책 읽는 것이 너무나 좋아서 어찌할 줄 몰라 하는 모양으로, 영국 낭만주의 시인 키이츠(John Keats)의 시에서 화자는, 언덕에 올라 달을 바라보는데, 달이 너무 예쁘고 좋아 가만히 있을 수 없어, 조금이라도 더 달 가까이 가려고 발끝을 세우고 달을 바라봅니다). 우리는 정신이 가장 맑고 총기가 가장 번뜩이는 시간대에 독서 시간을 할당해야 합니다."

–Henry David Thoreau, 'Reading', 『Walden』.

가장 훌륭한 독서는 에로틱(Erotic)합니다. 좋은 책은 우리의 5감각을 모두 열어 놓고 읽어야 읽힙니다. 그것도 모자라 6감각인 상상력까지 동원해야 합니다. 그런 책을 읽다가 보면 우리는 온몸에 전율이 일어나, 그 자리에 가만히 앉아 있을 수 없어 방안을 서성이어야 합니다. 글은 빛을 찾아 어둠을 서성거리는 방랑자입니다. 방랑의 깊이가 글의 깊이입니다. 그렇게 책이란 작가의 불면증이 낳은 사생아입니다. 잠자지 않는 자만이 글을 쓸 수 있습니다. 대낮에도 어둠속에 있을 수 있는 자가 글을 씁니다. 그래서 글 속이 그렇게 어두운 것입니다.

아! 새벽이 오기 전이 가장 어둡습니다. 단테는 어두운 밤을 살았던 시인입니다. 그는 어둠 속에서 빛을 보았습니다. 눈을 감고 마음의 눈으로 바라보지 않으면 볼 수 없는 진리를 보았습니다. 사실 볼 수 없는 곳에서 보이는 것이 진리입니다. 책이 매우 에로틱한 이유입니다. 책이 에로틱하지 않다면 독서가 에로틱할 이유가 없습니다. 모든 글귀가 긴장하여 조금이라도 건드리면 파르르 떱니다. 훌륭한 독서와 멋진 바이올린 연주가 동의어인 까닭입니다. 그런 독서는 거짓을 벗어던지고 빛의 순수함으로 있게 합니다.

단테가 하나님을 만나기 이전 그는 빛의 세례를 받습니다. 빛에 익숙해지지 않으면 그는 진리의 빛인 하나님을 만날 수 없습니다. 우리는 사후 세계의 빛에 익숙해져야 합니다. 그렇지 않으면 어둠에 있게 됩니다. 빛에 익숙한 사람은 빛을 찾고 어둠에 익숙한 사람은 어둠을 찾습니다. 천국에 익숙하지 않은 사람은 천국이 지옥일 수 있습니다. 너무 어두워 아무것도 보이지 않아 알 수 없다고 말합니다. 진리를 찾는 일은 빛 속에서 어둠을 찾고 어둠 속에서 빛을 찾는 일입니다. 신비함입니다. 그러니 우리는 모두 그런 신비함을 갈구해야 합니다. 인생의 신비함을 버리고 진부함으로 인생을 바꾸어 살아갈 이유가 없습니다. 성인들은 모두 지상에서 살아갈 때 하나님을 만나는 신비를 경험했습니다. 그래서 성인입니다. 그리고 그들은 모두 천국의 하나님 곁에 있습니다. 지상에서 하나님을 만나는 신비를 경험하지 못하면, 사후에 천국에 가도 하나님이 있는 제10천국에 갈 수 없습니다. 왜냐하면 그곳에 가더라도 그곳이 익숙하지 않으면, 그곳이 천국일 수 없습니다. 이곳 지상에서 우리는 천국의 빛에 익숙해야 합니다. 그것이 단테의 『신곡』 「천국」편을 읽어야 하는 이유입니다.

열 번째 하늘 '최고 천계'(Empyreal)에서 단테는 하나님을 봅니다. 그리고 『신곡』이 끝납니다. 그 천국의 마지막 장소의 내용은 「천국」

의 캔토 30-33에 실려 있습니다. 단테가 하나님을 만나기 바로 전 베아트리체는 단테를 성 베르나르에게 인도하고, 자신은 천사들의 무리들에 합류합니다. 다음은 베르나르에게 단테가 인도되기 전까지 캔토 30-32의 이야기입니다. 캔토 30에서 최고 천계의 빛은 '순수한 빛, 사랑으로 가득한 지성의 빛, 기쁨으로 가득한 선함의 사랑, 모든 즐거움을 능가하는 기쁨'을 말합니다. 두 강둑 사이로, 봄날의 기적으로 가득한 광채를 쏟아 붓는 강물의 빛이 폭포가 되고, 그 빛은 또 살아있는 불꽃으로 강으로부터 쏟아져 나와 양쪽 강둑 위로 만발한 꽃들 위로 내려앉습니다. 꽃들은 황금 속에 박힌 루비들과 같습니다. 이번엔 향기에 취한 듯이 불꽃들이 꽃들로부터 나와, 다시 기적의 강물로 뛰어 들면, 이번엔 다른 불꽃들이 강물로부터 튀어나옵니다. 단테는 이 빛의 강물에 자신의 눈을 적십니다. 그 강물의 빛으로 평화를 얻는 자만이 하나님을 볼 수 있습니다. 이제 그 빛이 넓게 원을 그리며 퍼져나가, 태양을 감싸고도 남을 거대한 띠로 원을 만듭니다. 이 모든 빛은 최초 동인의 정상 위에서 반사되어 만들어진 빛입니다.

아홉 번째 하늘인 '최초 동인'(Primum Mobile)은 바로 이 빛으로부터 그 생명과 그 능력을 부여받습니다. 그 빛 위로 층층이 층들이 빙 둘려 하얀 천상의 장미(Celestial Rose)가 만들어집니다. 층층이 넓혀져 올라가며, 영원한 봄을 만들어내고 있는 하나님께 찬양의 향기를 내뿜는 영원한 장미의 그 노란 빛 속으로, 베아트리체(Beatrice)가 단테를 이끌고 들어갑니다. 흰 장미를 형성하고 있는 흰옷 입은 무리들 말고, 또 다른 무리들이 벌떼같이 하나님의 영광을 노래하며 날아올라 장미꽃 속으로 내려갔다가, 그들의 사랑이 영원히 머무는 곳으로

최초 동인

다시 올라갑니다. 그들의 얼굴은 모두 살아있는 불꽃이 되고, 그들의 날개는 황금이 되고, 그 나머지는 하얀 빛입니다. 단테는 중간지점에서 날개를 펴고 축제를 즐기고 있는 수천 명 이상의 천사들을 바라봅니다.

다음은 『신곡』 「천국」편 마지막 캔토인 캔토33을 시작하는 성 베르나르(St. Bernard)의 기도입니다. 베르나르는 단테가 하나님을 만날 수 있도록 도와달라고 성모 마리아에게 부탁의 기도를 합니다.

"동정녀 어머니, 성자의 딸, 어떤 피조물보다 낮으시고 또한 높으시며, 천국 말씀 듣고자 하는 자들, 확고한 목표점 되시는 분, 창조주가 몸소 그 자신 피조물 되기 주저하지 않았던 인간본질을 드높이신 분. 태중에 사랑을 키우셨으니, 그 사랑의 온기로 영원한 평화가 되는 이 꽃을 꽃피우셨도다. 천국에서 정오에 타오르는 횃불(태양)이시고, 자애이시고, 지상의 인간들에게는 소망을 살려내시는 샘물이시다. 성녀시여, 당신은 위대하시고 능력 있으신 분이시도다. 은총을 바라면서도 당신에게 기도하지 않는 어리석은 자는, 날개 없이 하늘로 날아오르려 하는 것과 같도다. 당신은 사랑과 친절함으로, 기도하는 자의 부탁을 모두 들어주실 뿐 아니라, 늘 우리가 당신께 부탁하기를 바라시도다. 우리에게 자비를 베푸시고, 불쌍히 여기시고, 우리를 풍성하게 하신다. 모든 피조물이 선함에 이르도록 보살피신다(「천국」 캔토 33:1-21). 우주의 가장 밑바닥 지옥 구덩이로부터 이곳까지 오면서, 가는 곳마다 마주친 영혼들의 삶들 모두를 하나하나 모두 보았던 이 사람, 이제 가장 마지막 구원의 지점 향하여 더 높이 오르려 하오니, 은총으로 그곳에 이를 수 있도록 그에게 힘을 주소서. 이전에 나의 환상을 위해 내가 하였던 어떤 기도도, 그의 환상을 위한 지금의 나의 기도만큼 간절한 적 없었도다. 기도하오니, 나의 기도가 부족함이 없게 하소서. 당신의 기도로, 영원하지 못한 그의 모든 부분 부분들 모두 제거하시어, 그가 최상의 기쁨에 이르도록 도우소서. 성모님께 기도하오니, 당신은 하고자 하시면 하시지 못할 일 없으시니, 최상의 환상을 본 뒤에도 그가 늘 순결한 마음 갖게 하시고, 늘 그를 보호하시어, 그의 인간적인 충동들을 제어하게 도와주소서. 내가 기도할 때 베아트리체와 많은 축복받은 자들이 그들의 손들을 모으고 기도하는 것도, 성모여, 기억하소서."

단테가 사망한 후(1321) 1세기가 지나지 않아 영국의 시인들 가운데 영시의 아버지라고 불리는 초서(Geoffrey Chaucer : ?1340-1400)는 그가 죽을 때까지 붙잡고 썼던 그의 시 『캔터베리 이야기』(『The Canterbury Tales』) 가운데 「두 번째 수녀의 서시」(「The Second Nun's Prologue」)에서, 위의 성 베르나르의 기도들 가운데 첫 1-22행까지의 내용을 근거로 29-84행에 이르는 시를 썼습니다. 초서는 이곳에서 장 드 비네(Jean de Vignay)의 『성인들 전기』(『Golden Legend』)로부터 성녀 세실리아(Cecilia)의 이야기를 가져다 쓰고 있습니다. 두 번째 수녀의 이야기가 시작되기 전, 화자는 서시에서 성모 마리아를 뮤즈(Muse)로 부르고 있습니다. 그 내용을 산문으로 번역하면 다음과 같습니다.

　"먼저 나는, 성 베르나르가 칭송의 글로 찬양했던, 모든 성녀들의 꽃, 성모 마리아를 부르겠습니다. 아파하는 자들을 위로하시는 성모시여, 당신의 성녀들 가운데 한 사람(St. Cecilia)이 죽음에 이르는 이야기를 쓰는 나를 도우소서. 후에 사람들이 그 이야기를 읽고, 그녀의 이야기를 통해 영원한 생명을 얻고, 죄악을 정복하는 승리자가 되게 하소서. 처녀시고 어머니시며, 성자의 딸, 자비의 샘이시고, 죄 많은 영혼들을 위로하시는 분, 선하신 하나님을 자신의 몸에 잉태하신 분, 모든 사람들 가운데 가장 낮으시고 가장 높으신 분, 인류의 주인이 되신 하나님이 살과 피로 성자의 옷을 입기 주저하시지 않고 당신 몸에 오셔서, 우리 인간들 위상을 지극히 높이신 분. 삼위일체 주인이 되시고 안내자 되신, 영원한 사랑과 평화의 주님, 땅과 바다와 하늘이 영원히 칭송의 노래를 부르는 그분이, 당신의 축복된 성전에 인자로 들어오셨도다. 흠이 없으신 성녀로 그 몸속에, 모든 창조물의 창조주 되신 분을 잉태하시고, 성녀로 남으셨도다. 성모와 함께 이제 그 영광이 자비와 선함을 하나되게 하신다. 최고이고 최상의 태양이신, 성모는 자신을 불러 기도하는 자에게 자비를 베풀어 도와주시고, 자주 친절함을 더해, 우리가 도움을 청하기도 전에 우리를 찾아와 주시어, 우리 인생의 치료사가 되신다. 자, 어두운 사막으로 추방당해 불쌍한 나를 도우소서. 겸손하여 축복받은 아름다운 성녀여. 개들도 주인의 식탁에서 떨어지는 부스러기는 먹는다고 말한 가나안 여인을 기억하소서.

이브의 불쌍한 아들로, 죄 많은 인간이지만, 나의 믿음을 받아주소서. 선한 일 하지 않는 믿음은 헛되오니, 가장 어두운 지옥에 떨어지지 않도록 저에게 일할 능력과 시간을 허락하소서. 오, 가장 아름답고 가장 은혜 많으신 성모여, '호산나' 찬양이 그치지 않는 가장 높은 곳에서 나를 보호하소서. 예수의 어머니, 성모의 어머니 앤(Anne)의 딸이여! 육욕으로 더렵혀지고, 세상의 욕망과 거짓 애정의 무게로 짓눌린, 나의 자유롭지 못한 영혼에 빛을 더해 밝혀주소서. 오, 피난처 하늘 되시고, 오, 슬퍼하고 고통 받는 자의 구원자 되시는 성모여, 나를 도우소서. 이제 나는 나의 일을 하려 합니다. 내가 쓴 글 읽는 독자여, 내가 솜씨 좋게 글 쓰지 못했다면 용서하시오. 나는 성인들의 이야기를 쓴 작가의 어투와 도덕을 빌렸습니다. 자, 성녀의 이야기를 들어보시고, 고칠 것 있다면 수정해 주시오."

II

"그러나 이제 나의 욕망(disio)과 의지(velle)는 고르게 돌아
가는 수레바퀴와 같이, 태양과 그 외의 별들을 움직이는 사랑
(amor)으로 돌아가고 있었다." - 「천국」 캔토 33 : 143-146

단테의 『신곡』 마지막 3행은 이렇게 끝납니다. 중세문학에
서 수레바퀴는 운명의 바퀴의 상징으로 많이 사용됩니다.
인간은 회전하는 수레바퀴에 매달려 위로 올라갈 때는 좋은 시절이
지만, 내려올 때는 불운한 시절이라는 상징이지요. 이 운명의 수레바
퀴가 만들어내는 불운과 행운이 '사랑'으로 균형을 맞추고 있습니다.
불운도 행운도 모두 하나님의 사랑이라는 말이지요. 그리고 나의 욕
망과 의지도 하나님의 사랑으로 균형감각을 유지하고 있다고 말합
니다. 지옥에 갇혀있는 영혼들은 지상에 살면서 잘못된 욕망을 가지
고 살아갔기 때문에, 그 잘못된 욕망이 빚어낸 그릇된 의지로 올바르
지 못한 행동을 해서 지옥에 있게 됩니다. 인간은 누구나 욕망이 있
습니다. 그 욕망의 정체(identity)가 바로 우리의 정체성을 만들어갑니

다. 그러니 올바른 욕망을 갖는 것이 매우 중요합니다. 자신의 욕망에 사로잡혀 빛을 찾아가는 사람이 있고, 어둠을 찾아가는 사람이 있습니다. 지옥은 어둠이고, 천국은 빛입니다. 그리고 하나님이 계신 곳은 어둠의 지옥과 반대되는 눈부신 빛으로 가득합니다. 사실 사랑의 뜻을 지닌 'eros'라는 단어는 욕망과 사랑의 뜻 둘 다 가지고 있습니다. 무엇을 욕망하느냐는 무엇을 사랑하느냐와 같은 의미입니다. 그러나 우리는 욕망이란 단어는 부정적인 의미로 사용하고, 사랑이란 단어는 긍정적 의미로 사용합니다. 높은 곳을 사랑하면 그리고 욕망하면 높은 곳에 이르고, 낮은 곳을 사랑하거나 욕망하면 낮은 곳에 이릅니다.

서양문학에서 12세기는 아서왕(King Arthur)의 원탁의 기사 이야기를 중심으로, 기사들의 사랑에 관련한 기사도 문학이 꽃 피웠던 시기입니다. 이들 작품에 나타난 사랑의 방식을 '중세 방식 사랑'이라 부르고, 1883년 프랑스 중세학자 가스통 파리스(Gaston Paris)가 명명한 '궁정식 사랑'(amour courtois)이라고 부르고, '기사도 사랑'이라고도 부릅니다. 남쪽 프랑스 프로방스 지방을 중심으로 서정시를 썼던 음유시인들(troubadours)이 처음 궁정식 사랑 기법으로 시를 썼고, 이 시풍이 프랑스 북부로 전파되어 서사 장르인 아서왕의 이야기를 만들어냈습니다.

그렇게 북부 음유시인들(Trouvères)은 프랑스 남부에서 시작한 궁정식 사랑기법을 '영웅들의 행적을 노래한 시'(chansons de geste)들에 사용하여 사랑과 관련한 서사작품들을 썼는데, 이들 문학작품들

덕택에 12세기를 기점으로 사랑이란 의미가 커다란 변화를 겪습니다. 궁정식 사랑은, 아마도, 귀족계급의 사랑놀이였겠지만, 기본적으로 불륜을 전제로 합니다. 아서왕 이야기에서, 기사 랜슬롯(Lancelot)이 아서왕의 아내인 왕비 귀니비어(Gunievere)를 사랑하는 것을 아서왕이 용인하는 것이 이상할 것이 없습니다. 그 궁정식 사랑은 연인으로 하여금 고상한 인품을 갖추게 하고, 애인을 통하여 초월적인 경험을 하게 합니다. 다른 형태의 사랑보다 궁정식 사랑을 독특하게 만드는 것은, 사랑으로 사랑하는 사람은 이전보다 더 훌륭한 사람으로 변한다는 점입니다.

그러한 사랑은 당시의 작품의 주제와 사회적인 이상으로, 유럽인들에게는 새로운 경험이었습니다. 현대의 낭만적 사랑도 많은 부분 그 궁정식 사랑의 개념에 근거하고 있습니다. 그리고 또한 궁정식 사랑은 여성에 대한 남성의 태도에 큰 변화를 가져오기도 했습니다. 이후 남성은 여성에게 존경을 품는 예의를 갖추게 되었습니다. 그리고 남녀평등 사상을 가져왔는데, 사회평등뿐 아니라, 궁정식 사랑의 규범에 따라, 서로 상대방의 가치를 인정하게 되었습니다(F.W. Locke, vi).* 무엇을 사랑하느냐가 매우 중요합니다. 사랑의 대상이 무엇이냐가 매우 중요합니다. 사실 『신곡』의 내용은 사랑의 대상의 잘못된 선택과 올바른 선택에 관한 이야기라고도 할 수 있습니다.

살아가다 보면 힘들 때가 있습니다. 그럴 때 컴퓨터 프로그램과 같

---

* 앞으로 인용 표시는 저자명과 인용처만 표시하고, 참고문헌은 각 장의 끝부분에 싣는다.

이 상위버전을 사용하여 하위버전을 덮어쓰기 하면 됩니다. 우리가 높고 낮고, 지옥과 천국을 이야기하고, 사멸과 불멸을 이야기하는 것도 지혜라는 생각이 듭니다. 현재를 극복할 해결책은 상위버전뿐입니다. 내가 이 자리에 있지 않았다면, 다른 더 훌륭한 사람이 내가 떡하니 가로막고 있는 이 자리를 지키고 있었을 수도 있습니다. 겸손하고 겸허해야 합니다. 정말 자랑할 것이 없습니다. 내가 선택한 남자와 여자도 마찬가지입니다. 내가 아닌 다른 더 좋은 사람을 선택하여 더 멋진 인생을 살 수도 있지 않을까요? 어느 사람을 억지로 만들어 어느 자리에 있게 하였다고 합시다. 더 훌륭한 사람이 그 자리에 있을 수도 있는데, 부족한 사람을 그 자리에 앉혀 놓은 것이 올바른 일인가요? 문제는 내가 지금 이 자리에서 이 학생들을 가르치지 않으면, 다른 사람이 나의 자리에서 나보다 더 좋은 교육을 학생들에게 줄 수도 있다는 데 있습니다. 마치 나의 글을 읽지 않고 다른 일을 하였다면 더 멋진 일을 할 시간이 있을 가능성이 있다는 이야기이지요. 그 무엇도 그 자리에 그것이 꼭 있어야 할 필연성은 없습니다.

1174년과 1186년 사이에 앙드레 카펠라누스가 쓴 『궁정식 사랑 기법』은 책의 제목이 보여주듯이 궁정식 사랑의 규범을 적어 놓은 책입니다. 이 책에는 모든 연인들이 알아야 할 사랑의 규칙 31 가지가 있습니다.

   1. 결혼했기 때문에 다른 사람을 사랑하지 않겠다는 것은 진정한 변명거리가 되지 않는다.

2. 질투심이 없으면 사랑하는 것이 아니다.

3. 누구도 두 사람을 동시에 사랑할 수 없다.

4. 사랑이 타올랐다 식었다 하는 것은 자명하다.

5. 연인이 애인과 반대되는 마음을 품으면 사랑에 향기가 없다.

6. 성숙한 나이가 아닌 소년에게 사랑이란 없다.

7. 연인이 죽으면, 상대는 2년 동안 정조를 지켜야 한다.

8. 누구도 타당한 이유 없이 사랑을 거부하지 말아야 한다.

9. 사랑이란 사랑에 극복당하는 것이다.

10. 사랑하면 탐욕(avarice)이 사라진다.

11. 결혼하여 부끄러워 할 여자를 사랑하는 것은 옳지 않다.

12. 진정한 연인은 자기의 애인 말고 다른 누구도 포용하고 싶어 하지 않는다.

13. 사랑이 공개되면 그 사랑은 오래 지속되지 못한다.

14. 쉽게 얻은 사랑은 가치가 적어 보이고, 어렵게 얻으면 그만큼 가치가 있어 보인다.

15. 애인 앞에서 얼굴이 창백해지지 않으면 연인이 아니다.

16. 연인은 애인을 보면 가슴이 마구 뛴다.

17. 새 사랑이 옛 사랑을 쫓아낸다.

18. 사랑할 만한 사람은 누구나 인품이 출중하다.

19. 사랑이 식기 시작하면, 급히 냉각되어 다시는 돌이킬 수 없다.

20. 사랑하고 있는 사람은 늘 불안하다.

21. 질투만이 사랑을 불타오르게 한다.

22. 상대를 의심하는 순간, 사랑과 질투는 둘 다 모두 뜨겁게 타

오른다.

23. 사랑에 빠진 사람은 누구나 잘 먹지도 잘 자지도 못한다.

24. 연인의 행동은 모두 애인을 생각하여 행한 것이다.

25. 진정한 연인이라면 애인이 좋아하지 않은 일이면 모두 옳지 않아 하지 않는다.

26. 사랑하는 사람은 사랑과 관련 있는 일이면 무엇이나 한다.

27. 연인은 애인이 아무리 안심시켜도 불안하다.

28. 조금만 이상해도 연인은 애인을 의심한다.

29. 지나치게 불타오르면 사랑하지 못한다.

30. 진정한 연인이라면, 늘 애인 생각만 한다.

31. 한 여자가 두 남자에게 사랑받거나, 한 남자가 두 여자로부터 사랑받는 것을 그 누구도 막을 수 없다. (앙드레 카펠라누스 : 214-215).

물론 위와 같은 궁정식 사랑은 사랑 그 자체를 즐기는 귀족계급의 전유물이었습니다. 그러나 이후 사랑은 단순히 육체적인 사랑이 아니라, 정신적으로 초월을 경험하게 하는 요인이 됩니다. 내가 사랑하는 대상을 높이 제시하면, 나도 그 대상에 걸맞는 사람이 되기 위하여 덕성을 쌓아야 합니다. 내가 하나님을 사랑하면, 하나님을 사랑하는 사람에 걸맞는 행동을 해야 합니다. 그렇게 궁정식 사랑은 기독교 사랑과 결합하여, 사랑만이 하나님에 이르는 길이라는 생각을 갖게 하였고, 우리가 성모 마리아와 사랑의 관계를 갖는다는 것이 무엇을 의미하는지를 분명히 밝혀줍니다.

예를 들어 단테의 『신곡』보다 300년 후에 세상에 나온 책이기는 하지만 『돈키호테』(1605년, 1615년)를 보면, 돈키호테가 여인숙집 딸 둘시네아를 높은 신분의 공주로 생각하고, 자신이 생각하기에 훌륭한 일을 한 다음 자신의 하인 산초에게 자신의 행적을 그녀에게 알려 자신의 위대함을 인정받고자 합니다. 돈키호테의 이런 행동은 모두 이 궁정식 사랑 기법에서 나온 시적 논리라 할 수 있습니다.

사랑하는 대상을 높여, 사랑받는 자신의 위상을 높이기 위해 자신의 공적을 쌓아가는 것은, 마치 기독교인이 자신이 사랑하는 하나님에게 하나님의 애인에 걸맞는 자신의 공적을 쌓는 일과 같습니다. 그래야 하나님으로부터 사랑받기 때문입니다. 단테와 베아트리체의 관계도 마찬가지였습니다. 만일 단테가 사랑한 베아트리체가 천상의 여인이 아니었다면, 그는 천상의 체험을 하지 못했을 것입니다. 상대가 높아져야 내가 높아집니다. 희생할 가치가 있는 곳에서 우리는 희생합니다. 그래야 희생의 가치가 있습니다. 공부도 마찬가지입니다. 누구를 만나는 것도 그렇습니다. 내가 높아지기 위하여 상대를 높이는 것이 나를 위하여도 좋습니다. 높여야 내가 받습니다. 낮으면 주기만 해야 합니다. 단테는 욕망의 극한치까지 이르러 천국에서 하나님을 보고 『신곡』을 끝냅니다.

내가 지상에서 사랑한 대상이 나를 만듭니다. 사랑이 나를 만듭니다. 욕망이 나를 만듭니다. 나는 내가 사랑하고 내가 욕망한 바로 그것이 나입니다. 지옥에 갇혀 있는 불행한 영혼들이 살아서 무엇을 사랑하였나요? 단테의 『신곡』을 보면, 지상에서 그들이 사랑하였던 것을 그들은 죽어서도 사랑하고 있습니다. 천국에 있는 사람들도 마찬가지입니다. 그들은 지상에서 사랑하였던 것을 천국에서도 사랑하고 있습니다. 살아서 행복하지 못하였는데, 죽어서 행복하리라는 보장은 없습니다. 물론 '진정한 행복이란 무엇인가?'라는 문제는 남아있습니다. 세상의 행복과 천상의 행복은 다를 것입니다.

그렇다면 세상에서 천상의 행복을 추구한다는 것이 무엇일까요? 물론 천상에서 지상의 행복을 찾을 수는 없을 것입니다. 그렇기는 해도 지상에서 천상의 행복을 경험하지 못하면 천국에서도 행복하지 않습니다. 그리고 천상에서 지상의 행복을 구하는 것은 어리석은 일일 것임은 분명합니다. 단테는 「천국」편 끝에서 자신의 욕망과 의지가 하나님의 사랑과 균형을 이루는 그런 삶을 말하였습니다. 하나님의 욕망과 나의 욕망을 일치시키는 삶이 진정한 올바른 삶이라고 단테는 말합니다. 무엇을 욕망할 것인가? 무엇을 사랑할 것인가? 진정한 욕망이란? 진정한 사랑이란? 단테는 그 욕망, 그 사랑에, 우리의 의지를 얹어놓으라고 합니다. 우리는 진정 무엇을 사랑해야 하는지를 찾아 평생 살아가는 것일지도 모릅니다. 지금 우리가 잘못된 사랑을 하고 있는지, 올바른 사랑은 무엇인지, 우리는 평생 고민하고 살아야 합니다. 해답이 어디 있겠습니까? 그러나 올바른 사랑이 무엇인지는 몰라도 가끔은 잘못된 사랑은 너무나 잘 알고 있다는 생각은 듭니다.

12세기 아서왕의 전설 이야기들은 모두 성배 전설(Holy Grail)을 기초로 하고 있습니다. 성배란 최후의 만찬에서 예수가 제자들과 함께 술잔을 기울였던 그 잔을 말합니다. 성배는 불멸의 상징으로 그

잔으로 무엇이든 마시면 불멸을 얻거나 질병이나 상처가 치료된다는 전설이 있습니다. 아서왕의 탁자에 함께 한 기사들은 모두 이 성배를 찾아 나섭니다. 1180년과 1191년 사이에 프랑스의 시인 크레티앙 드 트루아(Chrétien de Troyes)가 쓴 『퍼시발, 성배이야기』(『Perceval, le Conte du Graal』)에 성배이야기가 나옵니다. 주인공 퍼시발이 불구의 어부 왕(Fisher King)이 사는 마법의 성에서 식사를 할 때 일입니다. 식사가 나올 때마다 젊은이들이 멋진 물건들을 이 방에서 저 방으로 옮기는 광경을 목격합니다. 처음에는 한 젊은이가 피가 흘러나오는 창(a bleeding lance)을 하나 들고 가고, 이어서 두 소년들이 촛대들을 들고 갑니다. 그리고 마지막으로 아름다운 한 소녀가 성배를 들고 나타납니다. 이때 퍼시발은 너무 많은 말을 하지 말라는 경고를 지키느라, 이 광경이 벌어지는 동안 침묵을 지킵니다. 그 다음날 홀로 깨어난 그는 자신이 본 광경에 '올바른 질문들'을 하였다면, 그가 묵고 있었던 궁에 사는, 질병의 정체를 알 수 없는 어부 왕의 질병이 나았을 것이라는 사실을 알게 됩니다.

결국 그는 성배를 손에 넣지 못합니다. 그는 성배를 손에 넣기 위해 올바른 질문들을 해야 했습니다. 과연 올바른 질문이란 무엇입니까? 올바른 욕망이고, 올바른 사랑의 정체입니다. 도대체 우리가 알고 싶어 하는 것은 무엇인가요? 우리가 묻는 올바른 질문이 곧 우리의 올바른 삶의 모습이고, 그것이 곧 성배입니다. 우리가 묻는 삶의 문제들이 우리의 삶을 만들어갑니다. 우리가 살아가며 내린 질문이 올바른 질문이었다면, 우리의 삶은 올바른 치유의 삶이었을 것입니다. 우리는 우리의 삶이 가지고 있는 신비에 눈을 감습니다. 질문하지 않습니다. 하나님의 신비에 질문하여야 그곳에 치유가 있습니다. 불멸의 삶이 있습니다. 과연 올바른 질문이란 무엇일까요? 올바른 질문을 찾아서 우리는 일생을 살아가는 것은 아닐까요?

올바른 질문을, 성서는 아이에게서 찾으라고 합니다. 아이만이 천국에 갈 수 있다고 합니다. 이 말이 무슨 뜻입니까? 단테는 하나님의 '영원의 빛'(la luce etterna)을 봅니다. 그리고 후에 그는 그 빛을 삼위일체의 빛으로 재해석합니다.

> "나는 그 빛 속 깊은 곳에서, 세상에 흩어져 있는 모든 책들에 있는 실체와 산물과 그들의 관계들이, 사랑으로 한 권의 책으로 묶여 있는 것을 보았다. 내가 굳이 말한다면, 하나의 빛이라고 말할 수 있는 방식으로 통합되어 있었다. 말하자면, 나는 이 복합체의 우주형식을 보았다" - 「천국」캔토 33 : 84-91

단테는 우주가 실체와 산물과 그들의 관계란 3가지의 복합체라고 말합니다. 중세철학에서 실체(substance)란 그 스스로 존재하는 것들이고, 산물(accidents), 특성(qualities), 관계(relations)란 스스로 존재할 수 없는 것들을 의미합니다. 가끔 나는 단테가 자기가 이해하는 방식으로 세상을 이해하기 위하여 해결방식을 하나님에게서 찾는다는 생각이 듭니다. 우주를 책으로 보고, 이해할 수 있는 여지는 신비로 남겨둡니다. 책이 풍부해지면 우주의 의미도 풍부해집니다. 아무것도 결정된 것은 없습니다. 단테의 시에서 많은 질문들에 대한 대답들은 매우 모호하고 미결정 상태에 두고, 불확실성에 머물러 있으며, 단지 이해의 형식만 보여주고 있습니다. 그 점이 단테의 위대함입니다. 흥미롭게도 단테는 책으로 우주의 형식을 이해합니다. 지금까지 이해하고 있는 진리의 범위는 책의 내용이 담고 있는 범위 내에서 머물 수밖에 없다고 말합니다. 내가 알고 있는 것은 내가 가지고 있는 책의 내용일 뿐입니다. 매우 제한적일 수 있습니다. 우주의 형식으로 하나님의 빛을 이해합니다.

단테는 그 우주의 형식인 영원의 빛을 삼위일체의 빛으로 재해석합니다. 그 빛은 같다고 말합니다. 여기가 가장 멋들어진 부분입니다. 정말 멋집니다. 너무나 멋집니다.

"내가 바라보았던 그 살아있는 빛이 달라졌다는 것이 아니다. 예전에 그랬듯이 지금도 변함은 없다. 그러나 바라보며 나는 더 많이 볼 능력이 생겼다. 내가 변하니, 하나였던 그 모습이 변화하기 시작하였다. 그 깊고 맑은 실체인 축복의 빛이, 3가지 색깔의 같은 정도의 3개의 원들로, 무지개가 무지개를 반사하듯, 하나의 원은 다른 원에 의하여 반사되고, 다른 3번째 원은 그 둘로부터 똑같이 숨결을 내뿜는 불과 같았다" -「천국」 캔토 33 : 109-120.

그리고 자신이 표현한 것이 부족하여 한 번 더 자신이 본 것을 설명합니다.

"오 영원의 빛이여, 홀로 있을 수 있고, 자신만을 알고 자신에게만 알려지고, 그 사실을 아는 까닭에 홀로 사랑하고 홀로 미소 짓는다"-「천국」캔토 33 : 125-128

하나님을 인간이 알 수는 없습니다. 하나님만이 자신을 아시는 분이십니다.

여기에서 「마태복음」 11장 25절부터 27절까지 계시에 관한 예수의 말을 봅시다.

"그때에 예수께서 대답하여 가라사대, 천지의 주재이신 아버지여, 이것을 지혜롭고 슬기 있는 자들에게는 숨기시고, 어린 아이들에게는 나타내심을 감사하나이다. 옳소이다. 이렇게 된 것이 아버지의 뜻입니다. 내 아버지께서 모든 것을 내게 주셨으니 아버지 외에는 아들을 아는 자가 없고, 아들과 또 아들의 소원대로 계시를 받는 자 외에는 아버지를 아는 자가 없느니라."

「마태복음」에서 아버지와 아들은, 단테가 환상(vision)으로 보았듯이, 서로 비춰주는 빛입니다. 서로만이 아닙니다. 우주의 형식에서 실체와 산물과 관계가 하나였듯이, 전체로 보면 아버지와 아들도 하나입니다. 그러나 아이는 안다고 합니다. 우리가 잘 알고 있는 워즈워드의 〈무지개〉라는 시를 봅시다.

My heart leaps up when I behold

A rainbow in the sky:

So was it when my life began;

So be it when I shall grow old,

Or let me die!

The child is father of the Man;

And I could wish my days to be

Bound each to each by natural piety.

　어른이 된 시인이 어린아이의 눈으로 자연을 바라볼 수 없어 슬퍼하는 애가입니다. 어른이 되어 하늘의 무지개를 바라보니 어린 시절과 같이 가슴이 뛰지 않습니다. 첫 행에서 시인이 현재형으로 하늘에 무지개 보니 가슴이 뛴다고 했지만, 그냥 그렇게 말해본 것입니다. 어린 시절에 그랬고, 나이 들어도 그러리라, 그렇지 않으면 죽겠다! 그리고 아이는 어른의 아버지이다. 왜 이런 역설의 말을 했습니까? 이 시는 그의 다른 시 불멸의 징후를 노래한 〈송시〉(〈Ode : Intimations of Immortality from Recollections of Early Childhood〉)를 읽어야 이해가 더 잘 됩니다. 그리고 〈무지개〉 시는 〈송시〉의 머리 시로 실려 있습니다.

　〈송시〉 내용은 이렇습니다. 어린 시절 시인은 천상의 빛으로 자연을 바라보았지만, 지금은 그럴 수가 없습니다. 시인은 어린 시절 천상의 빛으로 자연을 바라보았으니 우리는 천상에서 지상으로 내려왔다는 것입니다. 우리는 불멸하다는 것입니다. 그러니 매일을 자연의 경외감으로 살아가자고 〈무지개〉 시에서 노래합니다. "아이가 어른의 아버지이다"라는 말은, 지금 어른이 되어 어린 시절의 천상의 빛을 다 잃었지만, 우리의 기원(아버지)이 되는 처음(아이)은 불멸이다, 라는 말입니다. 말하자면, 처음과 끝은 같다고 하는 말입니다. 처음 어린아이가 불멸하였듯이 어른도 불멸하다 말하는 것입니다. 사실 아버지와 아이는 모두 처음입니다. 그래서 아이만이 천국에 갈 수 있습니다.

왜 하나님은 계시를 아이에게 보여줍니까? 그 말이 무슨 말입니까? 나는 1997년부터 아동문학을 강의하고 있습니다. 20년이 되었습니다. 왜 아동문학이 필요합니까? 아동문학에 하나님이 보여주시는 계시가 있습니까? 계시는 문법이 아닙니다. 아이는 아직 말을 배우지 못하였기 때문입니다. 문법이란 무엇입니까? 필요에 의하여 만들었습니다. 우리는 언어의 문법에 노예가 되어 살아갑니다. 아이는 끊임없이 문법을 틀리게 말하며, 문법은 인간이 만든 자의적인 체계일 뿐이라고 말합니다. 문법을 만들며 얼마나 많은 소리들과 의미들이 죽어갑니까? 새가 우는 소리를 어떻게 기록합니까? 소리에 의미가 있습니다. 그것을 어떻게 말합니까? 어린아이는 말을 하지 못하여 소리를 듣습니다. 화가 났는지 기쁜 소리인지 소리에 담긴 여러 가지 감정을 읽습니다.

우리는 말하기 시작하면서 많은 것을 포기합니다. 말할 수 없는 것들을 많이 포기합니다. 말하지만 우리는 말하지 않은 것이 더 많습니다. 아이는 위대한 작가가 되겠다고 합니다. 커다란 섬을 하나 사주겠다고 합니다. 아이에게는 작가가 되고, 섬을 사는 데 필요한 조건들의 문법이 없습니다. 우리는 우리가 만들어 놓은 문법의 노예가 되어 살

아가고 있습니다. 아이는 그 문법을 틀리게 말하며, 그 문법을 뜯어고
치라고 합니다. 위대한 인간들은 모두 아이와 같습니다. 아인슈타인
은 뉴턴의 과학문법을 뜯어고치고 단테는 중세문학의 문법을 뜯어고
쳤습니다.

우리도 마찬가지입니다. 우리의 일상성의 문법을 뜯어고치지 않으
면 우리에게 구원은 없습니다. 하나님은 우리가 틀리게 말하라고 합
니다. 어린아이와 같이 맞지 않는 문법으로 말하라고 합니다. 지금 우
리는 틀린 길에 있습니다. 길을 잃고 있습니다. 아이와 같이 이리저리
호기심을 발동해야 할 때입니다. 지금 올바르게 살고 있는 것이 아닌
데 바른 문법을 말하듯이 행동하지 말라 합니다. 아이는 틀린 문법으
로 말하여 그가 천국에 갈 수 있습니다. 문법은 지옥의 은유입니다. 문
법은 일상성이고 이성이고 도덕이고 윤리이고 규범이고 예의이고 교
수이고 의사이고 정치가이고 학자이고 종교가이고 법입니다. 다 안다
고 떠드는 자들입니다. 지금은 아니라고 말할 때입니다.

*

Frederick W. Locke, "introduction," 『Andreas Capellanus
The Art of Courtly Love』, tr. John Jay Parry. New York :
Frederick Ungar Publishing Co., 1957, 1984.
앙드레 카펠라누스, 『궁정식 사랑기법』, 김명복 옮김(현음사, 1992).

III

단테(Dante Alghieri : 1265-1321)는 1312년부터 1318년까지 베로나(Verona)에 체재하며, 그곳의 군주 칸 그란데 델라 스칼라(Can Grande della Scala)의 보호를 받았습니다. 단테는『신곡』의「천국」편을 이곳에서 쓰고, 그 책을 베로나 군주에게 헌정합니다. 그는 자신이 쓴 작품에 대한 이해를 돕기 위해 쓴 이 편지를 썼다고 말합니다.

이 편지는 모두 36개의 '글 마디'(paragraphs)로 되어 있고, 크게 3 부분으로 나뉘어 있습니다. 첫 1-4 글 마디에서 단테는 칸 그란데 를 칭송하고, 그에게「천국」편을 헌정하는 이유를 말합니다. 두 번째 5-16 글 마디에서 단테는『신곡』을 이해하기 위하여 필요한 6개의 제목에 해당되는 "주제, 저자, 형식, 목표, 표제, 그리고 그 작품이 속한 철학 범주" 등을 설명합니다. 그리고 『신곡』에 대한 해설을 쓸 때 자주 언급하는 내용인, 작품이 지닌 다의성(polysemous significance)에 대해 설명합니다. 즉, 자신의 작품은 네 겹의 의미를 지닌다고 합니다.

첫째 문자의 고유한 의미가 있고(literal sense), 둘째 알레고리의 의미(allegorical sense)가 있고, 셋째 도덕의 의미가 있으며(moral sense), 마지막으로 신비한 영적 의미(anagogic sense)가 있다고 합니다. 그리고 세 번째 17-33 글 마디에서 단테는 「천국」편을 서시(prologue)와 본문(pars executiva)으로 구분합니다. 서시는 「천국」편 캔토 1 : 1-36 행입니다. 그리고 그는 편지에서 캔토 1을 논평합니다. 편지의 나머지 내용에서 단테는 자신의 가족 문제와 경제적 궁핍으로 더 이상 글쓰기가 어려워졌음을 말하면서 편지를 끝냅니다.

편지의 전문은 다음과 같습니다.

"위대하시며 모든 부분에서 승리하신 전하, 칸 그란데 델라 스칼라 전하(Lord Can Grande della Scala), 베로나(Verona)와 비센자(Vicenza)의 가장 신성한 시저(Caesar) 원수 직책의 총대리인 전하께, 출생은 플로렌스이나 성품은 플로렌스 같지 않은, 가장 충실한 신하 단테 알리기에리(Dante Alighieri)가 전하의 장수와 행복한 인생, 그리고 그 이름이 영원히 영광되기를 기도합니다."

1) 잠에서 깨어난 명성의 신(Fame)이 온 천하를 누비고 다니며 소문을 내서, 그 명성이 찬란히 빛나는 위대하신 전하, 당신은 여러 방식으로 여러 사람들에게 영향을 주십니다. 누구에게는 행운의 소망이 되시고, 누구에게는 파멸을 가져다 줄 두려움의 대상이십니다. 다른 모든 사람들의 명성을 뛰어넘는 일을 하셨다는 이야기를 듣고, 한동안 나는 그 이야기가 좀 과장되었다고 생각했습니다. 왜냐하면 그 내용은 진실일 수 없어 보였습니다. 그러나 나는 지속적인 불확실성에 계속 머물러 있으면, 그 불안한 상태를 더 이상 참을 수가 없었습니다. 그래서 시바(Shiva)의 여왕이 예루살렘을 찾듯, 팔라스(Pallas)가 헬리콘(Helicon)을 찾듯이, 내가 들었던 소문들이 진실인지 직접 눈으로 보기 위하여 베로나를 찾았습니다. 그리고 이곳에서 나는 당신의 훌륭한 행적들을 직접 목격하였습니다. 그리고 나 또한 당신이 베푸는 자비의 수혜자요 목격자가 되었습니다. 이전에 나는 전혀 가늠이 안 되는 당신에 대한 소문들을 의심하였는데, 이제 나는 그 가늠 안 되는 소문들이 사실임을 체험하였습니다. 이전에 나는 소문을 통하여 당신에게 마음이 쏠렸습니다. 그러나 이제 나는 당신을 보자마자, 당신의 가장 충실한 신하이자 친구가 되어버리고 말았습니다.

2) 나는 내가 당신의 친구라는 말로 나 자신 잘난 체하고 싶은 마음은 없습니다. 아마도 누군가 친구라는 표현을 못마땅해

할 수도 있습니다. 그러나 우정이라는 신성한 끈은 동질적인 것들 못지않게 이질적인 것들도 묶어놓습니다. 유쾌하고 덕이 되는 훌륭한 우정의 사례들을 살펴보면, 끈끈한 우정의 끈은 상층 사람들과 하층 사람들 사이에 존재합니다. 진정한 우정이 무엇입니까? 무시무시하게 대단한 권력을 지닌 군주들의 친구들 가운데 많은 친구들이 경제력은 없지만 뛰어난 덕성을 지닌 사람들이 아니었습니까? 왜 아니겠습니까? 하나님과 인간 사이의 우정은 둘의 차별화로 방해받지 않습니다. 그러나 이 주장이 맞지 않다고 생각하는 사람이 있다면, 성경을 찾아보라고 하십시오. 성경은 누구나 우정을 나눌 수 있다고 말합니다. 외경 「솔로몬의 지혜」(7, 14)를 보면, 지혜에 관한 이야기가 나옵니다. "지혜는 사람들의 실패를 불가능하게 만드는 보물입니다. 지혜를 사용하는 사람들은 누구나 하나님과 우정을 나누었던 사람들이었습니다." 그러나 무지한 대중들은 분별력 없이 판단합니다. 태양이 한 발자국만 건너가면 있다고 생각하듯이, 그들의 행동들 또한 어리석습니다. 이 문제 저 문제 가리지 않고, 그들은 어리석은 생각에 스스로 속아 넘어갑니다. 우리가 가지고 있는 본성 가운데 최상의 것을 알고 있는 사람들은 어리석은 자들의 뒤를 따라가지 않습니다. 아니, 우리는 그들이 가는 과오의 길과 반대의 길로 가야 합니다. 지성과 이성을 갖춘 사람들은 하나님이 주신 자유가 무엇인지 압니다. 그들은 앞서간 사람들의 길을 따라 무작정 가지 않습니다. 어리석은 자들의 행동들이 이상할 것 없습니다. 그들은 법의 지배를 받지 않습니다. 그들은 제멋대로 법을 만듭니다. 그러므로 내가 당신의 충실한 신하이고 친구라는 말은 결코 주제넘은 것이 아닙니다.

3) 나는 우리의 우정을 매우 귀중한 보물처럼 간직합니다. 나는 우리의 우정을 깊이 생각하고, 조심스럽게 다루려고 합니다. 두 사람이 우정을 간직하면, 두 사람은 서로 동등해집니다. 그것이 우정의 윤리입니다. 한번 이상 나에게 주어진 당신의 자비에 대한 보상으로, 나는 그에 합당한 답례의 마음을 보여주고 싶습니다. 그런 이유로 나는 자주 내가 당신에게 줄 수 있는 선물들에 대하여 생각했습니다. 어느 것이 가장 가치 있고, 어느 것이 주기에 가장 적합한지를 결정하기 위해, 여러 가지들을 생각해보고, 그들을 면밀히 검토했습니다. 그리고는 『희극』(『Divine Comedy』) 중 가장 고상한 「천국」(「Paradise」)편을 헌정하는 것이 당신의 높은 지위에 가장 합당하다는 결론에 도달하였습니다. 수취인 주소처럼 사용될 현재의 편지와 함께, 나는 「천국」편을 헌정의 형식으로 당신께 선물로 드립니다.

4) 이 책을 헌정하며, 주는 자보다 책을 받는 후원자에게 더 큰 영예와 명성이 주어진다는 침묵의 배려가 나에게 있었을 것이라는 어리석은 생각을 나는 갖고 있지 않습니다. 오히려 「천국」편의 이야기를 하기 전에, 나는 이 편지를 통하여 당

신의 영광된 이름을 높이는 말을 하려 합니다 - 그리고 이것은 이미 정해진 목적이었습니다. 타인들이 시기하든 말든 개의치 않고, 나는 당신으로부터 호의를 얻기 위한 갈증을 등에 업고, 처음부터 나의 목표였던 곳을 향하여 나아가려 합니다. 이제 편지 형식으로 내가 당신에게 말해야 할 것을 모두 끝내며, 나는 당신이 받아 주실 것으로 믿고 헌정한 이 작품의 서문 형식으로, 이 작품을 해설하는 몇 마디 말을 하려 합니다.

5) 아리스토텔레스(Aristoteles)가 그의 책 『형이상학』(『Meta-physics』) 제2권에서 말하였듯이, "사물이 존재의미를 지니면, 그 사물은 진리라고 할 수 있습니다." 그 이유는 이렇습니다. 한 사물이 진리인 것은, 그 사물 자체가 이미 진리로 존재해서입니다. 그 사물은 그 자체가 이미 하나의 완전체입니다. 존재하는 사물들 가운데 어떤 것들은 그 자체로 완전체들인 것들이 있고, 그 이외의 나머지 것들은 다른 사물들에 의존해야만 존재하는 것들입니다. 즉, 관계를 맺으면 그때서야 비로소 존재하는 것들입니다. 이들은 상관관계들만을 보여주는 것들로, 다른 것들과의 관계만을 말해줍니다. 예들로, 아버지와 아들, 주인과 하인, 쌍과 그 쌍을 둘로 나누어 다른 쪽 하나, 전체와 부분 등이 있습니다. 그러나 그런 관계를 지닌 것들이 어디 그들뿐이겠습니까? 다른 것들과 관계를 맺어야만 그때 비로소 존재할 수 있다면, 이들의 진리도 또한 다른 것들에 의존해야 합니다. 관계의 쌍을 이루는 둘 가운

데 어느 하나를 알 수 없다면, 나머지 다른 것도 당연히 알 수 없을 것입니다.

6) 「천국」에 대한 서문을 쓰려면, 누구나 「천국」을 포함하고 있는 『신곡』의 전반적인 의미에 대해 말해줄 의무가 있습니다. 나 역시, 「천국」편에 서문을 쓰면서, 먼저 『신곡』 전체에 대하여 몇 마디 해야 할 것 같습니다. 그래야 「천국」편을 더 쉽게 그리고 더 완전하게 이해할 수 있습니다. 텍스트를 읽기 전에 먼저 설명이 필요한 6가지 항목들이 있습니다. 즉, 주제, 저자, 형식, 목표, 책 제목, 그리고 그 작품이 속한 철학 범주가 그들입니다. 이들 6가지들 가운데, 3가지는 「천국」편과 『신곡』이 다릅니다. 주제와 형식과 제목이 3가지가 다릅니다. 나머지 다른 3가지에 대하여는, 그 문제를 검토한 누구나 차이가 없음을 발견하게 됩니다. 그러므로 『신곡』에서 「천국」편과 동일한 3가지 항목들을 검토하면, 「천국」편의 서문은 분명해집니다. 그리고 『신곡』과 다른 「천국」편의 3가지 항목들도, 『신곡』을 근거로 검토할 것입니다.

7) 이제 우리가 말할 내용은 이렇습니다. 『신곡』의 의미는 한 종류가 아닙니다. 그 작품은 다의(polysemous), 곧 여러 가지 의미를 가지고 있습니다. 먼저 문자가 전달하는 의미가 있고, 그 문자가 의미하는 바를 전달하는 의미가 있습니다. 곧 전자는 문자의미(literal sense)라 하고, 후자는 알레고리

(allegory) 또는 신비의 의미(mystery)라고 말할 수 있습니다.

　이들 용어들을 설명하기 위해 다음의 성경구절을 예로 들어 보겠습니다 : "이스라엘이 이집트에서 나올 때, 야곱의 가문은 이방언어를 사용하는 사람들로부터 빠져나왔다. 유다는 야곱 가문의 성소가 되었고, 이스라엘은 야곱 가문의 영토가 되었다"(「시편」 114 : 1-2). 문자의 뜻(literal sense)만 생각하면, 위의 성경구절은 모세의 시대에 이스라엘 자손들이 이집트로부터 빠져나왔다는 말입니다. 그러나 알레고리 의미(allegorical sense)로 생각하면, 위 구절은 우리의 구원이 예수를 통해서 이루어졌다는 말입니다. 그리고 도덕의 의미(moral sense)로 생각하면, 위 구절은 죄의 불행과 슬픔에 빠진 영혼이 은총을 입은 것을 말합니다. 그리고 신비한 영적 의미(anagogic sense)로 생각하면, 위 구절은 타락한 세상의 속박으로부터 벗어나 영원한 영광의 자유를 얻은 것을 말합니다. 이와 같이 문자 의미 이외의 신비한 의미들이 여러 이름으로 불리지만, 그 의미들이 문자 의미나 역사 의미와 다르다는 점에서, 모두 알레고리(allegory)라고 말할 수 있습니다. 알레고리란 단어는 희랍어로 'alleon'이고, 라틴어로는 'alienum'(낯선 것), 또는 'diversum'(다른 것)입니다.

8) 이와 같이 작품을 이해할 때 다양한 의미들이 소환되어야 하는 점을 고려하면, 『신곡』의 주제는 두 겹이어야 합니다. 먼저 작품의 주제를 해석할 때, 문자 의미로 생각하여야 하고,

다음으로 알레고리의 관점에서 재해석해야 합니다. 문자 의미로『신곡』의 주제는 사후의 순수하고 단순한 영혼들의 상태입니다.『신곡』의 논의는 이 주제를 중심으로 이루어집니다. 그러나 알레고리의 의미로 해석하면, 그 작품의 주제는 자유의지로 행해진 선행과 악행 때문에 한 인간이 정의의 심판을 받아 상을 받기도 하고 벌을 받기도 한다는 것입니다.

9)『신곡』의 형식은 두 겹입니다 – 외부 구성(treatise)의 형식과 내부 문체(treatment)의 형식이 있습니다. 외부 구성 형식은 3갈래로 이루어진 3겹입니다. 첫 갈래로 작품은 지옥, 연옥, 천국 등 3편(cantiche)으로 나뉩니다. 둘째 갈래로, 각 편(cantica)은 캔토(canto)들로 나뉘어 있습니다. 그리고 셋째 갈래로 각 캔토는 각운으로 구성된 시행들로 되어 있습니다. 내부 문체 형식은 시적이고, 비현실적이고, 묘사이고, 회상이고, 수사와 비유입니다. 그리고 더 나아가, 규정하고, 분석하고, 입증하고, 논박하고, 예증하는 형식이도 합니다.

10)『신곡』의 제목은 '출생은 플로렌스이나 기질은 아닌, 단테 알리기에리(Dante Alighieri)가 쓴 희극(Comedy)이 이제 시작됩니다'입니다. 내용을 이해하기 위해 알아두어야 할 것은 이곳에서 코미디란 마을의 뜻인 'comos'와, 노래의 뜻인 'oda'를 합쳐 만든 말입니다. 코미디란 '촌스런 노래'입니다. 코미디는 다른 장르와 구별된 시 형식 이야기입니다. 주제도

비극과 다릅니다. 비극의 처음은 웅장하고 평온하나, 그 끝은 더럽고 끔찍합니다. 비극(tragedy)은 염소의 뜻인 'tragos'와 노래의 뜻인 'oda'를 합하여 만든 말입니다. 세네카(Seneca)의 비극들에서 보듯이, 비극이란 염소와 같이 더러운 염소-노래입니다. 테렌스(Terence)의 희극들과 같이 희극의 시작은 여러 가지 어려운 상황의 내용이지만, 끝은 행복하게 마무리됩니다. 이러한 이유로 어떤 작가들은 "비극으로 시작하여 희극으로 끝내십시오"라는 인사말을 합니다. 비극과 희극은 문체도 다릅니다. 비극의 문체는 웅장하고 숭고합니다. 그러나 희극의 문체는 교양이 없는 말투에 천박하기까지 합니다. 호러스(Horace)는 『시학』에서, 희극작가가 경우에 따라 비극의 문체를 사용하기도 하고, 반대로 비극작가도 희극의 문체를 사용할 수 있다고 말합니다.

희극에서 화난 크레메스(Chremes)가 목소리 높여,
장엄한 말로 꾸짖을 것이다.
그리고 텔레푸스(Telephus)와 펠레우스(Peleus)가 자신들의 비극적인 이야기를 할 때,
빈번하게 등장하는 마침표들이 우리의 귀를 따갑게 할 것이다.

이런 점을 고려하면, 나의 작품은 희극이라고 할 수 있습니다. 작품의 처음인 「지옥」편은 끔찍하고, 더럽습니다. 그러나 작품의 끝인 「천국」편은 행복하고, 바람직하고, 보기에도

즐겁습니다. 『신곡』의 문체는 평민들이 사용하는 말로, 현학적이지 않고, 천박하고, 여성들의 말이기도 합니다. 그 작품이 희극으로 불리는 것은 당연합니다. 그러나 『신곡』에는 호러스가 『시학』에서 분류하고 있는 이야기 시들이 들어 있습니다. 전원시, 비가, 풍자시, 그리고 종교시가 있습니다. 여기에서 이들 가운데 어느 장르의 시를 들어, 「천국」편의 시에 대하여 이야기하지는 않겠습니다.

11) 여기에서 당신에게 헌정한 「천국」편의 주제가 어떤 방식으로 결정되었는지를 말하려 합니다. 문자 의미로 『신곡』의 주제는, 누구나 가야 하는 순수하고 단순한, 사후의 영혼의 상태입니다. 「천국」의 주제도 사후의 영혼의 상태이기는 하나, 이곳에는 축복받은 영혼들만 있습니다. 알레고리 관점에서 보면 『신곡』의 주제는, 자신의 의지로 선악의 행위를 하고, 그 행위로 보상을 받기도 하고 형벌을 받기도 하는 인간의 모습입니다. 그러나 「천국」편의 주제는 자신의 덕성으로 정의에 의하여 보상을 받는 인간들만이 가는 곳입니다.

12) 「천국」편의 형식은 『신곡』의 형식을 따릅니다. 『신곡』의 외부형식(treatise)이 3가지 형식이라면(지옥, 연옥, 천국), 「천국」편의 외부형식은 「천국」편(cantica)과 캔토(cantos)들로 나뉘는 2가지 형식입니다. 「천국」편은 그 자체가 하나로 존재하므로, 나머지 두 편 「지옥」이나 「연옥」 어느 편과도 관련이

없습니다.

13) 『신곡』의 제목은 명확히, '『희극』(Comedy)*이 이제 시작됩니다'이고, 「천국」편의 제목은, '여기에 「천국」편이라 불리는, 단테의 『희극』의 3번째 편(cantica)이 시작됩니다'입니다.

14) 「천국」편이 『희극』과 서로 다른 3가지 점들이 검토되었으니, 이제 「천국」편과 『희극』 사이에 차이가 없는 또 다른 3가지 점들로 주의를 돌려야 할 때입니다.

15) 「천국」편과 『희극』의 둘의 공동목표는, 예로, 직접적이냐 간접적이냐에 따라 다양할 수 있습니다. 그러나 이 문제를 자세히 검토하는 일은 하지 않겠습니다. 그냥 짧게, 「천국」편과 『희극』의 공동목표는, 현재 이 세상에서 살고 있는 사람들을 불행한 상태로부터 행복의 상태로 옮기는 일이라고 할 수 있습니다.

16) 「천국」편과 『희극』의 철학은 모두 '도덕' 또는 '윤리'의 부류입니다. 「천국」편이나 『희극』 모두, 사고의 대상이 아니라 현실의 대상을 고려하였습니다. 시의 어떤 부분이나 절에서 사고철학의 방식을 따르고 있다면, 그것은 사고하기 위해서

---

* 여기서 『희극』(『Divine Comedy』)은 『신곡』 3편을 모두 일컫는 명칭으로 쓰였음.

가 아니라, 실질적인 목적이 있어서입니다. 아리스토텔레스가 『형이상학』 제2권에서 말하고 있듯이, 실질을 추구하는 사람들도 때로는 특별히 일시적인 관계와 관련하여 사물들을 사고할 때가 있습니다.

17) 이와 같은 사실을 전제로, 예를 들어 문자의미에 대하여 생각해봅시다. 우선 문자의미는 작품의 형식을 설명하지 않고도 가능합니다. 문제가 되는 『희극』의 3번째 편인 「천국」은 2가지 부분, 서시와 본론의 시로 나눕니다. 본론의 시는 다음과 같이 시작됩니다. - 「천국」 캔토 1:37

"세상을 비추는 등불 [태양]은 인간을 위해 다양한 통로 통해 비쳐줍니다."

18) 평범한 말로 서두이고, 다른 말로 서시인 첫 부분이 있습니다. 아리스토텔레스는 『수사학』(『Rhetoric』) 제3권(14, 19)에서, "웅변의 처음은 시에서 서시에 해당하고, 플롯 연주의 전주에 해당한다"라 했습니다. 서시라 말하는 시의 도입부는, 시인의 손과 웅변가의 손에 의해 각각 다른 모습을 갖습니다. 웅변가는 청중의 주의를 끌기 위해 자신이 말하고 싶은 것을 처음에 조금 보여줍니다. 시인도 이 일뿐 아니라, 신의 도움을 요청하는 말을 하기도 합니다. 시인은 자신이 평범한 인간의 능력 이상을 초월적인 존재에게 부탁할 때, 즉 거의

신과 같은 능력이 필요할 때, 신에게 부탁하는 말을 하게 됩니다. 「천국」의 서시는 두 부분으로 나뉩니다. 하나는 앞으로 전개될 내용을 맛보기로 보여주는 것이고, 다른 하나는 시의 신 아폴로(Apollo)를 불러 부탁하는 것입니다. 두 번째 내용은 이렇습니다. -「천국」캔토 1:13

"오, 선하신 아폴로여, 마지막 과업을 도우소서."

19) 멋지게 서시를 시작하기 위해서는 툴리(Tully)가 그의 『새 수사학』(『New Rhetoric』)에서 말하고 있는 다음의 3가지가 선행되어야 합니다. 즉, 독자가 시를 읽을 마음이 생겨야 하고, 주의를 집중해야 하며, 기꺼이 배울 자세가 있어야 합니다(Cicero, 『De Inventione』 I, 15).

비범한 주제의 경우에 특히 독자의 태도가 중요합니다. 「천국」이 취급하고 있는 주제 역시 비범합니다. 그러므로 서시 또는 서두에 해당되는 곳의 목표는, 위에 언급한 3가지 사항을 독자가 계속 유지하도록, 독자의 마음과 몸을 붙잡아 놓는 일입니다. 화자는 제1하늘을 보았다고 말하고, 그가 그곳에서 본 것들을 기억해내어 말하겠다고 합니다. 서시의 그 말로 독자는 다음의 3가지 태도를 취하게 됩니다. 자신이 경험하지 못한 것을 들을 수 있다는 점이 독자로 하여금 호감을 갖게 하고, 그 주제가 비범하다는 점이 그의 주의를 끌게 하고, 그 주제의 내용이 누구나 경험할 수 있는 가능한 이야기라는 점이 독자로 하여금 더욱 그 내용을 알고 싶게 합니다.

무엇보다도, 인간이라면 누구나 알고 싶어 하는 것, 즉, 천국의 즐거움에 대하여, 화자가 이야기할 것이라고 말할 때, 그는 독자의 관심을 끌게 됩니다. 화자가 천국의 본질과 관련된 고양되고 숭고한 문제들, 그 비범한 주제를 다루겠다고 약속할 때 더욱 그렇습니다. 그리고 화자가 자신의 기억 속에 간직하고 있었던 것들을 이야기하겠다고 말할 때, 그 주제가 매우 현실성이 있다는 점을 간접적으로 말하는 것이기도 합니다. 그가 할 수 있었다면, 누구나 할 수 있기 때문입니다. 화자가 제1하늘에 있었다고 말하고, 보물과 같이 그가 그의 기억 속에 간직하고 있는 천국에 대한 무엇이나 말하겠다고 하는 순간, 독자는 독자가 갖추어야 할 위의 3가지 덕목들을 모두 갖게 됩니다. 이와 같이 서시의 첫 부분은 아주 잘 만들어졌습니다. 그러니 이제 우리는 문자적 해석의 단계로 나아갈 차례입니다.

20) 하나님 "제1원동력이 우주의 곳곳에서 빛난다"라고 화자가 말합니다. 그러나 하나님의 빛은 "어느 곳에서는 더욱 빛나고, 다른 어느 곳에서는 덜 빛납니다"(「천국」 캔토 1 : 1-2.) 모든 곳에 빛이 비추인다는 말은, 이성과 권위를 말하는 것입니다. 이성은 이렇습니다. 존재하는 무엇이나 그 자체로 존재하고 동시에 다른 것들과 차이를 두고 존재합니다. 그러나 홀로 존재하는 것은 처음이고 시작이신, 하나님 존재뿐입

니다. 인간이 존재한다는 말은 인간 홀로 존재한다는 의미는 아닙니다. 홀로 존재할 수 있는 존재란, 모든 것들의 원인이 되는, 최초 또는 시작이라는 의미를 지닌, 단지 하나뿐인 존재를 두고 하는 말입니다. 그 제1운동자(Prime Mover)를 제외한 다른 모두는 다른 것들이 존재해서 그 자신이 존재하는 것들입니다. 우리 주위의 가까운 곳에 있는 것이 아니라, 우주에서 가장 먼 곳에 있는 것을 생각해봅시다. 이 존재는 다른 것들과 차별되어 존재합니다. 그 존재는 홀로 존재하고, 또한 다른 것들과 차별되어 존재합니다.

이러한 방식으로 우리는 아리스토텔레스의 『형이상학』 제2권에서 언급되어 있는 것과 같이, 원인과 결과의 사슬을 무한히 말할 수 있습니다. 그렇게 우리는 근원적이고 원초적인 존재, 하나님에 이르게 됩니다. 간접적이든 직접적이든, 존재하는 것은 무엇이나 하나님과의 관계 속에서 존재성을 지니게 됩니다. 제2원인은 제1원인의 결과이듯이, 그것이 행사하는 영향력은 빛을 받아 반사하는 천체와 같은 원리입니다. 제1원인이 다른 어떤 원인보다 더 강력합니다. 아리스토텔레스가 쓴 책이라고 알려져 있는 『원인들』(Pseudo-Aristotle, 『De causis』, 명제 I)이란 책을 보면, "모든 제1원인은 그 행사하는 영향력이 제2원인보다 더 크다"라고 말합니다. 모든 존재에 대하여 그렇게 말할 수 있겠습니다.

21) 본질(Essence)에 대하여 이야기하려 합니다. 제1인자를 제

외하고, 모든 본질은 그 원인자가 있습니다. 스스로 존재하는 존재 말고 그 이상의 존재가 있다는 말은 비논리적입니다. 발생한 것은 무엇이나 자연이나 지성의 결과입니다.[1]

자연은 지성이 한 일이므로, 자연의 원인은 결국 지성입니다. 원인이 있어 발생한 무엇이나, 직접적이든 간접적이든, 어떤 형태이든 지성의 결과입니다. 덕성이 발생한 것은 덕성이 있는 본질에서 비롯된 것입니다. 본질이 지성이라면, 덕성은 온전히 지성이라는 본질의 결과입니다. 존재의 제1원인을 추적하듯이, 본질과 덕성의 제1원인을 추적해야 합니다. 모든 본질과 모든 덕성은 제1원인에서 출발합니다. 제1원인보다 낮은 지성체들(lower intelligences)은 빛을 발하는 '제1원인 천체'(하나님)로부터 만들어진 결과입니다.[2]

거울들이 그러하듯이, 낮은 곳에 있는 것들은 자신보다 더 높은 곳에 있는 빛들로부터 빛을 받아 반사합니다. 디오니시우스(Dionysius the Areopagite)의 책 『천체의 위계질서』(『De

1) 자연을 하나님이 창조하셨다고 말할 때, 지성은 하나님입니다.
2) 지성(intellect)과 지성체(intelligence)는 다릅니다. 중세철학에서 지성체란 천체들의 영혼들이라고 비유적으로 말할 수 있습니다. 천체들의 영혼들인 지성체들이 인간들에게 영향을 줍니다. "단테는 「천국」편 캔토 28에서 하나님을 하나의 빛줄기로 봅니다. 7개의 빛으로 이루어진 동심원들이 하나님의 빛줄기 주위를 돕니다. 하나님의 빛줄기에 가장 가까이 있는 가장 작은 동심원의 빛이 가장 빠르게 회전합니다. 하나님의 빛줄기는 사랑과 지식에 있어서 나머지 7개의 빛들보다 더 훌륭한 제1운동자의 지성체(the intelligence of the Primum Mobile)입니다. 우리의 마음이 감각에서 자유로워지면, 우주는 우리의 마음에 자신의 내부를 보여줍니다." C. S. Lewis, 『The Discarded Images : An Introduction to Medieval and Renaissance Literature』(London : Cambridge University Press, 1964), p.116.

colesti hierachia』, III, 2)는 이 문제를 충분히 다루고 있습니다. 『원인들』(Pseudo-Aristotle, 『De causis』, 명제 10)에서도, "모든 지성체는 여러 형태들"이라고 말합니다. 이성은, 또한 하나님의 선하심, 지혜 그리고 덕성이라고 말할 수 있는, 하나님의 빛은 모든 곳에서 밝게 빛난다는 사실을 말해줍니다.

22) 권위 있는 책들 또한, 더 많은 지식을 보태며 똑같이 말합니다. 성경은 예레미야의 입을 통해 말합니다, "내가 땅과 하늘을 가득 채우지 않았느냐?"(「예레미야」 23 : 24). 「시편」을 보면, "내가 성령을 떠나 어디로 가겠느냐? 내가 하나님을 피해 어디로 가겠느냐? 내가 하늘에 오르면 하나님은 그곳에 계시고, 내가 지옥에 내려가면, 하나님은 그곳에 계시도다. 내가 새벽의 날개를 치며 바다 끝에 있을 지라도" 등등의 말이 있습니다(「시편」 139 : 7-9). 외경 「솔로몬의 지혜의 책」(「Wisdom」 1:7)에는 "성령으로 세상이 가득 찼다"란 말이 있습니다. 그리고 외경 「전도서」(「Ecclesiasticus」 42 : 16)에는, "그가 한 일은 하나님의 영광으로 가득하다"란 말도 있습니다. 이교도 로마 시인 루칸(Lucan : 39-65)은 그의 책 『파살리아』(『Pharsalia』 IX, 580) 9권에서 다음과 같이 말합니다.

"네가 보는 무엇이나, 네가 가는 어디나, 그곳에 주피터가 있다."

23) 하나님의 빛 또는 하나님의 영광이 "온 우주에 가득하여

빛난다"라고 말합니다. 그 빛은 세상에 있는 모든 존재의 본질에 침투하여 그 존재를 빛나게 하듯이 세상을 빛나게 합니다. 빛이 어느 곳에는 더 많고, 또 다른 어느 곳에는 덜하다는 말은 옳습니다. 본질도 그것의 훌륭함이 더 하기도 하고, 덜하기도 한데, 천국과 지상의 경우가 그러합니다. 천국에는 부패함이 없으나, 지상은 그렇지 않습니다.

24) 위의 진리를 마음에 두고, 화자는 우회하는 말로 천국에 대하여 이야기하고 있습니다. 그는 하나님의 영광과 빛을 많이 받는 하늘에 있었다고 말합니다. 그 말은, 그 하늘이 가장 높은 하늘로, 우주의 모든 천체들을 다 포함하는 하늘이란 뜻입니다. 다른 그 무엇으로도 그 하늘을 포함할 수 없습니다. 그 하늘 안에서 모든 천체들이 움직입니다(그 하늘은 그 자체로 영원히 존재합니다). 그 하늘은 다른 어떤 물체로부터 덕을 입지 않습니다. 그것이 바로 최고하늘(Empyrean)이기 때문입니다. 그것은 불과 열기로 가득한 하늘입니다. 그곳의 불과 열기는 물질적인 불과 열기가 아니라, 신성한 사랑과 자비를 말하는 영적인 것을 뜻합니다.

25) 최고하늘은 다른 어떤 하늘보다 더 많은 신성한 빛을 받습니다. 다음 두 가지 사실이 그 사실을 입증합니다. 첫째로 그 하늘은 다른 하늘들을 포함하고 있지만, 그 자신은 포함되지 않는 하늘입니다. 둘째로 그 하늘은 영원히 변함없이 평화

상태를 유지합니다. 첫째를 입증하는 사실은 다음입니다. 아리스토텔레스의 『물리학』 제4권에서 볼 수 있듯이, 다른 물체를 포용하는 물체와 포용되는 물체의 관계는, 자연 상태에서 형성체와 피-형성체의 관계입니다. 첫째 하늘은 모든 것들을 포함하는 하늘입니다. 그 자신과 다른 하늘과의 관계는 형성체와 피-형성체의 관계입니다. 원인과 결과의 관계입니다. 모두의 원인이 되는 힘은, 최초원인인 하나님으로부터 나오는 빛의 본성을 지닙니다. 원인이 되는 하늘은 신성한 빛을 가장 많이 받습니다.

26) 둘째를 입증하는 사실은 다음입니다. 그 자신은 동작하지 않고, 동작의 근원이 되는 것이 다른 모든 것을 움직입니다. 예로, 달이 움직이는 것은, 달이 아무리 움직여도 결코 종착역에 다다르지 못하는 요소를 지녔기 때문입니다. 달이 머물러 있는 그곳이 종착역이 아니기 때문에, 달은 다시 다른 상태로 움직여가는 것입니다. 달은 항상 움직이며, 쉬지 못하는 그런 욕망을 지녔습니다. 내가 한 말은, 제1하늘을 제외하고 다른 하늘 모두들에 적용되는 말입니다. 움직이는 모든 것은, 달리 말해, 결함이 있습니다. 그 자체로 완전하지 못합니다. 그러므로 어떠한 움직임에도 예속되지 않는 하늘은 그 자체로 완전할 수 있는 속성을 지닌 것입니다. 그것은 자신의 완성을 위해 달리 움직일 필요가 없습니다. 그리고 그 완전체는 바로 최초의 운동자인 빛입니다. 그것은 최고의 완전성입

니다. 제1하늘은 최초 운동자, 즉, 하나님의 빛을 다른 어떤 하늘보다 더 많이 받습니다. 이런 논리는 직접적인 입증도 아니고, 연역법의 논리도 아니어서, 앞선 논리를 부정하는 것 같이 보입니다. 그러나 그 내용을 곰곰이 생각해보면, 그것은 아주 훌륭한 입증논리를 갖추었습니다. 그것이 영원히 움직 인다고 말하면, 그것이 영원히 결함의 상태에 있어야 한다는 사실을 말하는 것입니다. 그래서 하나님이 그 하늘에 움직임 을 주지 않았다면, 하나님은 그 하늘에 결함이 되는 물질성 을 부여하지 않았다고 말할 수 있습니다. 이러한 논리로, 그 내용 때문에 그 논리는 유효하다 할 수 있습니다. 이러한 논 리는 다음의 논리와 같습니다. "그가 인간이라면, 그는 웃을 수 있다." 아무리 모순이 되는 명제라도, 내용의 덕택으로 유 사한 추론이 유효해집니다. 화자가 "하나님의 빛을 더 많이 받는 하늘"이라고 말할 때, 그 말은 우회적으로 천국이나 최 고하늘을 두고 한 말입니다.

27) 앞에서 언급한 것과 같이 『하늘나라』(『De colelo』 I, 2) 제 1권에서 아리스토텔레스는, "하늘나라는 지상의 것들로부 터 멀리 떨어져 있는 까닭에 지상에서보다 더 훌륭한 것들 이 많이 있다"라고 말합니다. 바울 사도 역시 에베소 사람들 에게 그리스도에 대하여 다음과 같이 말합니다, "하늘나라를 완전하게 채우려고 그리스도가 하늘나라로 올라가셨다"(『에 베소서』 4:10). 하늘은 하나님의 기쁨이 있는 곳입니다. 루시

퍼가 하나님을 배신하기 전에, 그는 하늘나라의 기쁨이었다고 에스겔은 말합니다. "지혜로 가득하고, 완전하여 아름다운 그런 모습으로 하나님의 천국에서 기쁨이었다"(「에스겔」 28:12-13).

28) 화자는, 그가 에둘러 묘사한 천국에 그 자신이 있었다는 사실을 말한 후에, 천국에서 돌아온 자로서 말로 표현하기 불가능한 것들을 그곳에서 보았다고 말합니다. 그는 하나님을 향한 욕망으로, "기억에 담아서 이 세상으로 가져올 수 없을 만큼 그렇게 아주 깊은 곳으로 지성이 빠져들었다고 말합니다"(「천국」 캔토 1:4-9). 인간의 지성은 하늘나라 지성과 다른 성질을 갖습니다. 최고의 자리에 올라갔다가 다시 제자리로 돌아오면, 기억이 제 역할을 하지 못합니다. 지성이 인간의 한계를 벗어났기 때문입니다. 바울 사도도 고린도 사람들에게 똑같이 말합니다. "셋째 하늘에 끌려간 사람을 내가 알고 있다. 그가 육체를 갖고 그곳에 갔는지, 육체를 벗어나서 갔는지 나는 모른다. 하나님만 아신다. 그는 그곳에서 인간으로서는 말하는 것이 불가능한, 세상에서는 말할 수 없는 말들을 들었다"(「고린도후서」 12:2-4).

인간의 지성이 최고의 자리에 올라가 인간의 한계를 벗어나면, 그 한계 밖에서 일어난 일들을, 제자리로 돌아와서 기억해낼 수가 없습니다. 「마태복음」 17장에는 3명의 사도들이 구름으로부터 들리는 소리를 듣고 두려워 땅에 얼굴을 박고 누웠습니다. 그리고 기억이 없었다는 듯이, 그때 들은 이야기를 그들은 기록하지 않고 있습니다. 「에스겔」 2장 1절에도, "내가 그것을 보고, 나의 얼굴을 땅에 박았다"라고 말하고 있습니다. 이런 예들로도 만족하지 못한 사람들이 있다면, 리처드(Richard of St. Victor)의 『명상록』(『De gratia contemplationis』)이나, 성 베르나르의 『고찰』(『De consideratione』), 또는 성 아우구스티누스(St. Augustine)의 『영혼의 한계』(『De quantitate animae』)란 책들을 읽기를 권합니다. 그것들을 읽으면 그때 그들은 만족해 할 것입니다. 만일 화자의 죄를 물어, 화자가 최고의 자리에 있는 지성에 그가 도달했다는 그의 주장을 반대하는 사람들이 있다면, 「다니엘」을 읽어보라 하십시오. 죄 많은 네부카드네자르(느부갓네살, Nebuchadnezzar)조차, 하나님이 허락하시어, 죄인들에게 내리는 경고의 꿈들을 보았습니다. 그 역시 자신이 꾼 꿈들을 잊었습니다(「다니엘」 2 : 3-5). 하나님은 "선한 자나 악한 자나 모두에게 태양을 비추시고, 정의로운 자나 정의롭지 못한 자나 모두에게 비를 내리십니다"(「마태복음」 5 : 45). 하나님은 죄인들에게 자신의 훌륭함을 보여주기 위해, 죄질이 지독히 나쁘지만 않다면, 죄의 분량에 따라, 그들의 개종에 온정을 베푸시고, 그들을 징계하기 위해 화를 내시는 방식으로 자신의 뜻을 보여주십니다.

29) 화자는 자신이 기억하고 있는, 천국에서 있었던 일들을 이

야기하겠다고 말합니다. 그리고 그것은 「천국」의 주제이기도
합니다. 천국에서 있었던 사건들의 본질과 내용은, 서시 다음
의 실행의 시에서 이야기될 것입니다.

30) 그곳에서 화자는 "오, 선행을 베푸는 아폴로여"라고 시의
신 아폴로를 부릅니다. 이곳은 2개의 부분으로 나뉩니다. 처
음에 그는 아폴로 신을 불러 부탁합니다. 그리고 두 번째로
그는 그가 허락하면 보상하겠다는 약속과 함께, 아폴로 신이
그의 부탁을 들어주게 합니다. 두 번째 부분은 "오, 신이 하
사하시는 덕목이여!"(O divina virtù)로 시작합니다. 그 첫 부
분은 다시 두 부분으로 나뉩니다. — 처음 부분에서 그는 신
이 주시는 도움을 청하고, 두 번째 부분에서 그는 그가 부탁
해야 했던 필연성에 대해 정당성을 부여하는 말을 합니다.
그 부분은 이렇게 시작합니다. — 「천국」 캔토 1:13-36

"자, 시의 신들이 사는 파내서스(Parnassus)의 정상까지 이르러,"

31) 이것은 서시의 두 번째 부분에 대한 개괄적인 설명입니다.
구체적인 의미는 지금 이야기하지 않겠습니다. 가정적인 문
제로 마음이 무거워 이 일뿐 아니라 다른 공적인 일들도 포
기해야 합니다. 그러나 전하께서 다른 때에 「천국」의 내용을
설명할 기회를 다시 주실 것이라 믿습니다.

32) 서두의 서시와 같은 방식으로, 실행의 시도 둘로 나뉩니다. 그러나 나는 나뉜 부분에 대한 해설의 말을 지금은 하지 않겠습니다. 그러나 이 이야기는 하겠습니다. 이야기의 진행은 천국에서 천국으로 올라가며 전개됩니다. 화자는 각각의 하늘에서 마주친, 축복받은 영혼들과 이야기를 할 것입니다. 그들이 진정으로 축복받은 것은, 진리의 시작되시는 하나님을 이해하였다는 데 있습니다. 그것이 축복입니다. "하나님을 진정으로 아는 일은, 곧 영원한 생명에 이르는 길입니다."(「요한복음」 17 : 3) 철학자 보에티우스(Boethius)는 『철학의 위안』(『De consolatione philosophiae』) 제3권에서, "하나님을 보는 것이 나의 최종목표이다"라고 말합니다. 축복받은 영혼들의 영광스런 모습들을 보여주기 위해, 화자는 진리의 충만함을 목격한 사람들에게 그곳에 있는 것이 무슨 이익이 있으며, 무슨 즐거움이 있는지를 묻습니다. 처음이고 최초인 하나님 앞에 도착하면, 화자는 이제 더 이상 나아갈 곳이 없습니다. 하나님은 처음이고 마지막이니, 「요한계시록」에서 말하고 있듯이, 영원한 축복이시고 끝없는 세상이신 하나님에게서, 모든 것이 끝이 납니다.

IV

가르침을 받지 않고, 스승을 따르지 않는 자는 사망할 것이다. 가장 천박한 자이어서 그런 짓을 한다. - 단테, 『향연』

1. 성공을 원하는 사람들이여! 단테 『신곡』의 「지옥」편을 읽어라!

「지옥」편 열다섯째 마당(canto)은 지옥의 아홉 둥근 구덩이들 가운데 일곱 번째에 해당되는 구덩이에 대해 이야기합니다. 이 일곱째 구덩이에는 폭력의 죄를 지은 자들이 모여 있습니다. 그 구덩이는 3개의 원형계곡으로 구성되어 있는데, 그들은 나사와 같이 아래로 내려가며 있습니다. 지옥을 위로부터 내려오며 처음 마주한 구덩이인 가장 바깥 원형 계곡은 이웃들에게 폭력을 휘둘러 지은 죄인들이 있는 곳이고, 가운데 계곡은 자살자들로 자신에게 폭력을 저지른 죄인들이 있고, 그리고 가장 안쪽 계곡에는 하나님과 자연 그리고 예술에 폭력을 저지른 죄인들이 있습니다. 일곱 번째 구덩이 가장 안쪽에 해당되는 세 번째 원형 계곡에는 비정상성애자들이 있습니다. 이들은 자연에 대해 폭력을 저지른 죄인들입니다. 자연(nature)의 라틴어 'natura'는 'natus' 즉, 탄생한(born)이란 형용사에서 유래한 말입니다. 비정상성애자들은 자연의 법칙을 거스른 죄인들입니다.

중세에는 남을 가르치는 직업에 있는 지성인들 가운데 많은 사람들이 전통적으로 남색을 추구하는 동성애자들이었습니다. 젊은이들과의 접촉이 많다 보니, 상대적으로, 가르치는 직업을 가진 사람들이 동성애 경험이 많을 수밖에 없었을 것입니다. 죄 지을 기회가 많으니 죄의 유혹도 많았습니다. 동성애는 보통 은밀하게 이루어지는 까닭에 일반인들은 동성애자들을 구별하기가 쉽지 않습니다. 특히 동성애가 특권층에서 이루어지는 경우, 더욱 더 비밀에 가려질 기회가 많았습니다. 중세는 말할 수 있는 권력을 지닌 자만이 자유롭게 말할 수 있는 시대였습니다. 말해지지 않으면, 비밀로 남아 다른 사람이 알 수가 없습니다. 비정상성애자가 죄를 짓더라도, 그 사실이 밝혀지지 않으면 알 수 없어서, 그 죄는 죽어서 하나님의 심판을 받아야만 그 때서야 비로소 밝혀집니다. 단테는 『신곡』에서 세상에 밝혀진 이야기보다 밝혀지지 않은 이야기에 더 관심을 많이 보이고 있습니다. 그는 인간으로서는 밝힐 수 없는 내용들을 하나님의 정의의 입장에서 밝혀내려 하였습니다.

단테는 「지옥」편 열다섯째 마당에서 자신을 아들이라 부르는 자신의 옛 스승 브루네토 라티니(Brunetto Latini)를 만나 이야기를 나눌 기회를 갖습니다. 라티니는 단테에게 세속적인 진리를 가르쳐, 세상에 살아있을 때 세속의 영예와 명예를 얻을 수 있는 가르침을 준 스승이 었습니다. 말하자면 세속의 스승이었습니다. 라티니는 단테에게 지옥의 구덩이에 그와 함께 있는 사람들을 소개합니다. 그곳에는 기원 후 6세기경에 살았던 라틴 문법학자 프리시안(Priscian)이 있고, 13세기 말까지 볼로냐와 옥스퍼드 법과대학 교수를 지낸 프란체스코 다코르소(Francesco d'Acorso)가 있습니다. 그리고 라티니는 단테에게 다음과 같이 말합니다, "플로렌스 사람들은 늘 앞과 뒤를 안 가리는 행동의 무모함으로 유명하다./시기가 많고(invidioso), 자만심이 강하고(superbo), 욕심이 많다(avaro)./그러니 너는 그들로부터 물드는 일을 피하여야 한다"(「지옥」 캔토 15 : 67-68). 라티니가 플로렌스 사람들을 비난하며 언급한 이들 세 가지 플로렌스 사람들의 품성들은, 당시 중세에 만연하였던 악덕들의 전형들이었습니다. 그들 세 가지 죄들이 바로 지옥형성의 근간이 되는 죄들입니다.

지옥의 모든 죄들은, 플로렌스 사람들의 죄들의 목록으로, 라티니가 언급한 이들 세 가지 악덕들의 세부 항목들입니다. 중세의 이들 3가지 악덕들이 현대에 와서는 3가지 덕목들이 되어 적극 추천되고 있습니다. 중세의 자만심(pride)은 현대의 자존감(self-love)으로, 중세의 시기심(envy)은 현대의 성공(success)의 기본 덕성으로, 그리고 중세의 탐욕(avarice)은 현대에 와서 열정(passion)이란 옷을 갈아입고, 서점가에 있는 모든 처세술과 관련한, 아니면 소위 치료(healing)라는 상담의 허울을 쓴 책들의 주요 덕목으로 적극 추천하고 있는 항목들이 되었습니다. "성공을 원하는 사람들은 모두 단테 『신곡』의 「지옥」편을 읽어라!, 그리고 지옥에 있는 사람들이 죽기 전에 세상을 살면서 행한 행동을 그대로 따라 하라, 그러면 성공하리라." 지옥의 세계를 현실화하는 것이 성공의 지름길이라고 합니다.

중세에는 악덕이었던 품성들이, 어떻게 현대에 와서는 덕목의 품성들이 되어 성공하기 위하여 꼭 갖추어야 할 덕목들이 되었을까요? 「지옥」에서 하나님으로부터 형벌을 받고 있는 사람들은, 우리가 인류 역사에서 배워서 잘 알고 있는 훌륭한(?) 인물들입니다. 흥미롭게도 중세 사람들은 정의와 도덕의 기준을 하나님에 두고는 있었지만, 실제로는 하나님의 기준이 아니라 세상의 기준을 따라 살아가고 있다고 그들 자신은 생각했습니다. 그들은 자신들이 말과 행동이 다른 삶을 살고 있다고 생각했습니다. 권력자들과 지성인들, 그리고 종교인들도 그렇게 생각했습니다. 그래서 세상의 기준으로 성공한 많은 사람들이 「지옥」에 있습니다. 그들은 자신들이 이중적인 잣대를 가지고 삶을 살아가고 있다고 생각하여, 누구나 할 것 없이 모두 죄의식에 찌든 삶을 살았습니다. 자신이 지었다고 생각하는 죄에 고통스러워하며 고통스런 삶을 살았습니다. 단테가 『신곡』을 쓸 수 있을 만큼 그들은 자신들이 이중적인 삶을 살아가고 있다고 생각했습니다. 그러나 현대는 다릅니다. 현대인들은 모두 세상의 기준으로 세상을 살아갑니다. 중세 사람들과 달리 현대인들은 정의와 도덕의 잣대 기준이, 오직 세상의 기준 하나뿐이어서, 그들에게 죄의식이 전혀 없습니다. 그래서 후대의 역사가는 이렇게 말할 것입니다, "아! 그 시대는 그렇게 살았습니다.

그래서 그 누구도 더 이상 『신곡』을 쓸 수가 없었습니다."

자본주의 시대는 소비가 삶에서 중요한 자리를 차지합니다. 소비의 가치가 삶의 가치입니다. 그리고 소비는 끊임없이 욕망을 창출합니다. 소비는 현재성입니다. 소비란 단어에는 미래라는 의미가 있을 수 없습니다. 지금 소비하지 않으면, 미래의 소비는 의미가 없습니다. 소비에 절제가 있을 수 없습니다. 현재의 삶을 위하여 미래를 담보로 삼을 만큼 현재가 중요합니다. 소비의 시대에 절제는 악덕이기 때문입니다. 절제하면 우리는 그만큼 소비의 기회를 잃습니다. 욕망의 충족을 잃습니다. 파우스트는 24년이란 현재의 삶을 살아가기 위하여 메피스토펠레스에게 영원의 삶인 그의 영혼을 팔았습니다.

현대인들은 파우스트와 같이 살고 있습니다. 현재가 미래보다 중요합니다. 나이가 더 들기 전에 즐겨야 한다고 말합니다. 기회를 놓치지 말고 소비하겠다고 말합니다. 단테의 「지옥」에 등장하는 플로렌스의 사람들과 같이 우리는 우리의 현재의 삶에 욕심(lust)을 갖고, 자신만만하게(pride), "남들과 같이 나도 현재의 삶을 누려야 한다"는 시기심(envy)으로 살아가고 있습니다. 나도 남들과 같이 소비할 권리를 가졌다고 말합니다. 과거를 돌아보며 자신이 소비하지 않고 헛되이 살았다고 말하며, 지금이라도 더 소비하면서 살아야겠다고 거듭 결심하며 살아갑니다. 과거만 바라보고 미래는 보지 않습니다. 늘 과거 이야기만 하고, 지금이라도 소비하겠다고 말합니다. 그런 세상에 살고 있는 우리는 모두 지옥을 살고 있습니다.

2. 「지옥」을 어떻게 읽어야 할까?

『신곡』의 구조는 「지옥」 「연옥」 「천국」의 3편으로 되어 있습니다. 「지옥」은 서곡을 포함하여 34개의 캔토(canto)로 구성되어 있고, 나머지 「연옥」과 「천국」은 33개의 캔토로, 『신곡』은 총 100개의 캔토로 구성되어 있습니다. 1개의 캔토는 3행의 시들로 구성되어 있습니다. 특히 캔토를 구성하는 3행의 운율은 '테르저 리머'(terza rima)라는 고정 운율 형식으로, aba bcb cdc…와 같이 두 개의 같은 각운이 가운데 이질적인 각운을 감싸고, 다음 연에서 그 이질적이었던 각운이 또 다른 이질적인 각운을 감싸는 방식으로, 행과 연을 서로 엮어가면서 유기적인 운율을 형성하고 있습니다. 단테는 「지옥」과 「연옥」을 지나갈 때 로마건국을 다룬 서사시 『아이네이드』(『Aeneid』)의 저자 버질(Virgil)을 안내자로, 그리고 「천국」을 여행할 때는 베아트리체(Beatrice)로부터 안내를 받고, 최종적으로 하나님을 만날 때는 성 베르나르(St. Bernard)의 안내를 받습니다.

단테는 35세 되던 1300년 삶의 방향을 잃고 죄의 숲에서 길을 잃은 채 방황하다가, 천국으로 가는 길을 발견하고, 그 길을 향하여 나아갈 때, 세 짐승들(leopard, lion, she-wolf)이 그의 앞에 나타나 그가 가는 길을 막고, 그가 왔던 길로 되돌아가라고 합니다. 그때 베아트리체의 부탁으로 단테를 구하러 지하세계에서 지상으로 돌아온 버질은, 천국으로 가기 위하여 준비가 필요하다며, 우선 지옥과 연옥을 통과해야 하고, 그 두 곳으로 가는 길을 자신이 인도하겠다고 말합니다.

이곳에서 우리는 두 개의 알레고리를 마주합니다. 하나는 3마리 짐승들이고, 다른 하나는 버질이라는 알레고리입니다. 우선 세 마리 짐승들의 알레고리에 대하여 생각해 보겠습니다. 이들 세 마리 짐승들의 알레고리로, 표범(leopard)은 무절제(incontinence)를, 사자(lion)는 폭력(violence)을, 그리고 암-늑대(she-wolf)는 속임수(fraud)의 상징적 의미를 지닙니다. 이들 세 마리 짐승들이 대표하는 죄들은 지옥의 전체 구조의 틀을 형성합니다. 지옥은 모두 9개의 원형 계곡으로 되어있고, 이들 9개 계곡을 나누는데, 이들 세 마리 짐승의 알레고리가 중요한 역할을 합니다.

다음은 알레고리 형태를 가진 지옥의 구조를 한 눈에 볼 수 있는 도표입니다.

Canto	Circle	죄인 분류	3 짐승의 죄 분류
1-3	0	서시	
4	1	덕성을 갖춘 이교도들(Limbo)	
5	2	정욕(the Carnal)	무절제 The Incontinent (Leopard)
6	3	식탐(the Gluttons)	
7	4	축재와 낭비(The Hoarders and the Wasters)	
	5	분노와 실쭉(the Wrathful and the Sullen)	
8	5	분노	
	6	타락천사(The Fallen Angels)	
9-11	6	이단자(The Heretics)	
12	7	원형 둘레 계곡 1:이웃에게 폭력	폭력 The Violent (Lion)
13		원형 둘레 계곡 2:자신에게 폭력	
14		원형 둘레 계곡 3:신과 자연과 예술에 폭력	

15		자연에 폭력	
16		자연과 예술에 폭력	
17		예술에 폭력	
18	8	계곡 1:뚜쟁이와 유혹자 / 계곡 2:아첨꾼	사기 The Fraudulent (She-Wolf)
19		계곡 3:성직매매	
20		계곡 4:점쟁이	
21-2		계곡 5:부정부패	
23		계곡 6:위선자	
24-5		계곡 7:도둑	
26-7		계곡 8:교사자(the Evil Counselors)	
28		계곡 9:불화 유포	
29-30 0		계곡 10:거짓말쟁이	
31	9	거인들(The Giants)	
32		계곡 1:친척 배반 / 계곡 2:조국 배반	
33		계곡 2:조국 배반/ 계곡 3:손님과 집주인 배반	
34		자신의 상관 배반	

　　우리가 위 도표에서 볼 수 있는 바와 같이 세 마리 짐승은 크게 3가지 알레고리 의미를 갖기는 하지만, 그 3가지 알레고리가 의미의 가지치기를 하여 여러 의미의 층위를 만들어내고 있음을 봅니다. 그리고 이들 다양한 의미의 층위들이 지옥의 계곡들을 다양한 부류의 죄인들로 가득 채우게 합니다. 예를 들어 단테가 처음 만나는 짐승인 레오파드(Leopard)의 알레고리는 영어의 'incontinent'와 같은 뜻입니다. 그 뜻은 '무절제'입니다. 그리고 알레고리 무절제란 추상적 의미가 구체성을 띠며 다양한 죄의 모습으로 인간들에 나타납니다. 다시 말해, 무절제한 죄인들의 하위부류로, 정욕에 사로잡혀 절제하지

못하는 자, 음식을 절제하지 못하는 자, 자신의 재산을 절제하지 못하고 지나치게 쌓아두거나 마구 써버리는 자, 자신의 성질을 절제(temperance)하지 못하고 화를 내거나 성질을 표현하지 못하고 내부로 끌어들여 우울해하는 자, 그리고 자신의 신분을 망각하고 무절제하게 하나님에게 저항하였던 천사들(Fallen Angels)이 있습니다. 이들 모두 절제하지 못한 죄를 범한 죄인들입니다. 이들 죄인들은 모두 무절제(incontinence)라는 어휘에 동의어로 묶여 분류되는 어휘목록들에 있는 알레고리들입니다.[3]

우리는 사고하고, 그 사고를 언어로 표현합니다. 이들 두 가지, 사고와 언어행위는 우리가 의사소통의 수단으로 사용하는 두 가지 체계입니다. 우리의 사고는 어휘 망(paradigm)과 관련이 있어서 시간과 관계없이 많은 어휘들로 구성되어 있습니다. 우리의 사고에는 의미를 갖추지 못한 어휘들이 문장이 되기를 갈구하며 뒤엉켜 있습니다. 그리

---

3) 언어학자 소쉬르(Ferdinand de Saussure)가 처음 사용하였고, 후에 야콥슨(Roman Jakobson)이 시학으로 발전시킨 두 가지 용어들, '구문품성'(syntagma)과 '어휘품성'(paradigm)이 있다. 구문품성이란 낱말의 의미가 문맥 속에서 의미를 완성하는 것을 말한다. 낱말이 시간 속에서 수평 이동하면서 이웃한 언어 낱말들과 공존(co-presence)하며 상호관련성(correlation)이라는 그물망 속에서 병치(juxtaposition)의 질서를 유지하는 선형(linearity)의 구문 특성을 구문품성이라 한다. 그리고 '어휘품성'은 낱말이 다른 낱말들과 은유적으로 유사성의 연상을 갖고 수직적 연관성이 있는 특성을 말한다. 어휘품성이란 한 낱말이 다른 낱말로 대체 가능한 대체 관계(substitutional relationship)를 형성한다. 야콥슨은 이 분류방식을 수사의 두 가지 커다란 줄기인 수사 용어들(figurative terms)과 연관을 맺는다고 한다. 다소 무리가 있는 정의이기는 하지만, 그에게 있어 구문품성은 환유(metonym)의 수사이고, 어휘품성은 은유(Metaphor)의 수사이다.

고 실천적인 측면에서 언어행위는 이들 어휘들을 구문(syntagma)이라는 언어의 실천으로 질서를 잡습니다. 낱말들이 문장구문의 문법 속으로 들어와 문장이 되어 의미를 만듭니다. 문장으로 표현하기 위해서, 우리는 사고에 들어 있는 많은 어휘들을 구문에 맞게 골라야 합니다. 그러나 문법적으로 구문에는 맞지만 의미론적으로 낯선 어휘를 선택하여 의미를 창출하는 수사, 은유가 있습니다. 은유는 구문에 들어갈 수 있는 어휘들을 고를 때, 정확히 구문에 맞는 어휘와 유사성이 있는 다른 어휘를 문장 속에 넣어서, 고정적이고 익숙한 문장의 의미를 어색하게 하여, 비유가 되게 하는 수사 기법입니다.[4]

『신곡』의 「지옥」편에 나오는 3마리 짐승의 알레고리들은 각각의 알레고리의 의미와 유사한 어휘목록을 형성하는 어휘들로 지옥의 구조를 세분화합니다. 알레고리의 의미를 지닌 죄인들이 지옥을 가득 채웁니다. 그리고 그들과 유사한 의미를 지닌 어휘목록들이 중세의 사고와 맞물려, 지옥의 이야기의 틀이 되는 철학 그리고 종교와 정치의 담론으로 실천적인 지옥이란 구문(syntagma)을 갖추게 됩니다. 어휘목록에 해당되는 알레고리들은 같으면서 다릅니다. 그렇게 알레고리가 지옥의 구문을 형성하고 있습니다.

---

4) 언어의 사용과 우리의 정신세계는 매우 밀접하게 관련이 있다. 예를 들어 치매라는 질병은 구문만이 존재하고 어휘 선택에 문제가 있거나, 어휘선택에는 문제가 없는데 구문에 문제가 있는 경우이다. 예로 딸이 어머니가 되고, 아들이 아버지가 된다. 이 유형의 치매는 어휘선택에 문제가 있는 것이고, 현재와 과거와 미래가 구분이 없고, 목적어와 주어의 혼란이 야기되어 구문에 문제가 있는 경우가 있다. 책을 많이 보는 사람이 치매에 걸릴 확률이 적다. 그 이유는 책의 내용을 이해하기 위해 문장의 구문의 문법에 익숙해져서이다.

중세의 사람들은 현대의 사람들과 정반대의 생각을 하며 살았습니다. 현세보다 내세가 훨씬 더 중요하다고 생각하였습니다. 그들은 현세를 내세처럼 살았습니다. 죄의 무게로, 천국보다는 지옥이 더 가깝게 느껴지는 시대에 살았습니다. 그들에게 현재의 삶은 늘 영원한 내세와의 관계를 통하여서만 의미를 가졌습니다. 중세 작품들에서 알레고리라는 수사가 다른 어떤 수사보다 더 우세하였던 이유는, 중세 사람들의 사고방식과 관련이 깊습니다. 그들은 보이는 것에서 보이지 않는 것을 찾으려 하였습니다. 문자의 의미 말고 그 이외의 다른 의미를 생각하였습니다. 현재는 늘 미래와의 관련 속에서 의미를 가졌습니다. 현재의 삶이 힘들면 힘들수록 사람들은 현재를 해석해 줄 현재와 다른 의미를 생각합니다. 그들은 힘겨운 현재를 부정하며 이미 내세를 살고 있었습니다.

그렇게 그들은 현세와 내세를 구별하지 않는 이상한 논리의 삶을 살았습니다. 흥미롭게도 가난하고 힘없어 아무것도 가지지 못한 자들은 지옥을 살면서 천국을 꿈꾸었고, 권력과 부를 가진 자들은 지옥을 악몽과 같이 생각하며, 천국의 삶을 살았습니다. 중세의 삶은 대조와 대비가 뚜렷하였습니다. 아름다움과 추함, 지옥과 천국, 사랑과 증오, 그리고 자비와 잔인함이 대조되고 대비되었습니다. 그렇게 그들은 질서를 추구하려는 집착이 매우 강렬하였습니다. 그러한 열망은 그들이 살아간 현세와 내세라는 이중적 잣대 때문이었습니다. 가까운 것은 크게 분명하게 그리고, 멀리 있는 것은 작고 희미하게 그리는 르네상스 시대의 원근법과 대조적으로, 중세 사람들은 질서에 대한 강박관념으로 많은 것들을 하나도 빠짐없이 수용할 수 있는 체제를 꿈꾸었습니다. 그래서 중세에는 총론(summa)이라는 제목이 붙은 책들이 많았습니다.

『신곡』의 내용은 이 세상 이야기가 아닙니다. 죽음 이후의 삶에 대한 이야기입니다. 인간은 자신의 삶을 자신의 자유의지에 의하여 자신이 선택합니다. 그렇기 때문에 인간은 자신이 선택한 삶에 대하여 죽은 후에 하나님으로부터 정의(justice)의 심판을 받습니다. 『신곡』에는 지상에서 이해할 수 없었거나 불가능했던 모든 삶의 내용들이 모두 해석의 범위 안에 놓여있습니다. 그곳에서 정의의 기준은 인간의 기준이 아니고, 하나님이 정한 영원함에 근거합니다. 인간은 세상을 살아가며 이 세상이 자기가 주인이고 자기 것이라고 생각하며 살아가지만, 그들이 죽어서 가는 『신곡』의 세상은 인간의 세계가 아닙니다. 그곳은 하나님의 세계입니다. 하나님의 비전이 있는 곳입니다. 영원한 법이라는 정의의 이름으로 하나님의 도덕률이 적용되는 세계가 『신곡』의 세계입니다. 이곳에서는 단테 역시 아무런 힘이 없습니다. 그는 의견도 없습니다. 단지 관객이고, 기록자일 뿐입니다. 그곳은 그가 창조한 세계가 아니라, 하나님이 창조한 세계입니다.

중세시대 사람들은 아리스토텔레스 철학의 영향으로 모든 것을 분류하려고 하는 고집스런 습관이 있었습니다. 그들은 우주를 구성하는 것들로, 무생물과 식물과 동물과 인간과 천사를 분류하였습니다. 식물은 생장의 본성을 지녔고, 동물은 생장과 감각의 본성을 지녔으며, 인간은 생장과 감각과 이성과 천사의 본성인 신성의 본성까지 지녔다고 생각하였습니다.

『신곡』에서 지옥과 연옥에서 단테를 안내하는 버질(Virgil : 기원전 70-19)은 인간 본성의 완성자로 이성의 화신입니다. 버질은 예수 탄생 이전에 태어나 죽은 사람입니다. 그는 모든 판단의 기준을 이성에 근거하였습니다. 그리고 무엇보다도 이성은 동물과 인간을 구분하는 아주 중요한 잣대였습니다. 만일 인간이면서 이성을 사용하지 않았다면, 그는 동물이라고 할 수 있습니다. 그래서 이성적이지 않은 행동을 한 사람은 동물로 비유되었습니다. 단테는 버질을 만나기 전에 3마리의 동물들을 만납니다. 이들 3마리의 동물들은 모두 이성이 부재함을 상징하는 알레고리입니다. 그리고 지옥에 있는 죄인들 모두는 동물과 같이 이성부재의 인간들입니다. 또 지옥을 지키는 수문장들과 죄인들을 벌주는 피조물들 또한 모두 인간이 아니라 신화에 나오는 괴물들, 동물들입니다.

중세문학에 자주 등장하는 짐승의 알레고리들은 모두 이성부재의 알레고리들이었다고 할 수 있습니다. 인간은 이성을 가졌기에 진실과 덕성을 사랑합니다. 그리고 이성을 가진 인간은 고귀합니다. 그 고귀함이 바로 인간의 영혼 속에 있는 신성함의 씨앗이기 때문입니다. 네 권으로 구성된 『향연』에서 단테가 네 번째 권의 내용 모두를 이 고귀함에 대하여 말하고 있는 것은 전혀 이상하지 않습니다. 그 고귀함을 통해 인간은 신성에 오를 수 있기 때문입니다. 고귀함이란 '비천하지 않음'의 뜻이며, 비천함은 바로 동물과 동의어입니다. 그렇게 지옥의 죄인들은 모두 동물의 알레고리들입니다. 그래서 지옥이라는 동물들의 나라를 여행할 때 단테는 이성의 화신인 버질의 안내를 받습니다.

단테의 『향연』 제4권 7장은 「지옥」에 나오는 동물 알레고리들인 죄인들과, 이성의 알레고리인 버질을 이해하는 데 좋은 단서를 제공합니다.

"아리스토텔레스는 『영혼의 이론』 제2권 4장에서 '삶이란 생명이 존재하는 방식이다'라고 말했다. 그리고 삶은 여러 방식으로 이루어진다(생명의 존재 방식을 보면, 식물은 생장하고, 동물은 생장하고 느끼고 움직이고, 인간은 생장하고 느끼고 움직이고 생각하는 지성을 사용한다). 피조물들은 자신의 존재방식의 가장 고귀한 부분으로 완성된다. 동물들(짐승들)은 삶을 느끼고, 인간은 살아가며 이성을 사용한다. 사람은 생명체의 존재 방식으로 이성을 사용하여야 사람이라고 할 수 있다. 인간이 이성에서 벗어나면, 그는 인간 존재에서 벗어나는 것으로, 곧 인간은 죽었다는 것을 의미한다. 자기 인생의 목적에 대하여 생각하지 않는 사람 또한 이성을 사용하지 않는 것이라 할 수 있다. 가야할 길을 생각하지 않는 사람 또한 이성을 사용하지 않는 사람이다. 눈앞에 발자국이 있는데도 그것을 생각하지 않는 사람도 이성을 사용하지 않는 사람이다. 솔로몬은 「잠언」 5장 23절에서, '가르침을 받지 않는 자는 죽은 사람으로, 수많은 어리석음으로 길을 잃을 것이다'라고 말했다. 가르침을 받지 않고, 스승을 따르지 않는 자는 사망할 것이다. 가장 천박한 자이어서 그런 짓을 한다."

『신곡』을 읽으며 단지 줄거리만을 이해하고, 죄를 구분한 시적 구조를 분석하고, 아니면 유명한 에피소드들을 기억하는 것으로 독서를 다 했다 할 수 없습니다. 시의 행마다 뿜어 나오는 숨소리를 느낄 수 있어야 합니다. 「지옥」의 도입부부터 뿜어 나오는 거친 단테의 숨소리는 검은 어둠에 둘러싸인 절망의 헐떡거림입니다. 그 어두운 숲 속을 순례하는 순례자인 단테는 모든 말초신경을 곤두세워 극단의 경험을 하며 몇 번이나 정신을 잃고 실신합니다. 『신곡』에서 단테가 사용하고 있는 단어들은 모두 지극히 극단적이고 묵시록에서나 볼 수 있는 심판의 날에나 들을 수 있는 거친 낱말들입니다. 그들은 상징이기를 거부하는 상징들이고 알레고리이기를 거부하는 알레고리들입니다. 더 이상의 의미를 확장할 수 없는 지경까지, 끝까지 간 단어들입니다. 홀딱 벗은 단어들입니다. 그리고 그 언어들은 지성의 옷을 벗은 살의 언어, 감각의 언어들입니다. 생경하고 날 것 냄새가 나는 언어들입니다.

그래서 우리가 『신곡』에서 읽어내야 할 것은 지적인 아우라(aura)가 아니라, 감각적인 아우라일 경우가 많습니다. 산문과 달리 시의 독서는 감각 체험이 지적 체험보다 더 중요합니다. 시는 산문과 달리 요약하여 말할 수 없고, 설명이 불가능한 감각 체험들의 단어들로 가득합니다. 모두 다 이야기할 수 없는, 의사소통이 불가능한 감각의 시적 체험이 시에 담겨 있습니다. 사실 그 시적 체험은 배우지 않고는 알 수 없는, 배운 것 그 이상의 귀중한 체험입니다. 시가 아니고서는 아무리 배워도 도저히 알 수 없는 것, 시가 아니고서는 그 어떤 장르도 가르칠 수 없는 그것이 『신곡』에 들어 있습니다.

V

『신곡』에서 단테는 중세의 정치와 사회, 문화와 교육 등에 담겨있는 여러 다양한 담론들을, 매우 독특한 시적 상상력으로, 기독교란 종교적 알레고리의 틀 안에 집어넣어, 그들 담론들에 참여하고 있는 다양한 인간들의 영혼들의 깊이와 높이 그리고 넓이를 거대한 우주적 리듬의 음악으로 만들어내고 있습니다. 그곳에서 우리가 보는 인간은 수동적인 인간이 아니라, 우주적 질서에 역동적이고 창조적인 역할을 요구하는 르네상스 세계로 나아가는 인간입니다.

이제 우리는 단테의 시를 읽으며, 인간이 현세를 사는 소우주지만, 내세에는 대우주의 일원이 되는, 거대한 우주적 리듬에 참여하는 한 인간을 발견합니다. 그렇게 우리는 『신곡』에서 두 우주, 세속의 노래와 하나님의 노래가 둘이 아니라, 어떻게 하나가 되는지를 듣습니다. 단테는 우리에게 세상 속에 갇혀있는 인간이 아니라, 우주를 향해 열려있는 인간의 모습을 보여줍니다. 이제, 우리는 단테 때문에, 덕분에, 우주를 향해 나아갈 수 있게 되었습니다. 그렇게 단테는 그의 『신곡』에서 인간에게 타락 이전 에덴동산에 있었던 인간의 위엄성(Dignity)을 되돌려 주려 하였습니다.

그러나 현재 우리의 모습은 어떠합니까? 우주의 리듬을 찾지 못하고, 지구를 품에 안고 우주를 등 뒤에 짊어진 채로 땅 위를 기어가고 있는 저 벌레만큼의 두뇌도 가지지 못하지나 않았는지 모르겠습니다. 우주의 천체들이 돌아가는 소리를 들어야, 세상이 돌아가는 소리를 들을 수 있지 않겠습니까? 올바른 삶의 리듬은 우리의 삶을 우주의 리듬에 맞추어 사는 것입니다. 기껏 사는 목표가 자신의 도덕을 완성하기 위해 사는 것은 아닐 것입니다. 더구나 누구를 위해 사는 것도 아니고, 더더욱 자아실현이 목표일 수도 없습니다. 그렇게 이기주의적인 사고 방식으로 살면, 마치 이 세상은 내가 살 곳이 아닌데, 어떻게 내가 이 세상을 살아가고 있더라 하는 과대망상으로 방관자의 삶을 사는 사람이 됩니다.

직장을 다니며 내가 누구보다 더 훌륭한 사람이어서 이 직장이 다닐 만한 곳이 아닌데 다닌다며 늘 불만을 갖는 사람들이 있습니다. 그가 사는 그의 삶은 허위의 삶입니다. 그가 아니더라도 그곳에 다닐 사람은 많고, 그보다 더 훌륭한 사람들이 너무 많습니다. 그가 그곳에 있어서 그보다 더 훌륭하게 일 할 사람들의 기회를 그가 막고 있다는 생각은 왜 안하는지 모르겠습니다. 나는 글을 쓰면서 나의 글을 읽는 사람들 생각을 합니다. 나의 글을 읽지 않고 내 글보다 더 좋은 글을 읽을 수도 있는데, 내 글을 읽느라 그 좋은 기회를 놓쳤을 수도 있다고 생각합니다. 우리는 모두 그렇게 죄인입니다. 겸허히 사는 수밖에 없습니다. 사람들과 함께 정직하게 살아가는 수밖에 없습니다. 그들에게 늘 미안하고 죄송하고 그들이 고맙습니다. 그래서 우리는 사랑한다 말합니다. 우리를 묶고 있는 우주의 리듬을 생각하지 않으면, 우리는 우리만을 생각하고 천박한 삶을 살 수밖에 없습니다.

꽤 오래 전 일이었습니다. 아마 1990년대 중후반이었을 겁니다. 당시 초등학교 5학년이나 6학년이었을 아들과 나와 둘이서 원주에서 서울로 차를 운전해 갈 때입니다. 원주 톨게이트를 지나 10여 분 가서 문막을 지나치는데, 창밖을 바라보고 있던 아이가 넓은 논 벌판 한가운데 놓여 있는 조그마한 동산을 바라보며 손가락질하며 저곳으로 가자고 졸라댔습니다. 논들 사이에 덩그러니 놓여 있는 그 작은 동산은 나무들이 가득하고 동산 주위로는, 서양 중세의 성들이 외부의 적들을 방어하기 위해 파놓은 해자와 같이 연못이 빙 둘러쳐져 있었습니다.

결국 아이의 성화를 못 이기고, 여주 톨게이트로 들어와 역방향으로 다시 문막까지 돌아와 국도로 그 동산 가까이까지 차를 몰고 갔습니다. 그리고는 논두렁에 둘이 앉아 동산을 바라보며 아이에게, 왜 이곳에 오자고 했느냐고 물었습니다. 아이는 저 동산에 들어가면 마법의 세계가 열릴 것 같다고 했습니다. 아이는 그때 『해리포터』를 읽고 있었습니다. 아마 책의 장면이 떠올랐나 봅니다. 그때 나도 여러 가지 생각이 떠올랐습니다. 왜냐하면 그곳은 몇 년 전만 해도 나무 하나 없는 민둥산이었습니다. 세월을 두고 나무들이 자라자 새들이 날아 와서 그곳에 둥지를 틀고, 동산 안에는 온갖 식물들과 곤충들과 크고 작은 동물들이 살고 있었습니다. 아마도 그곳에는 작은 연못이 하나 있어 다양한 파충류들이 살고 있을지도 모릅니다. 연못의 물 위로 작은 바람이 지나치며, 물 위로 반사되어 있는 하늘에 떠있는 구름들을, 그 바람 자신이 손가락이 되어 흩어놓았을 수도 있습니다. 연못도 구름도 바람도, 그들 모두가 마법입니다. 나무들이 자라면서 그 동산에 마법이 시작되었습니다. 꿈꾸기 시작하면 바로 그 순간부터 마법이 펼쳐집니다. 꿈이 곧 마법이기 때문입니다. 동산이 꿈꾸면서 자연의 마법이 시작되었습니다. 좋은 사람들이 모이면 그곳에 마법이 시작됩니다. 우리의 가정이 그렇지 않습니까? 좋은 사람들이 함께 하는 모임이 그렇지 않습니까? 우리는 늘 마법의 세계를 경험하며 삽니다. 마법이 없다면 어디 그것이 인생입니까? 살아있는 그 자체가 마법입니다.

단테는 성금요일(Good Friday) 저녁에 절망의 땅인 지옥으로 내려 갔다가, 다시 산의 은유를 지닌 희망의 땅인 연옥의 산을 향하여 오릅니다. 그는 연옥의 정상인 에덴동산에 3일째 되는 날 아침에 도착하는데, 예수가 장사한 지 3일 되는 날 부활하였듯이, 주일이 시작하는 첫날 오후 부활한 몸으로 은총과 영광의 땅인 천국을 향하게 됩니다. 그의 부활의식은 에덴동산에 들어가기 전에 시행됩니다. 그는 부활의식으로 '망각의 강'(Lethe)에서 과거의 죄의 기억을 모두 지우고

(캔토 31), 좋은 기억을 가져오는 '좋은 기억의 강'(Eunoe)의 물을 마십니다. 그는 또한 에덴동산에 들어가기 전 지옥과 연옥을 안내자로 함께 하였던 버질을 떠나보내고, 연옥의 정상인 에덴동산에서 천국을 안내할 베아트리체를 만납니다. 그리고 그녀와 함께 천국의 10개의 하늘들 중의 하나인 제1하늘 달의 하늘을 향합니다. 그렇게 단테의 「천국」(「Paradise」)은 다음과 같이 시작됩니다.

> "만사를 주도하시는 하나님, 그분의 영광의 빛 우주에 가득하도다. 그러나 그 빛 더 많은 곳 있고 덜한 곳도 있다. 난 가장 많은 빛이 있는, 가장 높은 마지막 제10하늘(Empyrean)을 경험했는데, 그곳 다녀온 그 누구도 그곳에서 본 것들 다시 말할 지혜와 능력 없었다는 것도 알고 있도다. 알고자 하면 누구나 그곳 가겠지만, 지성이 따르기엔 그곳이 너무나 깊어, 기억을 감당 못하도다. 그래도 난 나의 마음속에 담을 수 있을 정도로 힘껏 많이 담아, 천국에 있었던 기억들 나의 노래 내용 삼으리." – 「천국」 캔토 1 : 1-12

이곳에서 단테는 보통 사람들은 천국에서 경험한 내용들을 이 세상의 언어들로 담아낼 수 없다고 말합니다. 그럼에도 그는 기억 속에 있는 천국의 경험들을 말하겠다고 합니다. 이곳에서 그는 다른 시인들과는 다른 언어와 다른 문법을 사용하겠다고 말하고 있는 것이 됩니다. 그의 시가 다른 시인들의 시들과는 다르다고 말합니다. 그래서 그는 영감을 줄 시의 신들 가운데 두 명을 부릅니다. 「천국」의 캔토 1에서 단테는, 「지옥」(캔토 2와 32)과 「연옥」(캔토 1과 29)에서와 같이, 자신의 시에 영감을 줄 시의 여신들인 뮤즈들(Muses)을 부릅니다. 그러나 「천국」에서 그는 뮤즈들 이외에, 뮤즈들의 지도자이고, 태양의 신이며 빛이기도 한 아폴로(Apollo)를 부릅니다. 시의 신들이 사는 산으로 알려진 파르나수스(Parnassus)에는 두 개의 봉우리가 있는데, 하나는 아폴로가 사는 시라(Cyrrha)이고, 다른 하나는 뮤즈들이 사는 니사(Nyssa)입니다. 아폴로나 뮤즈나 모두 시의 신들입니다.

단테가 특별히 「천국」에서 아폴로를 불러 자신에게 시의 영감을 줄 것을 기도한 것은, 아폴로가 빛의 신이고 하나님은 영광의 빛이기 때문입니다. 그리고 시와 학문과 예술에 영감을 주는 아홉 여신들(Nine Muses)은, 신들의 왕인 제우스(Zeus)와 기억의 여신(Mnemosyne) 사이에 태어난 딸들로 문학의 장르와 예술을 대표하는 여신들로, Calliope(서사시), Clio(역사), Euterpe(서정시), Thalia(희극과 전원시), Melpomene(비극), Terpsichore(춤), Erato(연애시), Polyhymnia(종교시), Urania(천문학) 등입니다. 단테는 「천국」을 시작하며 하나님의 영광의 빛을 체험한 기억의 내용을 시에 담겠다고 합니다. 그러니 시를 쓰기 위해 시의 신 아폴로(Apollo)와 기억의 여신이란 어머니를 둔 시의 여신들 뮤즈들(Muses)이 모두 필요했을 것입니다.

시와 학문 그리고 예술 작품 활동에 영감을 준다고 말할 때 사용하는 영감이란 영어 낱말 'inspiration'은 매우 기독교적인 의미를 지니고 있습니다. 영어 'inspiration'의 어원인 고대불어는 라틴어 'inspiatio'에서 유래했습니다. 고대불어 동사 'inspirer'의 어원인 라틴어 'inspirare'는 'in + spirare' 의 합성어로, 라틴어 'spirare' 의 뜻은 '숨을 쉰다'라는 뜻입니다. '기운, 정신'의 뜻을 지닌 영어 'spirit'도 그 어원인 라틴어의 뜻은 '숨'입니다. 그래서 '숨이 끝난다' '종료되다'의 영어가 'expire'(ex+spirare)입니다.

그러므로 '영감'(inspiration)이란 '숨을 불어넣어준다'라는 뜻입니다. 흥미롭게도 「창세기」 2장 7절에는 '영감'이란 뜻이 구체적으로 표현되어 있습니다. "여호와 하나님이 흙으로 사람을 지으시고 생기를 그 코에 불어넣으시니 사람이 생령이 되었다"(And the Lord God formed man of the dust of the ground, and breathed into his nostrils the breath of life; and man became a living soul.)라고 말합니다. 이와 같이 '영감' 이란 살아 숨 쉴 수 있게 무생물에 생명력을 부여하는 것을 뜻합니다. 그래서 시인들이 영감을 달라고 신들에게 기도할 때, 그는 자신에게 새 생명을 달라고 부탁하는 것입니다. 그는 영감을 받으면 새롭게 창조되는 창조물이 됩니다. 영감을 받기 전까지 시인은 죽은 자입니다. 생명이 없는 흙일 뿐입니다. 단테도 「천국」의 첫 캔토 처음 시작하는 부분에서, 아폴로와 뮤즈들에게 영감을 달라고 부탁하는 기도를 합니다.

뮤즈들(Muses)은 제우스(Zeus)와 기억의 여신(Mnemosyne)의 딸입니다. '이야기틀'(narrative)의 시제는 근본적으로 과거입니다. 왜냐하면, '이야기틀'은 "한 명이나 두 명 또는 여러 명의 화자들(narrators)이, 한 명이나 두 명 또는 여러 명의 청자들(narratees)에게, 하나 또는 그 이상의 실제 또는 가공의 사건들을 다시 말해주는 것(recounting) 입니다"(Prince. p.58). 사건이란 이미 존재하는 이야기틀을 갖춘 과거의 시제입니다. 사건은 이미 있었던 일, 즉, 과거의 일입니다. 과거에 있었던 사건을 '다시 말하는' 형식이 '이야기틀'입니다.

달리 말하면, "이야기틀은 사건들을 재현한 것(represen-tation)으로, 이야기(story)와 이야기틀 담론(narrative discourse)으로 구성되어 있습니다. 이야기란 하나의 사건(event)이나 일련의 사건들을 뜻하고, 이야기틀 담론이란 이야기를 재현해 놓은 사건들을 뜻합니다"(Abbott, p.16). 이야기는 과거의 사건으로 매우 추상적인 상태입니다. 그리고 이야기틀 담론은 그 이야기를 말하는 방식이고, 말하는 형식입니다. 말하자면, 이야기는 내용이고, 담론은 그 이야기를 담는 형식입니다. 「천국」에서 기억은 이야기가 담겨있는 내용입니다. 그리고 단테는 그 이야기를 시의 형식 속에 풀어내는데, 시의 형식이 바로 '이야기틀 담론'(narrative discourse)이 됩니다.

그렇다면 왜 단테는 시라는 형식을 사용했을까요? 시와 산문은 이야기를 풀어내는 형식이 다릅니다. 산문은 설명하는 글이고, 시는 설명하지 않는 글입니다. 그래서 시는 설명이 필요한 글입니다. 천국에서의 경험이 담겨있는 기억은 설명을 필요로 하는 내용들입니다. 그러기에 시의 형식이어야 합니다.

이제 기억과 관련하여, 성 아우구스티누스가 『고백록』에서 말하고 있는 유명한 두 구절들을 먼저 인용하고, 시간과 '이야기틀'과 관련한 이야기를 하려 합니다.

"그렇다면 시간이란 무엇인가? 누군가 나에게 시간이 무엇이냐고 묻기 전까지 나는 시간이 무엇인지 안다. 그러나 나에게 시간이 무엇인지를 묻는 그 사람에게 시간이 무엇인지를 설명하려 하면, 그 순간 나는 내가 모르고 있다는 사실을 알게 된다. 그러나 나는 다음 사실은 알고 있다고 자신 있게 말할 수 있다. 아무것도 지나쳐 사라져 버리지 않는다면 그곳에 과거란 존재하지 않을 것이고, 다가올 것이 아무것도 없다면 그곳에 미래가 없을 것이고, 바로 지금 이곳에 존재하는 것이 없다면 이곳에 현재 또한 없을 것이다."

– 『고백록』 11권 14장(성 아우구스티누스, p.267)

"미래도 과거도 존재하지 않는다는 말은 분명 옳다. 그리고 과거와 현재와 미래라는 3가지 시간이 존재한다고 말하는 것도 정확하지 않다. 3가지 시간이 있다면, 그들은 과거 사건의 현재성(a present of things past), 현재 사건의 현재성(a present of things present), 그리고 미래 사건의 현재성(a present of things future)이 있을 뿐이다. 이들 3가지 시간들은 모두 마음속에만 존재하는 것들이고, 다른 어느 곳에서도 찾을 수 없다. 과거 사건의 현재성은 기억이고, 현재 사건의 현재성은 현실이고, 미래 사건의 현재성은 기대(예상)이다. 만일 누가 이런 의미로 말하고 있다면, 그때, 나는 3가지 시간이 있음을 알게 되겠고, 그의 말이 옳다고 하겠다. 그러니 누군가 시간에는 과거와 현재와 미래라는 3가지 종류의 시간이 있다고 말한다면, 그는 올바르게 언어를 사용하고 있는 것이 아니고, 단지 관습적으로 언어를 사용하고 있는 것이다. 그렇기는 해도 그가 말하고 있는 것이 무엇인지가 분명하다면, 그가 관습적으로 언어를 사용한다고 해도, 나는 크게 마음 쓰지 않고, 반대하지 않고, 틀렸다고 문제를 제기하지도 않겠다. 그러나 분명히 말하겠는데, 과거나 미래는 존재하지 않는다. 우리는 자주 올바르게 언어를 사용하지 않고 있다. 비록 상대가 무슨 말을 하고 있는지 이해는 하겠지만, 우리는 보통 언어를 틀리게 사용하고 있다."

　　－『고백록』11권 20장(성 아우구스티누스, p.273)

　늘 우리에게 의문으로 다가오는 것은, 왜 우리는 시간을 과거와 현재 그리고 미래로 구분하는가? 왜 그렇게 꼭 집어 3가지로 나누어 시간을 구분하여 우리의 사고를 제한하려 하고 있는가? 그렇게 구분하는 논리가 누구를 위해, 무엇 때문에, 어떻게 정당화될 수 있는가? 무슨 이점이 있고, 단점은 무엇인가? 그러한 3분법이 정말 아무런 문제가 없는가? 그러한 3분법 논리가 아니라, 다른 구분이 이 세상을 변화시킬 수 있는 논리를 만들어내지는 않을까? 과거란 지난 것으로 되돌릴 수 없으니 모두 용서해야 하고, 미래는 현재를 부정하고 이상적인 기대로 희망을 주는 것이라는 논리는 올바른가? 아, 오늘은 아니지만 내일은 좋아질 것이라는 그런 논리를 만들기 위해 미래가 필요하였던가? 3분법으로 시간을 나누는 것 말고, 다른 대안은 정말 없는 것일까?

　두 번째 인용문에서 성 아우구스티누스는 현재만이 존재하고 과거와 미래는 존재하지 않는다고 말합니다. 그가 이곳에서 과거와 미래가 존재하지 않는다고 말하는 것은, 과거나 미래나 모두 현재라는 가상의 시간을 통해 비추어 말해진 실체가 아닌, 현재가 만들어낸 이념(ideology)이라는 뜻으로 한 말입니다. 과거가 의미를 지니는 것은, 그것이 현재에 의미가 있어서입니다. 현재에 의미가 없는 과거라면, 우리는 그 과거를 회상하여 기억으로부터 끌어내지도 않았을 것입니다. 그렇다면 그런 과거는 존재하지도 않았을 것입니다.

그러나 현재의 우리는 과거입니다. 과거가 없다면 우리라는 정체성도 없습니다. 기억상실이 곧 정체성의 상실입니다. 그렇다면 미래는 어떻습니까? 우리는 현재를 살아가며 끊임없이 미래를 가져다 씁니다. 장래에 나의 세계가 펼쳐질 미래를 위하여 오늘을 열심히 살아간다면, 그것이 바로 미래를 가져다 쓰는 것이 됩니다. 미래를 가져다 쓰려면, 우리는 현재를 부정해야 하며, 현재의 모습의 정체성인 과거를 끊임없이 부정해야 합니다. 현재는 과거의 결과이고 그 과거에 대한 불만인 현재가 미래를 열어갑니다. 과거가 미래를 열어놓는 원인입니다. 그리고 미래는 끊임없이 과거를 부정하라고 합니다. 지금의 당신이 진정한 당신이 아니라고 말합니다.

그렇다면 「천국」에서 단테가 말하는 기억이란 무엇입니까? 우리들 가운데 그 누구도 『신곡』을 읽으며 단테가 정말로 지옥과 연옥과 천국을 다녀와서 이 시를 썼다고 믿는 사람은 없을 것입니다. 그렇다면 그가 기억에서 꺼내서 시를 쓰겠다는 것은 도대체 무슨 의미입니까? 그것은 당시 시를 쓰는 사람들이 대부분 '시란 기억이다'라고 생각했기 때문입니다. 사실 문학 장르 모두가 기억입니다. 과거입니다. 이야기가 없는 문학은 없고, 이야기는 모두 과거이기 때문입니다. 시의 내용이 미래이든 과거이든 모두 기억입니다. 섭리는 하나님의 기억이고, 예언도 예언자의 기억입니다. 현재의 문제가 기억에서 과거를 끌어내고 미래를 끌어냅니다. 현재에 문제가 없다면 과거도 미래도 없습니다. 과거도 미래도 없는 현재뿐인 황홀함(Ecstasies)이 그렇지 않습니까? 현재가 즐겁다면 과거도 미래도 생각나지 않고, 기억에서 그 두 시제를 끌어내려고 하지도 않을 겁니다. 그렇게 우리는 이야기틀에 맞추어 우리가 누구인지를 말하면 그때 그 이야기틀이 우리가 됩니다. "다른 말로, 이야기틀이 일종의 뼈대를 갖추어 모습을 드러내어, 우리가 누구인지를 말해주는 기록이 모양을 갖추면, 그때 우리는 우리가 누구인지를 말해주는 마음의 기록을 갖게 됩니다"(Abbott. p.3). 이야기틀에 들어있지 않는 기억들은 의미를 갖지 않는 기억이 됩니다. 「천국」의 10개의 하늘들은 모두 단테가 의문을 가졌던 문제들을 해결해 줄 다양한 이야기틀을 갖추고 있습니다.

「천국」 캔토 1 끝 부분에 이르러 단테는 연옥의 꼭대기 에덴동산을 떠나 첫째 천국인 달을 향해 가면서, 어떻게 자신이 불이 되어 지상을 떠날 수 있었는지를 베아트리체에게 묻습니다. 그리고 베아트리체는 103-141행에서 다음과 같이 설명합니다.

"모두들 그 무엇이나 그들 사이엔 질서란 것이 있습니다. 우주는 하나님을 닮아 질서의 형식을 갖추고 있습니다. 이곳 하늘나라에 있는 축복받은 사람들은 그 영원한 최고의 질서를 보여주는 또 다른 모습입니다. 질서란 체계가 만들어낸 최종 결과입니다. 질서를 잡고 있는 자연물들 모두는 그들의 다양한 성질에 따라, 다양한 성향을 지닙니다. 모두는 그들의 근원이 되는 하나님을 향해 남들보다 더 가까이 있거나, 아니면 남들보다 더 멀리 떨어져 있습니다. 그들은 거대한 존재의 바다를 건너, 저 다양한 모습의 항구들을 향해 나아갈 때, 모두들 자신들에게 주어진 본능을 따라 움직입니다. 달을 향하여 불을 끌어 올리는 동력과 같은 것은 모든 피조물들 내부에도 있습니다. 지상 모든 것들은 이 질서에서 벗어날 수 있는 것이 없습니다. 본능의 동력이라고 부르는 화살을, 지성이 없는 동물들뿐 아니라, 지성(intelletto)과 사랑(amore)을 갖춘 인간들도 똑같이 갖고 있습니다. 최고 속도로 돌아가는 제10하늘이 비추는 빛은, 모든 것들을 규정하는 섭리로, 그 아래 아홉 하늘이 무엇일지 알 수 없게 합니다. 그래서 섭리입니다. 이제 그 즐거운 최고 하늘을 표적으로 삼아, 섭리라는 화살이 그곳을 향해 날아갑니다. 재료가 말을 듣지 않을 뿐 아니라, 반응까지 보이질 않아, 최종 형태의 작품이 자주 창작자의 의도와 부합하지 않게 나오듯, 능력을 갖춘 인간들도 자신의 본성에 맞지 않게 반응하면 다른 길을 선택하게 되고, 결국 자신이 가야 할 길에서 이탈하는 경우가 있습니다. 번갯불이 하늘을 향해 위로 오르지 못하고 구름을 떠나 지상으로 내려오듯, 타고난 최초의 본성이 거짓 쾌락에 휘둘려 하늘을 향하지 않고 지상으로 길을 틀고 내려오기도 합니다. 내가 옳게 말하는 것인지 알 수 없으나, 산꼭대기에서 산 아래로 시냇물이 흘러내리는 것보다, 당신이 하늘을 향해 오르는 것이 더 이상하게 생각되지 않습니다. 방해요소를 모두 제거하고도, 타는 불꽃이 하늘로 오르지 못하고, 조용히 땅 위에 머물러 있듯이, 그렇게 당신이 땅 위에 그냥 머물러 있으면, 그것이 더 이상한 일이 아니겠습니까?"

***

단테는 하나님의 빛이 가장 적게 비추는 달로부터 시작하여 빛이 가장 많이 빛나는 제10하늘까지 갑니다. 그리고 하나님을 봅니다. 다음은 단테가 경험한 천국의 10가지 하늘의 모습들을 정리한 것입니다.

천국의 조직표					
하늘	만난 영혼	주제와 사건	천사	덕목	칸토
달 (Moon)	서약을 파기한 영혼들:Picarda, Constance	지성의 활동. 의지의 자유.	Angels	용기부족	유리에 비친 듯 흐릿한 모습 (ii ~ v)
수성 (Mercury)	야망으로 선행하여 정의의 덕성이 부족:Justinian, Romeo	로마제국 역사. 구원의 신비.	Archangels	정의부족	자체 발광 빛 속에 숨어있다(v ~vii)
금성 (Venus)	절제부족 연인:Charles Martel, Cunizza, Foulquet of Marseilles, Rahab.	사회 체제. 권리 찬탈.	Principalities	절제부족	자체 발광 빛 속에 숨어있다(viii ~ix)
태양 (Sun)	신학과 철학과 역사학자, 왕:안쪽 12인(Aquinas, Albertus, Gratian, Peter Lombard,	성 프란시스의 생애 (아퀴나스)	Powers	신중 (Prudence)	현인들이 2개의 원을 그리고 있다:

	Solomon, Dionysius, Orosius, Boethius, Isidore, Bede, Richard, Sigier) 바깥 12인 (Bonvaventure, Agostino, Illuminato, Hugh, Comestor, Peter of Spain, Nathan, Chrysostom, Anselm, Donatus, Rabanus, Joachim)	성 도미니크의 생애 (성 보나밴트라) 솔로몬의 지혜 부활한 육체의 영광			지성으로 세상의 빛이 되었던 사람들 (x~xiv)
화성 (Mars)	믿음의 전사들: Cacciaguida Joshua, Judas Marccabaeus Charlemagne Roland William of Orange Renouard Godfrey of Bouillon Guiscard	초기 플로렌스의 역사. 단테의 추방예언	Virtues	용기 (Fortitude)	전사 영혼들이 수백만 빛 은하수로 십자가를 만들다(xiv~xviii)
목성 (Jupiter)	정의의 통치자들:David, Trojan, Hezekiah, Constantine, William II of Sicily, Rhipeus	하나님과 인간의 정의. 은총과 구원	Dominations	정의 (Justice)	영혼들이 제국을 상징하는 독수리 M을 그리며 하나님의 정의를 외친다 (xviii~xx)
토성 (Saturn)	명상의 성자들:Peter Damian, Benedict,	예정론. 금욕. 부패한	Thrones	절제 Temperance	명상의 성자들 황금사다리 타고

	Macarius, Romualdus	수도원제도에 신의 분노의 도래를 예언하다.			하늘 오르고 내린다 (xxi~xxii)
항성 (Fixed Stars)	그리스도의 승리. 성모 마리아. 베드로. 야고보. 요한. 아담	단테 신심 검증:베드로는 믿음, 야고보는 소망, 요한은 사랑.	Cherubum	믿음, 소망, 사랑	그리스도와 성모 마리아가 모든 구원자들과 함께 원을 그린다 (xxiii~xxvii)
최초 동인 (Primum Mobile)		아홉 천사의 환상. 우주 창조. 천사들의 역할.	Seraphim		아홉 천사에 둘러싸인 점 (xxvii~xxix)
최고 천국 (Empyrean)	St. Bernard. 천상의 장미.	단테의 빛 강물 은총 세례. 베아트리체의 최고 천국으로 돌아감. 베르나르의 기도.			영광의 육체로 흰옷 입은 구원자들의 흰 장미 (xxx~xxxiii)
		단테 하나님 본다.			xxxiii

목성-독수리

*

St. Augatine, 『The Confessions of St. Augustine』, trans. Rex Warner. New York：A Mentor Book, 1963.

Gerald Prince, 『A Dictionary of Narratology』, Lincoln & London：University of Nebraska Press, 1987.

H. Porter Abbott, 『The Cambridge Introduction to Narrative』, Cambridge：Cambridge University Press, 2002.

VI

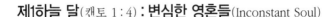

제1하늘 달(캔토 1:4) : 변심한 영혼들(Inconstant Soul)

- 강압을 견디지 못하고 수녀원을 떠나 살았던 두 여인 -

1

소리가 들리는 것은 소리에 틈이 있어 그곳에 쉼이 있어서이다.

우리가 듣는 것은 끊어지는 단위들의 연속이라 할 리듬이다.

우리는 책을 읽다가 이따금 지금 읽고 있는 책이 아니라 또 다른
책을 읽고 싶을 때가 있습니다. 사실 지금 읽고 있는 책이 아니었다
면 생각나지 않았을 책입니다. 왜 그렇습니까? 이 책이 그 책의 의미
를 갖게 하기 때문입니다. 이 책과 그 책은 빛과 어둠이 되어 서로의
의미를 완성하는 동전의 앞과 뒤와 같습니다. 이 책이 그 책을 있게
하고, 그 책이 이 책을 있게 합니다. 두 책이 함께 하지 않았으면 의미

달

가 완성되지 않았을 그런 의미의 짝꿍입니다. 그렇게 책을 읽다가 보면 또 다른 책이 생각납니다. 아! 이제 지금 읽고 있던 책이 다른 의미를 요구하고 있기 때문입니다. 이전에 생각났던 그 책으로는 지금의 책의 의미를 확정할 수 없기 때문입니다.

책은 또 다른 책을 찾아 나섭니다. 기호학의 의미로 생각하면, 이 책은 기호의 기표이고, 저 책은 기호의 기의입니다. 우리가 읽고 있는 이 책은 끊임없이 기의를 바꾸어야 하는 기표입니다. 인간도 그렇습니다. 우리는 의미를 계속하여 바꾸는 기표입니다. 어제의 내가 아니고 오늘의 내가 내일의 내가 아닐 것입니다. 그렇게 우리는 책을 읽으면서 무수한 그림자들을 만들어갑니다. 밝은 세계로 나오려고 안달하는 그림자들입니다. 그러니 어둠이 만들어지지 않는 책 읽기는 진정한 의미의 책 읽기가 아닐 것입니다. 그 책에 그림자가 있어 그 책의 의미가 더 분명히 드러납니다.

우리는 신곡의 「천국」편을 읽으면서 단테가 베아트리체에게 묻는 질문들을 통하여, 단테가 신곡을 쓰면서 왜 그런 질문을 하였을까 생각해봅니다. 그가 하나님에게 나아갈 수 있었던 것은 바로 그런 질문들을 그가 할 수 있어서였다는 생각이 듭니다. 그러한 질문이 그를 하나님에게로 인도합니다. 우리가 의문을 갖고 질문하는 그 내용이 바로 우리의 정체성입니다. 단테가 하나님을 향해 나아가게 하였던 것은 바로 그 질문의 내용 때문입니다. 그렇게 우리가 내뱉는 질문의 내용의 질이 우리 삶의 질이기도 합니다. 영적인 질문을 하며 살아가는 사람이면 그는 영적인 사람입니다. 그의 삶이 영적이기 때문입니다.

남들이 생각하지 못한 질문을 하며 살아가는 인간은 창조적인 인간으로 세상을 바꾸는 인간입니다. 그러나 남들이 변함없이 해대는 질문들을 반복하며 살아가면 그는 변화를 싫어하는 진부한 인간입니다.

우리가 책을 읽는 이유는 알지 못하는 정보를 얻기 위해서이기도 하지만, 내가 알고 있는 지식이 올바른 지식인지 확인하기 위해서, 남들의 생각을 확인하고 싶어서 책을 읽기도 합니다. 남들과 같이 생각하기 위하여 책을 읽는 사람이 있고, 남들과 다르게 생각하기 위하여 책을 읽는 사람도 있습니다. 그러나 분명한 것이 있다면, 우리는 올바른 질문을 하기 위하여, 올바른 질문이 무엇인지 배우기 위하여, 그런 이유로 책을 읽습니다. 결국 그가 읽고 있는 그 책이 바로 그 사람이기 때문입니다.

우리가 책입니다. 우리가 바로 읽혀야 할 책입니다. 우리는 깊이와 높이와 넓이가 있는 책입니다. 우리는 책을 읽으며 끊임없이 단단히 싸여있는 의미의 껍질에 흠집을 내고 틈을 내어 그곳에 생명을 부여하며 책을 읽습니다. 책에 생명을 주는 것은 책에 의미의 틈을 내어 그곳에 우리의 숨결을 불어넣어서입니다. 책에 틈을 내는 것이 그 책이 살아서 숨 쉬는 맥박을 부여하는 일이고, 생명의 리듬을 주는 일입니다. 가끔 누군가는 우리의 숨통을 열어주는 틈입니다. 우리는 모두 우리라는 감옥에 갇혀 숨이 막혀있을 지경에 놓여 있습니다.

세상이란 커다란 바다 앞에 서서 우리는 부표들을 앞에 던져 놓고 그곳 위로 옮겨 타고 또 던져 놓고 그곳에 올라타고 계속하여 부표들을 던져가며 살아가는지 모르겠습니다. 아니면, 그렇게 멀리는 아니고, 조금은 보이는 저곳에 조약돌 하나 던져 놓고 그곳에 도착하면 다시 그 돌을 주워 다시 던지고 그렇게 계속하여 조약돌을 던지고 주워 다시 던지며 우리의 목표를 수정하며 살아가는 존재들이나 아닌지 모르겠습니다. 슬픔으로 이를 꽉 깨물고 가끔은 앞이 보이지 않게 흘러내리는 눈물을 씻어내며 우리 앞에 놓여있는 그 조약돌을 주워 다시 저 멀리 보이는 곳에 던지고 그곳을 향해 나아갑니다.

2

누군가 푯대를 꽂아두면 우리 모두는 그것이 이정표라 믿고
그곳을 향해 갑니다.
꽂혀 있는 그 푯대를 어떻게 믿고 그곳을 향해 무작정 가는 것일까요?
그러나 우리의 삶에 푯대가 없는 곳은 없습니다.

다음의 글은 달과 관련하여 중세 사람들이 생각하였던 상징적 의미를 잘 말해주는 글입니다. 루이스(Lewis)의 인용문과 함께, 중세시대와 같은 사고방식으로 달을 바라보았던 19세기 영국 낭만주의 시도 한 편 분석해 보았습니다:

달을 대표하는 금속은 은이다. 달은 사람들을 방황하게 한다. 두 가지 의미로 그렇다.

첫째 달은 사람들을 여행자가 되게 한다. 영국 시인 가우어(John Gower:?1330-1408)가 말했듯이, 달의 영향을 받은 사람은 "여러 외국을 찾아 나다닌다"(『Confessio』, VII, 747). 이러한 의미에서 영국인과 독일인은 달의 영향을 많이 받았다(『Confessio』, VII, 751-54).

둘째 달은 정신을 오락가락하게 한다. '미쳤음'을 뜻하는 낱말 'lunacy'의 의미는 처음에 '주기적으로 정신이상이 오다'라는 뜻으로, 랭랜드(William Langland:1330-1386)가 말했듯이, 광증환자는 "달의 상태에 따라, 광증이 더하거나 덜하다"(Piers Plowman, 100 x, 107).

셰익스피어는 『겨울 이야기』(『Winter's Tale』)에서 '위험하고 불안정한 달들'(II, ii, 30)이라 했고, 『햄릿』(『Hamlet』)에서 '달들'이란 뜻을 가진 낱말 'lunes'(III, iii, 7)는 4절판 책에서는 의미 없이 사용되고 있는 '지성의 정도'(browes)를, 그리고 2절판 책에서는 운율이 맞지 않는 'lunacies'(광증)를 대신하여 사용한 낱말이다. 단테는 수도원에 들어갔다가, 용서가 가능한 합당한 이유로 수도원 생활을 포기한 사람들이 간 곳으로 달 하늘을 사용하고 있다.

　　－Lewis(p. 109)

영문학사에서 아니 세계문학사에서 아편을 먹고 쓴 시들 가운데 가장 유명한 시로 영국 낭만주의 시인 콜리지(Samuel Taylor Coleridge:1772-1834)가 쓴 시 〈쿠블라 칸〉(〈Kubla Khan〉)이 있습니다(콜리지는 평생을 아편을 복용한 시인으로 유명합니다. 당시 아편은 마약이 아니었습니다. 단지 고통을 줄여주는 만병통치약으로 처방되었습니다).

1797년 여름 시인은 몸이 불편하여 사람들을 피해 한 외진 농장에서 살고 있었습니다. 그는 처방 받은 마약을 먹고,『퍼체이스가 쓴 순례길』(『Purchas's Pilgrimage』)이란 책의 다음 구절을 읽고 잠에 빠졌습니다 : "이곳에 몽고의 왕 쿠불라(Khan Kubla)는 궁전 하나를 짓게 하고, 그 주위에 멋진 정원도 조성하라 명령하였다. 그리고 그 비옥한 땅 10마일이 벽으로 둘러치게 되었다."

시인은 3시간 동안 깊은 잠에 빠졌다가 깨어나 잠 속에서 보았던 환상(vision)을 근거로 200에서 300행의 시를 쓸 수 있으리라고 생각했습니다. 그리고 시를 쓰기 시작하였습니다. 그런데 이때 이웃마을에서 사업상 한 사람이 방문하여 1시간이 좀 지나도록 그를 붙잡아 두었습니다. 방문객이 가고 다시 펜을 들었을 때 그는 더 이상 그 환상에 근거한 시를 쓸 수 없음을 깨달았습니다. 그 시가 54행의 시로 남은 〈쿠불라 칸〉(〈Kubla Khan〉)이고, 시의 부제는 '꿈속에서 본 환상. 단상'('Or, A Vision in a Dream. A Fragment')입니다. 이 시의 12행부터 16행에는 달과 관련한 유명한 구절이 있습니다.

> 그러나 아! 삼나무 숲을 가로 질러 나있는 푸른 언덕 아래로
> 경사진 저 깊고 낭만적인 협곡을 보라!
> 이교도의 장소여! 기울어 가는 달이 비추는 달빛 아래
> 귀신이 된 애인을 찾아 울부짖는 여인이 출몰할 정도로
> 성스럽고 마법에 걸려있는 곳이도다!
> (But oh! that deep romantic chasm which slanted
> Down the green hill athwart a cedarn cover!

A savage place! as holy and enchanted

As e'er beneath a waning moon was haunted

By woman wailing for demon-lover!)

　인적이 없이 숲이 나무들과 풀로 가득한 깊은 산속 계곡에 공터가 나타나고, 그곳에는 기울어 가는 달의 달빛 아래 한 여인이 '죽어 귀신이 된 자신의 애인'(demon-lover)을 쫓아 울부짖습니다. 그녀는 죽은 애인을 불러낸 광녀입니다. 시의 배경이 되고 있는 'a savage place'란 통제할 수 없는 격렬한 감정이 분출하여 짐승과 같이 잔인함이 횡행하는 전혀 길들여지지 않는 야생의 원시적이고 야만적인 이교도들의 무리가 모여 이교도 의식을 거행하는 광증이 난무하는 장소이고, 비이성적인 고대의 제의가 벌어지는 장소입니다. 무의식의 장소입니다.

　그곳은 삶과 죽음이 공존하고, 이성과 비이성이 혼재되어 있는 환상의 세계입니다. 사실 광증은 그 자체가 'savage'의 상태입니다. 광증이란 이성이 결핍된 무질서의 비이성적인 동물적이고 원초적이며 통제가 불가한 속성을 지녔습니다. 이성적인 인간을 떠나 있다는 점에서 신을 닮았습니다. 그러한 이유로 고대인들이 숭배하였던 신들의 모습은 동물들의 모습을 갖고 있습니다. 그리고 광인들은 예언자이고 마녀이고 마법사가 되었습니다. 시에서 귀신 애인을 찾아 울부짖는 여인은 귀신을 불러낸 마녀일 수 있습니다. 사실 위의 시의 끝부분에서 시인은 환상을 만들어 사람들에게 그 환상을 보여주는 예언자이고 환상을 보는 자(visionary)이고 마법사가 됩니다.

위의 시에서 '죽었다가 살아난 귀신'으로 번역한 'demon'은 사탄의 부하들이라고 알려진 악마들(devils)과 혼재되어 사용되고 있는 낱말입니다. 아마도 이것은 죽은 자나 악마나 모두 같은 장소에 머물러 있기 때문입니다. 중세의 세계관은 이러했습니다. 지구에는 인간이 살고 있고, 지구와 달 사이에는 공기(air)가 있는데, 이곳에 제3의 피조물들이 살고 있습니다. 그리고 달의 위쪽에는 '이서'(aether)가 있고 그곳에는 초월적인 존재들인 천사들이 살고 있습니다. 그래서 달 아래라는 영어낱말 'sublunar, sublunary'는 '지상적인'이란 뜻을 가진 형용사이고, 'translunar, translunary'는 '천상의' 또는 '환상적인'이라는 뜻을 지닌 형용사입니다. 천상은 달 위쪽에 있습니다.

루이스(C. S. Lewis)는 이곳 지구와 달 사이, 공기가 있는 곳에 살고 있는 제3의 피조물들을 4가지 부류로 분류하여 설명하고 있습니다. 1) 요정들(Fairies : nymphs, undine, sylph, gnome, pygmy, salamandrine)이 있고, 2) 루시퍼(Lucifer)가 하나님에 반기를 들었다가 자신의 부하들과 지옥으로 떨어졌지만, 이때 반역의 무리들에 동조하여 하나님과 싸우지는 않았지만 반역의 생각은 가졌던 천사들이 있습니다. 그 천사들이 이곳에 있습니다. 그리고 3) 시에서 '귀신'으로 번역한 죽은 자들이 그곳에 있고, 4) 악마(devils)로 번역되는, '타락한 천사들'(fallen angels)이 또 그곳에 있습니다(pp.134-38).

이들 제3의 피조물들은 모두 불안정하고 불안하며 비이성적인 존재들입니다. 그들 존재의 의미는 죽음과 삶이 공존하여 두려움과 공포와 위험이 있는 그 자체입니다. 그들은 'savage'한 피조물들입니다. 그러나 그들은 왜 인간들보다 달에 더 가까이 있는 것일까요? 그들은 우리의 어두운 모습들입니다. 우리가 감추고 있는 모습들이지만, 그들이 바로 우리들입니다. 그들은 발가벗은 우리의 모습들입니다. 우리가 잊고 살지만 그들이 우리를 떠난 적이 없고 떠날 수도 없는 모습들입니다. 그래서 우리가 꿈에서나 만나는 모습들입니다. 현실에서 버려진 꿈 조각들입니다. 시인들이 그들을 불러 시의 자료로 쓰는 이유는 그들이 바로 우리의 어두운 모습들이어서입니다. 우리가 감추며 살고 있는 것들이 모두 그곳에서 발가벗고 놓여 있습니다. 제3의 피조물들, 그들 모습들이 그래서 모두 괴물들입니다. 우리가 감추고 사는 우리의 괴물들입니다.

3

60이 넘어서 이전에 사놓고 읽지 않았던 책들이 자꾸 눈에 걸린다.

이제 읽을 시간이다. 그러나 읽으려니 눈이 침침하다.

읽을 때 아니다, 써야 할 때이다. 그 나이가.

단테는 제2캔토에 도착하여 달의 표면이 어느 곳은 밝고 어느 곳은 어두운 이유에 대하여 궁금해 합니다. 그는 그 이유로 빛이 많이 비추는 곳은 밝고 빛을 덜 비추는 곳은 어둡다고 말합니다. 그러자 베아트리체는 다음과 같이 말합니다.

"하나님의 평화가 가득한 최고하늘(제10하늘:Empyrean) 아래

최고 하늘

에는 최초동인(제9하늘:Primum Mobile)이 있어, 그 최초동인은 모든 하늘들이 각각 자신의 구별된 존재를 갖도록 하는 곳입니다. 7개의 하늘들을 거느리는 제8하늘(항성:Starry Heaven)은 최초동인

항성

에서 받은 덕목들을 쪼개어, 7개의 하늘들의 특성에 맞게 덕목들을 나누어주고, 7개의 하늘들은 제8하늘에서 받은 덕목들을 그 목적에 맞는 결실로 맺게 합니다. 우주의 이들 하늘들은, 당신이 지금 보고 있듯이, 단계별로 일합니다. 위로부터는 받고 그 받은 것을 가지고 일합니다. 자 이제 당신이 찾아가는 진리의 길을, 나는 어떻게 찾아가는지 보세요. 그때 당신은 홀로 진리에 다다르는 길을 배우게 됩니다. 망치의 힘이 망치를 휘두르는 대장장이에게서 나오듯, 제8하늘의 운행과 덕목은 그 덕목을 움직이는 곳에서 나옵니다. 많은 빛들로 아름다운 하늘은 그 하늘을 움직이는 심오한 마음으로부터 그 덕목을 받아, 그 받은 덕목을 다시 아래로 나누어줍니다. 당신의 육체 속에 살고 있는 영혼이, 자신들의 능력들을 행사할 수 있도록 만들어진 사지들을 통해 퍼져나가듯이, 7개의 별들을 통해 제8하늘의 천사 '체러빔'(Cherubim)의 '지혜'(the Intelligence)가 퍼져나가며, 그 지혜의 선함이 하나의 통일성을 이루게 합니다. 덕목을 행사하는 제8하늘과 함께, 7개의 하늘들이 다양한 덕목의 다양한 복합체를 이룹니다. 당신의 생명과 당신이 함께 하듯이, 제8하늘과 다른 일곱 별들도 함께 합니다. 즐거움이 빛나는 눈동자를 통해 빛이 되어 나오듯이, 타고난 즐거움의 본성으로, 그 복합된 덕목들이 제8하늘이 되어 빛납니다. 빛과 빛 사이에서 관찰되는 차이들은 바로 여기에서 비롯된 것입니다. 빛이 많고 적고의 차이가 아닙니다. 이와 같은 원리가 그 자체의 목적을 갖고 어느 곳은 어둡게 하고 어느 곳은 밝게 합니다." -「천국」캔토 2:112-148

달의 표면의 밝고 어두운 곳에 대한 단테의 이해는 지상적이고 문자적 의미를 지닙니다. 그는 빛의 강도에 따라 밝고 어둡다는 매우 물리적인 현상으로 달 표면의 검은 점들을 이해합니다. 그러나 베아트리체의 해석은 다릅니다. 그녀의 답변은 알레고리의 의미가 담겨 있고 영적인 의미를 지닙니다. 베아트리체가 말하는 빛은 물리적인 빛이 아니라, 하나님의 사랑이 담겨 있는 하나님의 빛이라는 영적 의미의 빛입니다. 이제 두 사람은 하늘나라에 있습니다. 하늘나라에서의 모든 사안들은 이제 모두 영적 의미를 부여받아야 합니다. 하나님이 주신 사랑의 빛을 많이 받고 적게 받고는 모두 빛을 받는 사람의 수용능력에 따른 것이라고 베아트리체는 말합니다. 빛을 아무리 많이 주어도 많이 받을 용량이 안 되는 사람은 빛을 많이 받을 수가 없습니다. 주지 않아서 못 받는 것이 아니고, 적게 주어서 적게 받는 것도 아니고, 많이 주어서 많이 받는 것도 아닙니다. 오직 그가 받을 수 있는 능력만큼 그는 받습니다. 지상에서 인간들이 해야 할 일은 어쩌면 하나님의 빛을 받을 수 있는 용량의 크기를 확장하는 일일 것입니다. 그리고 같은 문맥에서 캔토3에서 단테는 피카르다(Piccarda)에게, "더 많은 것을 보고 더 사랑받는 곳, 더 높은 곳으로 가고 싶지 않느냐?" 묻고, 그녀는 다음과 같이 대답하는데, 그 말은 베아트리체가 한 말과 같은 논리입니다.

"형제여, 하나님의 사랑이 강력한 힘으로 우리의 욕망을 잠재워 단지 우리가 가지고 있는 것만 바라고, 그밖에 다른 것은 바라지 않게 합니다. 우리가 더 높은 곳으로 가고자 한다면, 그런 우리의 욕망은, 우리를 이곳에 배치한 하나님의 뜻과 맞지 않게 됩니다. 하나님의 사랑으로 우리가 이곳에 있는 것이 필요한 것이라는 그 사랑의 본질을 당신이 아신다면, 그런 잘못된 욕망은 하늘나라에 있을 수 없다는 것을 알게 될 것입니다. 아니, 하나님의 의지를 따르는 일이 바로 이 축복받은 상태의 본질입니다. 그때에 우리의 의지는 하나님의 의지와 하나가 됩니다. 그러므로 하나님의 나라에 있는 높이를 달리한 우리의 위상은, 왕이 우리를 자신의 의지에 맞춰 기뻐하듯이, 하나님 나라가 기뻐한 일입니다. 우리의 평화는 하나님의 뜻 가운데 있습니다. 하나님이 직접 창조하신 인간의 영혼과 자연이 생산해낸 사물들 둘 다 모두가 하나님의 뜻이라는 그 바다를 향해 움직여 갑니다." -「천국」캔토 3 :70-87

캔토 4에서 단테는 2가지 질문을 합니다. 하나는 하나님의 뜻이 정의로운데, 어찌하여 타자의 폭력으로 나의 덕목이 축소될 수 있는가? 자신의 의지와 상관없이 강압에 의하여 수녀가 되지 못하고 수녀원에서 끌려나왔는데, 왜 서약을 어긴 것이 되어 자신의 덕목에 상처가 되는가? 그리고 다른 하나는 플라톤의 이론처럼 영혼들이 자신들의 별자리로 돌아가는 것인지를 질문합니다. 플라톤의 「타이미어스」(「Timaeus」)에 따르면, 영혼은 본디 있던 자신의 별자리를 떠나 지구에 탄생할 때 자연이 영혼에 육체를 입혀줍니다. 그리고 지상에서 훌륭한 인생을 살았다면, 그 영혼은 지상으로 오기 전 그가 원래 있었던 곳, 그 별자리로 돌아갑니다. 베아트리체는 플라톤의 사고가 틀렸다고 말합니다. 그리고 그런 사고가 지니는 위험성이 너무나 크다며 두 번째 질문에 대하여 다음과 같이 대답합니다.

"하나님이 주시는 사랑의 이미지라고 말할 수 있는 제9하늘 (Primum Mobile)의 천사들 '세라핌'(Seraphim)들 가운데 그 누구도, 모세도, 사무엘도, 요한들 가운데 그 누구도, 심지어 마리아조차도, 당신 앞에 나타났던 이들 영혼들과 다른 하늘에 있는 것이 아닙니다. 그들이 더 많은 세월 혹은 더 적은 세월 동안 회전하는, 다양한 하늘들에 따로 있는 것이 아닙니다. 모두가 제10하늘 천상의 하늘을 아름답게 만들고 있습니다. 그곳에서 그들은 하나님의 영원한 숨결을 많거나 적게 마시면서, 다양한 정도로 아름다운 삶을 살고 있습니다. 이 달 하늘은 그들에게 할당되어 그들이 있는 곳이 아닙니다. 그들은 단지 자신들을 이곳에서 보여주고 있을 뿐입니다. 이곳은 가장 적은 빛을 갖고 있다는 하늘의 층위를 보여주는 표식일 뿐입니다. 당신의 인지능력을 위해서 이렇게밖에 할 수 없습니다. 지성으로 파악하려면 감각의 인식이 선행되어야 합니다. 이러한 이유로 성경은 인간의 인지능력에 맞추려고, 하나님의 손과 발을 말하지만, 그것은 다른 의미입니다. 하나님의 교회는 인간들에게, 가브리엘 천사(Gabriel)와 마이클 천사(Michael) 그리고 토비아스(Tobias)가 아버지 토빗(Tobit)의 눈을 뜨게 할 때 그를 도와주는 천사 라파엘 (Raphael), 그들 천사들 모두에게 인간의 모습을 주어 말합니다. 『타이미어스』(『Timaeus』)에서 영혼들에 대하여 말한 것은, 우리가 이곳에서 본 것과는 다른 이야기입니다. 그가 말한 것이 진리처럼 보이기는 합니다. 자연이 영혼에 육체를 부여하였다가, 다시 그 영혼이 육체로부터 분리되면, 그 영혼은 처음 그가 떠나온 별자리로 돌아간다고, 그는 말합니다. 그러나 그의 생각은 그가 말하는 것과 다를 수 있습니다. 그가 다른 의도로 말하여, 그의 의미가 틀리지 않을 수 있습니다. 만일 그가 별들이 주는 영향력을 칭송하거나 비난하기 위해서 이들 별들을 말하는 것이라면, 그의 의도가 완전히 빗나간 것도 아닙니다. 그러나 옛날 모든 세상 사람들은 이 이론을 잘못 생각하여 서둘러 주피터와 머큐리와 마스를 마구 불러댔습니다." -「천국」 캔토 4:28-63

이와 같이 달 하늘에서 단테는 하늘나라의 구조를 거의 다 이야기하고 있는 셈입니다. 특히 7개의 하늘들이 가지는 의미가 그렇습니다. 하늘나라에 간 모든 사람들은 축복 받은 자들로 천사들이 되어, 그 천사들은 모두 제10하늘 천국하늘(Empyrean)에 거주하고 있습니다. 그러나 단테가 천국하늘에 가기까지, 그가 만나는 9개의 하늘에 나타나 그가 만나는 축복받은 자들은 하늘의 층위를 보여주기 위해, 그에게 잠시 나타났던 것뿐입니다.

「천국」 캔토 2:112-148에서 우리가 보았듯이, 달로부터 제10하늘에 이르는 모든 하늘은 그 제10하늘로 가까이 가면 갈수록 빨리 돌아가고 가장 규칙적이고 가장 완전한 원형구조를 지닙니다. 아래 있는 하늘은 위의 하늘보다 빛도 적고, 천천히 돌아갑니다. 그 이유는,

"하나님이 베푸는 지성적 사랑(intellectual love)에 따라 움직이는, 의식적이고 지성적인 존재가 모든 하늘(sphere)에 상주해 있기 때문이다. 그리고 이들 하늘에 살고 있는 피조물들이 지성천사

들 (Intelligences)이다. 하늘의 지성천사와 물리적 실체인 하늘 사이의 관계는 여러 가지로 생각되었다. 아주 옛날에, 하늘에 있는 지성천사는 육체 안에 있는 영혼과 같이 생각되었다. 그래서 플라톤이 동의하듯이, 천체들은 천상의 동물들, 살아있는 육체 또는 육체를 가진 마음들이었다. … 단테는 하나님을 하나의 빛줄기로 보았다. 일곱의 빛들이 원형을 그리며 하나님의 빛줄기 주위를 돈다. 그 빛에 가장 작게 돌고, 가장 가까이 있는 빛이 가장 빠르게 돈다. 이 빛이 사랑과 지식에 있어서 그 나머지 하늘들보다 우월한 제9하늘 최초동인(Primum Mobile)의 지성천사(Intelligence)이다."(Lewis, pp.115-16).

그리고 인간이 진리를 파악할 때 사용하는 능력인 인간의 지성(intellect)에 해당되는 것이 천사의 천사지성(intelligentia)입니다.

*

Lewis, C. S., 『Discarded Image : Introduction to Medieval and Renaissance Literature』(Cambridge : Cambridge University Press, 1964)

VII

제2하늘 수성(캔토 5-캔토 7)

활동적인 인생을 살다간 야망이 큰 사람들이기는 하나 정
의감이 결여되었다.

수성 머큐리(Mercury)의 금속은 수은(quicksilver)입니다. 단테
에게 있어서 이 하늘은 유익한 일을 많이 한 사람들이 있
는 곳입니다. 이시도르(Isidore)는 이 하늘을 메르쿠리우스(Mercurius)
로 불렀는데, 메르쿠리우스가 이득을 가져다주는 후원자(mercibus
praeest)이기 때문입니다. 가우어(Gower)는, 수성의 별자리 태생인 사
람은 '학문을 좋아하고', '쓰기를 좋아한다'고 말합니다.

> 사업에 수완이 있고,
>
> 마음은 부자 될 생각뿐이다.
>
> – (『Confessio』, VII, 765.)

수성

바스의 여장부(Wife of Bath)는 그런 부류의 사람을 학자(clerk)라고 했다. 마르티아누스 카펠라(Martianus Capella)의 『문헌학과 머큐리의 결혼』(『De Nuptiis Philologiae et Mercurii』)을 보면, 머큐리는 문헌학의 신랑이다. 이곳에서 문헌학이란 말은 현재 사용되고 있는 의미의 문헌학이란 뜻이라기보다는 학문 또는 문학이란 뜻이다. 「사랑의 헛소동」(「Love's Labour's Lost」)이란 셰익스피어극의 결론 부분을 보면, '아폴로의 노래'와 대조되는 '머큐리의 말들'이 '수집되었는데' 이곳에서 '머큐리의 말들'이란 수사적인 산문을 말하고 있다. – Lewis (pp.107-108)

1

단테는 제2하늘 수성(Mercury)에서 수천의 죽은 영혼들을 만납니다. 그들은 자신들의 능력과 재능으로 세상의 지도자들이 되어 많은 업적을 쌓았던 인물들입니다. 그들의 자만심과 명예욕만 아니었다면 그들은 세상에서 더 훌륭한 업적들을 남겼을 사람들입니다. 수성은 태양 가까이 있어서 지구에서 잘 보이지 않습니다. 수성에 있는 인물들은 자신들의 빛으로 빛나지만 하나님의 영광의 빛 가까이에서는 잘 보이지 않습니다. 캔토 6에는 수성의 별자리의 인물들과 관련하여, 수성의 특성에 대하여 말해주는 글이 있습니다. 다음은 그곳에 있는 로마의 황제 유스티니안(Justinian)이 단테에게 한 말입니다. 그는 서기 527-65년 콘스탄티노플의 황제였습니다. 로마법을 만든 사람으로 유명한 그는 서유럽 많은 나라들을 로마제국에 편입시킨 인물입니다.

이 작은 별에는 자신의 명예와 영광을 위해 많은 업적을 쌓은 훌륭한 영혼들이 있다. 그들의 욕망이 잘못되게 솟구쳤기에, 진실한 사랑의 빛이 그들의 빛을 높이 오르지 못하게 했다. 우리가 한 일에 마땅한 보상을 받아 우리는 행복하다. 우리는 그 보상이 더 많지도 적지도 않음을 안다. 하나님의 살아있는 정의가 우리의 욕망을 제어하여 악으로 빠지지 않게 하셨다. 다양한 목소리가 아름다운 음악을 만들어내듯이, 우리가 살았던 다양한 모습들이 이들 별자리들에서 아름다운 화성을 만들어낸다. -「천국」캔토 6:112-121

우리가 인생의 목표를 어디에 두느냐가 매우 중요합니다. 어느 곳에 둘 것인가? 하나님이냐? 나냐? 하나님에게 둔다는 것은 무슨 의미입니까? 그것은 높은 곳에 두는 것이고 영원함의 믿음에 근거한 목표일 것입니다. 작은 것이 아니고 큰 것입니다. 그래서 기도가 필요하다고 말합니다. 내가 하는 것이 아니라 하나님이 하시는 것이기 때문입니다. 많은 재능과 능력을 갖춘 인물들이 역사의 문법을 바꾸며 살았습니다. 문법에 갇혀서 아무 생각 없이 세상의 문법을 따라 사는 것이 아니라, 올바른 세상을 바라보고 이해할 수 있는 새로운 언어들의 문법들을 만들어 우리에게 남겨주고 세상을 떠났습니다. 그들이 아니었으면 그렇게 말할 수 없었을 이야기들을 남겨놓았습니다. 그들이 아니었다면 그렇게 살 수 없었을 인생의 문법들을 우리에게 만들어 주고 세상을 떠났습니다.

왜 우리는 생각합니까? 행동하기 위해서입니다. 습관적으로 무의식으로 살아가는 것은 행동하는 삶이 아닙니다. 사고하지 않으면 그냥 습관적으로 무의식으로 살아갈 수밖에 없습니다. 우리는 무의식으로 말합니다. 생각하여 의식하고 말하지 않습니다. 우리가 사고하는 것은 사고라는 의식을 무의식화 하여 살아가기 위해서입니다. 흔한 말로 "네가 생각이 있는 놈이냐?"하고 누군가의 행동에 대하여 비난하는 말을 하였다면, 그 말하는 사람의 의도가 무엇입니까? 상대방의 행동은 사실 무의식에서 한 행동입니다. 누구나 무의식으로 행동합니다. 그런데 왜 생각이 있느냐고 묻습니까? 그의 무의식의 본질을 책망하는 것입니다. 우리는 사고의 의식 없이 행동하고 말합니다. 특히 말할 때, 우리는 생각하고 말하지 않습니다. 그가 말하는 것은 그의 무의식입니다.

2

시를 구성하는 요소들과 소설(fiction)을 구성하는 요소들은 동일하다 – 우화(fable), 이미지, 은유 – 모두 문자의 의미와는 다른 의미를 추구하는 것들이다. 그리고 운문(verse)을 구성하는 요소들은 시와 소설의 요소들을 하나의 구조로 만들 때 입안이 되는 설계안들이 갖추고 있어야 하는 요소들이다. 수사학을 연구할 때 우리는 수사기법(trope)이나, 은유와 환유와 같은 비유법들과, 낱말들의 짜임들 또는 표현방식들과를 구별하고 있다. 시는 수사(trope)의 문제이고, 운문은 체계(schemes)나 짜임새(design)의 문제이다. 그러나 운문의 청사진들은 문자의미 또는 비-시어들의 요소들로 구성된 것들을 만들어내는데 사용될 수 있다 - 쇼핑목록이나 도로표시판을 각운을 맞추어 쓸 수 있다 - 그들은 운문이지만 시는 아니다. - Hollander, p.1

올바른 번역이란 무엇일까요? 번역은 텍스트를 앞에 두고, 번역자가 텍스트와 이야기하고, 그리고 그 텍스트를 둘 앞에 두고 번역자와 독자가 서로 이야기를 나누는 행위입니다. 번역자는 텍스트와 독자 사이에 있습니다. 이 사실이 매우 중요합니다. 많은 번역들, 특히 시의 번역들의 경우, 번역자 자신은 시를 읽고 그 뜻을 알고 번역하였겠지만, 대부분의 경우 번역자는 독자의 처지를 생각하지 않고 번역합니다. 번역자 자신은 그 시를 읽고 이해하기 위해 얼마나 많은 시간을 들여 공부하고, 또 공부하였습니까? 그가 공부하기 전까지 그는 그 시를 이해하지도 못하였습니다. 그런데 번역자는 텍스트를 문자 그대로 번역합니다. 그것이 어디 올바른 번역입니까? 번역자만 알고 있는 번역입니다.

그렇다면 올바른 번역을 하기 위해 어떠해야 합니까? 번역자는 텍스트를 읽고 이해하여, 아! 이런 뜻이었구나 하고, 그 다음에 먼저 책을 덮고 이런 뜻이었네! 하는 그 내용을 옮겨 적어야 합니다. 번역자 자신은 텍스트를 읽고 그 뜻을 알고 난 후, 다시 텍스트의 본문을 보면서 문자적으로 번역하면 번역에 탈이 납니다. 그 번역은 번역자만 아는 번역입니다. 번역자가 뜻으로 알고 있었던 그 내용을 옮겨 적어야 합니다. 그때 번역자는 텍스트를 보지 말아야 합니다. 자신이 기억하는 번역의 내용을 옮겨 적어야 합니다. 독자가 텍스트의 내용을 잘 모르고 있다고 생각해야 합니다. 그 책의 내용을 이미 알고 있었다면, 독자가 왜 그 책을 읽고 있겠습니까? 그는 몰라서 그 책을 읽는 겁니다. 그러니 내용을 모르는 사람을 위하여 친절한 번역이 있어야 합니다. 독자를 배려한 번역이라야 좋은 번역입니다. 좋은 번역자라면 그는 작가가 아니라 독자의 편에 서 있어야 합니다.

시의 번역에 대하여 생각해 봅시다. 시는 산문과 달리 시의 운율이 있고, 은유를 비롯한 특수한 비유법들이 사용되고 특히 시의 행의 끝의 음들을 동일하게 반복하여 리듬을 만들어내는 각운(rhyme)이 있습니다. 각운이 있어 시행이 나뉩니다. 그리고 각운을 맞추다보니 문장 구성도 규칙적인 구성을 갖추지 않고 도치가 많습니다. 같은 각운을 가진 낱말들을 시행의 끝에 놓아야 하기 때문입니다. 동일한 각운을 갖는 낱말이 동사가 될 수 있고 명사도 형용사도 부사도 될 수 있습니다. 그러니 예로 주어와 서술어 목적어 순서가 아니라, 의문문이 아닌데도 목적어와 서술어 어순의 문장이 될 수 있습니다. 시에는 구문상의 문장 구성이 규칙적일 수 없는 경우가 대부분입니다. 그러나 시는 아니지만 운율을 갖춘 산문으로 운문이 있습니다. 예로 반복되는 어휘와 내용이라든가, 아니면 특수하게 시에서나 사용되는 수사적 비유법이 사용되는 경우가 그렇습니다. 기본적으로 시의 번역은 산문 번역이 아니라면 운문 번역이 좋습니다. 한글 번역에 각운을 맞추어 시행을 나누다보면 시의 뜻이 매우 모호해집니다.

다음의 번역은 캔토 7의 처음 도입부인 9행을 제외하고 전문을 번역하였습니다. 산문으로 번역한 것입니다. 내용 그 자체가 신학적인 내용이어서 뜻의 전달이 더욱 중요하다 생각하여서 그렇게 번역하였습니다.

(10-15) 나는 궁금해서, 마음으로 외쳤다, "그녀에게 말해, 그녀에게 말해! 시원한 물로 갈증을 풀어줄 그녀에게 말해." 그러나 나를 완전히 압도하는 그녀의 위엄이 베아트리체의 '베-'도 '-체'도 말 못하고, 잠에 빠지는 사람처럼 쪼그라들었다.

(16-24) 베아트리체는 오래 나를 그런 상태로 두지 않고, 불속에 있어도 행복하게 만들, 그런 미소로 나를 눈부시게 하며 말했다, "내 판단이 틀리지 않다면, 당신이 궁금해 하는 사실은, 정의의 복수(십자가처형)가 정당하게 이루어졌는가? 입니다. 당신의 마음을 홀가분하게 해줄 터이니 잘 들으십시오. 내 말이 좀 어렵습니다."

(25-51) 의지의 고삐를 당겼더라면 좋았을, 창조된 인간 아담은 자신이 죄 지은 것도 모자라, 자신의 후손까지 죄인이 되게 하였습니다. 그래서 인류는 수많은 세월을 그 큰 죄로 병들어 있었습니

다. 그러다가 급기야 하나님의 말씀이 이루어지게 되었으니, 하나님이 영원히 우리를 사랑하신다는 그 사실을 보여주시기 위해, 자신이 아닌 인간의 모습을 지니시고 기꺼이 세상에 내려오셨습니다. 그 일이 있은 후 어떠한 일이 있었는지 당신이 직접 보세요. 아담의 모습은 처음 창조되었을 때 순수하고 보기도 좋았습니다. 그러나 스스로 죄를 짓는 행동으로 에덴동산에서 쫓겨났습니다. 그는 진리의 길을 벗어나, 진리와는 다른 인생을 살았습니다. 자, 예수님 십자가 처형이 죄 없는 하나님을 처형한 것이라면 전혀 정의로울 것이 없고, 고통 받으신 하나님을 생각하면 그보다 더 큰 잘못이 없을 것입니다. 그러므로 하나의 행동이 여러 결과를 가져왔으니, 하나의 죽음이 하나님과 유태인들 모두를 즐겁게 했습니다. 왜냐하면 하나의 죽음으로 지구가 흔들리고, 하늘이 열렸습니다. 자, 그러니 서기 79년 로마의 황제가 된 티투스(Titus)가 황제 되기 전 서기 70년 예루살렘을 파괴한 것이 유태인들에 대한 하나님의 정당한 복수라고 말하는 것이 이해하기 어렵지 않을 것입니다.

(52-63) 그러나 아직도 당신은 사고와 사고가 서로 엉켜 있어 풀리기를 고대하는군요. 나는 그런 당신의 마음을 봅니다. "내가 들은 내용은 명확합니다. 그러나 우리를 구원하기 위해 왜 하나님이 꼭 이런 방식을 취하여야 했는지는 아직도 궁금합니다"라고 말하고 있군요. 형제여, 이러한 하나님의 뜻은 그의 마음이 사랑의 불길에 익숙하지 않은 사람의 눈에는 보이지 않습니다. 그 뜻을 아무리 열심히 생각해도 알 수 없으니, 왜 그 방법이 가장 적합하였

는지를 말해주겠습니다.

(64-120) 선하신 하나님은 모든 시기심을 날려 보내시고, 영원한 아름다움으로 빛나는 불꽃들로 타오르십니다. 그분의 선하심에서 묻어나온 무엇이나 끝이 없습니다. 그러므로 일단 선하심을 받은 무엇이나, 그곳에서 하나님의 선하신 뜻이 사라지지 않습니다. 선하심의 비를 맞은 즉시 무엇이나 완전히 자유로워져, 변화하는 것들의 지배를 받지 않고, 더욱 더 선하심에 가까워져 그 선하신 하나님을 더욱 더 즐겁게 합니다. 모든 것들을 빛나게 하시는 하나님의 빛은 자신이 직접 창조한 피조물들(인간과 천사)을 가장 빛나게 합니다. 인간은 하나님이 주신 선물들을 가질 특권이 있습니다. 그러나 하나님이 주신 선물들 가운데 어느 것을 제대로 사용하지 못하면, 그 사람은 그 높은 자리에서 내려와야 합니다. 죄가 바로 그 특권을 빼앗았습니다. 죄를 지으면 그는 최고로 선하신 분과 다른 모습을 갖게 됩니다. 그가 잘못하여 만들어 놓은 그 빈자리를 그가 직접 다시 메우지 않는다면, 그는 다시는 하나님과 닮은 그 높은 자리로 돌아가지 못합니다. 죄의 쾌락을 누렸으니, 그는 그에 합당한 형벌을 받아야 합니다. 아담이 지은 죄의 씨앗을 갖고 태어난 인간은 하나님과 같은 높은 자리에서 떠나게 되었습니다. 에덴동산을 떠나게 되었다는 말입니다. 우리는 에덴동산으로 다시 돌아갈 수 없습니다, 그러나 곰곰이 생각해보면 두 가지 방법들 가운데 어느 하나라면 가능할 것 같습니다. 자비로우신 하나님이 우리를 무조건 용서하시거나, 아니면 우리의 어리석음에 대한 대가

를 치르면 됩니다. 자, 영원한 축복의 무리들이 함께 하는 그곳, 그 심연에 눈을 고정하고, 나의 말에 최대한 주의를 기울이세요. 인간이 자신이 지은 죄의 대가를 치르는 데는 한계가 있습니다. 아담은 신들과 같이 되어서 선과 악을 알려는 욕망으로, 하나님의 명령을 거부하고 불복종하였습니다. 그러나 그 죄는 뒤늦은 복종으로 자신을 낮추어 다시 자신의 상태를 회복할 수 있는 사안이 아니었습니다. 아담은 처음부터 용서받을 수 없는 죄를 지었습니다. 그래서 하나님은 죄 짓기 전 아담의 상태로 인간을 회복시키기 위해 자신의 방식을 취하시기로 했습니다. 그 방법뿐이었습니다. 그것은 자비와 진리라는 하나님의 방법입니다(「시편」 25:10). 자신의 행동이 자신을 즐겁게 하면 할수록, 그러한 행동을 하게 한 선한 마음은 더더욱 분명하게 드러나듯이, 세상에 자신의 모습을 보여주신 선하신 하나님은, 모든 방법을 다 동원하여, 인간을 다시 높은 자리로 옮겨놓는 일을 즐거워하십니다. 창조의 날과 최후심판의 날 사이에, 하나님이 직접 아들로 오신 것과 같은 그렇게 영광되고 멋진 일은 어떠한 방식으로도 없었고, 이후도 없을 것입니다(십자가 처형으로 인간의 죄를 사하여 주셨던 사건도 그렇습니다). 가능하다면, 하나님 자신이 직접 용서하시기보다, 인간이 스스로 다시 일어날 수 있도록, 자신이 인간이 되는 방식으로 자비를 베푸셨습니다. 하나님의 아들이 육체의 옷을 입고 그 자신을 낮추시는 일 말고는, 달리 어떠한 방법으로도 정의로움에 미칠 것이 없습니다.

(121-129) 자, 이제 당신이 알고 싶어 하는 것들을 말해 주기 위

해 한 가지 더 설명해야겠습니다. 그때에 내가 지금 알고 있듯이, 당신도 분명히 알게 될 것입니다. 당신은 말합니다, "물과 불과 공기와 땅 그리고 그들이 뒤섞인 복합물들이 모두 부패하여 지속적이지 않음을 봅니다. 이들도 모두 창조된 것이라면, 창조된 것은 모두 영원해야 하므로, 그들도 부패로부터 안전해야 합니다."

(130-148) 천사들과 지금 당신이 와있는 이곳 하늘나라는, 그들 모두 완전체로 창조되었습니다. 그러나 당신이 열거한 물질들과 그 물질들로부터 만들어진 복합물들은, 그들에게 형태를 부여한 하늘이 있습니다. 그들 물질들 주위를 돌고 있는 이들 별들은 그들에게 형태를 부여하는 능력을 갖추도록 하나님이 창조하셨습니다 (물질들이 가지고 있는 형태들 물 불 공기 등은 직접 창조한 것이 아니다. 별자리들에 위치한 천사들이 형태를 부여한 것들이다). 모든 짐승과 식물들의 영혼들 역시 별들이 개입하여 형태를 부여할 때 필요한 요소들만을 갖춘 복합체들입니다. 그러나 당신의 생명은 최고의 은혜를 베푸신 하나님이 직접 숨을 불어 넣어서 탄생한 것입니다. 하나님은 인간을 자신과 같이 사랑하시어, 인간이 자신의 모습을 닮아가기를 바라십니다. 아담과 이브가 만들어질 때와 같이 인간이 어떻게 만들어졌는가를 기억한다면, 당신의 부활이 어떠한 의미를 갖는지를 알 수 있을 것입니다.

*

C. S. Lewis, 『Discarded Image : Introduction to Medieval and Renaissance Literature』(Cambridge : Cambridge University Press, 1964)

John Hollander, 『Rhyme's Reason : A Guide to English Verse』, (New Haven & London : Yale University Press, 1981, 2014)

VIII

제3하늘(캔토 8-캔토 9) : 금성(Venus)

절제하지 못하고 사랑의 열정을 주체하지 못했던 사람들,
그들은 금성에서 친밀하고 열정적인 우정을 나누고 있다.
하나님에 대한 우리의 사랑에서 볼 수 있는 그런 우정.
비너스 금성을 대표하는 금속은 구리(copper)이다. 구
리로 유명한 광산은 사이프러스(Cyprus)이다. 'copper'
는 사이프러스의 금속이란 뜻을 가진 라틴어 'cyprium'
에서 유래한 말이다. 사이프러스의 여인, 비너스 또는 아
프로디테(Aphrodite)는 사이프러스 섬에서 특별히 숭배
되었다. 비너스는 인간들의 아름다움과 애정을 관리한다.
그녀는 또한 역사에서 발생하는 사건들에 행운과 관련
한 사건들을 관장한다. 단테는 금성을, 다른 많은 시인들
에게서 우리가 기대하듯 자비의 하늘이 아니라, 세상에서
정신없이 사랑만 하고 살아서 이제는 참회하는 영혼들이
모여 있는 곳으로 그리고 있다. 단테는 이곳에서 쿠니차
(Cunizza)를 만나는데, 그녀는 네 번 아내였고, 두 번 정
부였다. 그리고 그는 창녀 라합(Rahab)도 만난다. 그들은
빠르게 그리고 계속하여 비행한다. 그렇게 그들은 지옥에
서 참회하지 않고 폭풍에 휩쓸려 떠다니는 연인들(「지옥」
캔토 5)과 같으나, (참회하고 행복해 하고 있다는 점에서
는) 다르다. - Lewis (pp. 107-108.)

금성

가끔 우리는 플라톤을 비롯하여 아리스토텔레스, 성 아우구스투스 그리고 토마스 아퀴나스와 같이 위대한 업적을 남긴 사람들의 작품들을 보며, 내용도 내용이지만 그들이 남긴 작품의 숫자에 놀랍니다. 아퀴나스와 관련하여서는 유명한 일화가 있습니다. 도미니크 수사였던 그는 글을 쓸 때 5명의 비서를 그의 주위의 책상에 앉혀 놓고 자신이 머리에 떠오르는 생각들을 받아 적게 했다고 합니다. 그는 5가지 생각을 하며, 한 가지 주제에 대하여 말하는 동안 그의 말을 받아 적는 사람이 미처 그의 말을 따라 적지 못하는 경우, 다른 생각을 다른 사람에게 말하고, 한 주제를 이야기하다가 다른 생각이 떠오르면 다른 생각의 주제를 받아 적는 사람에게 말을 하는 방식으로 글을 썼다고 합니다. 그러니 그는 책 쓰기를 마치면, 동시에 5권을 썼던 셈입니다.

며칠 전 함께 지내는 친구 교수에게 단테에 관한 이야기를 하였습니다. 그는 자신이 생각하기에 내가 좀 멋진 말을 하면 그 말도 단테가 한 말이냐고 물었습니다. 그리고 나는 그가 실망할까봐 그렇다고 말했습니다. 아마도 그는 내가 그렇게 멋진 말을 할 위인이 아니라고 생각하였거나, 아니면 내가 한 말이라기보다는 단테가 한 말로 기억하고 싶었나 봅니다. 사실 구전으로 내려오는 많은 책들이 그렇습니다. 공자의 책들이 그렇고 그리스의 위대한 철학자들이 그럴 가능성이 크다고 할 수 있습니다. 공자의 책이어야 잘 팔리고, 플라톤의 책이라고 해야 잘 팔려서, 비슷한 사고를 한 철학자가 누구나 잘 아는 사람의 이름을 붙여서 책을 팔았을 가능성이 있습니다. 아니면 서적상이 비슷한 내용의 책들을 유명한 작가의 이름을 적어 팔았을 수도 있습니다. 책의 내용이 중요한데, 책의 저자를 더 중요하게 생각하는 독자의 허영심이 그런 위작들을 만들었을 가능성이 있습니다. 진정 훌륭한 책은 독자를 훌륭하게 만드는 책입니다. 사실 자신의 책에 자신의 이름을 적은 것도 역사가 그리 오래 되지 않았습니다. 아마도 16세기 르네상스 이후였을 가능성이 있습니다. 그림들이 그랬으니까요. 르네상스 이전 작가들은 자신의 작품에 이름을 쓰지 않았습니다. 그래서 돈 많은 사람에게 책이나 예술 작품을 헌정하여 작품 활동을 계속할 수 있도록 후원자를 찾아 생계를 지원받았습니다.

1

많은 작가들이 억제할 수 없는 열정으로 사랑한 사람들을 문학 작품 속에 담아내었습니다. 그리고 실제로 그런 인생을 살았던 사람들도 있습니다. 그런 사랑의 열정에 빠졌던 사람들, 그러나 후에 자신의 의지로 그런 사랑을 극복한 사람들이 있는 곳이 금성입니다. 단테는 캔토 8과 9의 금성에서 세 사람을 만납니다. 캔토 8에서는 앙주(Anjou)가문의 찰스 1세의 큰 손자 찰스 마르텔(Charles Martel)을 만나고, 캔토 9에서는 잔인하게 파두아(Padua) 시민들을 학살하여 잔인함으로 악명이 자자한 에젤리노(Ezzelino da Romano)의 여동생 쿠니짜(Cunizza)와 남불 프로방스의 음유시인 폴코(Folco, Foulquet of Marseilles)를 만납니다. 쿠니짜와 폴코 두 사람은 사랑과 관계가 있지만, 사실 마르텔은 역사상 사랑과 관련이 없습니다.

1294년 마르텔(Charles Martel)은 플로렌스를 3주 동안 방문하여, 그곳의 시민들로부터 대대적인 환영을 받았습니다. 마르텔의 할아버지 찰스 1세는 겔프당을 지지하였기 때문입니다. 그 당시 시인의 명성이 자자한 단테(29세)는 6살 어린 마르텔(23세)을 만났는데, 그때 마르텔은 헝가리 왕이었고 나폴리 왕국의 상속자이기도 했습니다. 단테는 그가 플로렌스를 위하여 많은 일을 해줄 것이라고 기대했습니다. 그러나 단테가 그토록 플로렌스의 정치상황에 반전을 기대하였던 마르텔은 다음해 콜레라로 사망하였고, 그는 추방자의 신세가 되었습니다. 마르텔은 캔토 8에서 다양한 재능과 관련한 하나님의 섭리(Providence)에 대하여 이야기합니다. 다음은 마르텔이 섭리에 대하여 이야기한 내용입니다.

다양한 결과들을 보면 그 뿌리들도 다양하다. 누구는 솔론(Solon)으로, 또 누구는 크세르크세스(Xerxes)로, 누구는 멜기세덱(Melchizedek)으로, 또 누구는 하늘을 날아다니다가 목숨을 잃은 자(Icarus)의 아버지(Daedalus)로 태어난다. 인간의 운명을 규정하며 돌고 도는 하늘은 가문과 가문을 구별하지 않고 자신의 일을 충실히 한다. 쌍둥이로 태어난 야곱(Jacob)은 에서(Esau)와 다르게 자랐고, 사람들이 전쟁의 신 마르스(Mars)의 아들로 믿고 있는 로마의 창시자 키리누스(Quirinus)는 농부의 아들이었다. 그리고 하나님의 섭리가 개입하지 않으면, 자식은 보통 아버지와 같은 길을 간다. -「천국」 캔토 8:122-135

그리고 마르텔은 하늘이 내린 섭리를 어기고 자신의 재능을 다른 곳에 쓴 사람들을 말하는데, 그의 두 동생들 가운데 하나인 루이 (Louis)는 왕위를 거부하고 사제가 되어 후에 툴루즈의 주교(Bishop of Toulouse)가 되었고, 다른 동생 로버트(Robert)는 왕이 되었지만, 많은 설교 책들을 저술하여, 신학 지식이 많은 사람으로 크게 유명하게 되었습니다.

> 자연이 순리에 맞지 않는 운명과 마주하면, 늘 자신의 집을 떠난 씨앗과 같이 성공하지 못한다. 세상이 자연이 정해놓은 토대에 마음을 두고 그 길을 따라가면, 그 세상은 사람들에게도 좋은 결과들을 가져다 줄 것이다. 그러나 세상 사람들은 칼을 휘두를 자로 태어난 자를 수도원에 가두고, 설교를 하기에 적합한 자를 왕으로 만든다. 그렇게 세상은 가야 할 길을 가지 않는다. - 「천국」 캔토 8:139-148

단테는 그의 『군주론』(『De Monarchia』)의 마지막 장(제3권 15장)에서 섭리에 대하여 유명한 말을 하고 있습니다.(145-47)

> 말이 불가능한 섭리(ineffable providence)는 우리가 추구해야 할 두 가지 목표를 준비하고 있다. 우리가 우리의 힘을 행사해서 얻는 것으로, 지상의 낙원(에덴동산)에서 이미 제시되었던 '이 세상에서 누리는 행복'(beatitudo hujus vitae)이 그 하나이고, 다른 하나는 '죽어서 누리는 행복'(beatitudo vitae aeternae)으로, 우리가 천

국에 가서 하나님을 만나는 즐거움이다(하나님의 은총이 아니면 우리는 우리의 힘으로 하나님을 만날 수 없다).

우리는 다양한 목적으로 다양한 수단을 통해 이 두 가지 행복을 경험할 수 있다. 철학의 가르침을 통해 우리는 첫 번째 행복을 가질 수 있다. 이때 우리는 철학이 가르친 도덕과 지성의 덕목들을 실천에 옮겨야 한다. 그리고 우리는 인간의 이성을 초월한 영적인 가르침을 통해 두 번째 행복을 경험한다. 이때 우리는 그 가르침이 제시한 신학적인 덕목들, 예를 들어, 믿음과 소망과 사랑 등을 실천하여야 한다. 철학자들이 우리에게 보여주는 인간의 이성을 통해 우리는 지상의 행복을 취해야 할 목적과 수단을 알 수 있고, 예언자들과 성서 저자들 그리고 하나님의 아들 예수와 그의 제자들을 통해 성령이, 우리가 그것 없이는 아무것도 할 수 없는 그 영원한 진리인 영생의 행복의 목적과 수단을 알 수 있다.

만일 인간들이 말들과 같이 동물 본성을 따라 방황하며 살아가느라 자신들을 제어하지 못한다면, 그들은 이러한 수단과 목적을 다 제쳐놓게 된다. 그러한 이유로 인간은 두 가지 목표와 일치하는 두 가지 안내를 받아야 한다. 인류를 계시의 진리와 부합하는 영생으로 이끌어가는, 최고 종교 지도자가 있고, 철학의 가르침으로 인류를 이 세상의 행복으로 이끌어가는, 황제가 있다. 유혹하는 탐욕의 파도가 거세게 일어나지 않고, 인류가 조용한 평화 속에서 자유를 맛보지 못한다면, 그 누구도 행복의 항구에 다다를 수 없다. 그러므로 세상을 보호하는 로마의 황제는 이 목표에 이르도록 자신의 온 힘을 기울여야 한다. 험난한 인생을 살아가는 인간들은 이

목표에 이를 때에야 자유롭고 평화롭게 살 수가 있을 것이다. 세상의 모든 일들은 아홉 하늘이 영향을 미친 결과이다.

그러므로 자유와 평화와 관련한 유용한 가르침들이 시대와 장소에 맞게 적용되기 위해서는, 아홉 하늘을 통해 모든 일들을 주관하시는 하나님이 황제도 공급해줄 필요가 있다. 하나님 홀로 이 일을 이미 규정해 놓으셨다. 이 일로 모든 일들이 올바른 질서로 정리될 수 있도록 준비하신 분도 그분이시다. 만일 일이 이러하다면, 하나님 홀로 선택하고, 그분을 능가할 분이 없으니, 그가 홀로 결정한다. 그러하니, 지금 선거로 뽑힌 자들이나, 그와 다른 유사한 방식으로 선발된 자들이나 모두 그 누구도 지금과 같은 권한을 받은 자로 취급되지 말아야 한다. 오히려 그들은 하나님의 섭리를 공표하는 자들이다. 그러나 이들 섭리를 공표하는 능력을 부여받은 자들이 때로는 의견의 일치를 보지 못하는 경우가 있는데, 그 이유는 그들 모두, 또는 그들 가운데 일부의 이성이 욕심의 안개에 가려져 하나님이 원하는 것이 무엇인지 파악하지 못해서이다.

그렇다면 지상낙원(Paradise, Eden)에서 제시되었던 행복한 삶이란 어떠했을까요? 에덴으로 돌아가야 한다면, 그곳은 어떤 곳인가요? 성 아우구스투스는 그의 『신국』(『The City of God』) 제 14권 26장에서 다음과 같이 낙원을 묘사하고 있습니다.

낙원에서 인간은 하나님이 정하신 만큼만 바라며, 그 바람대로 살았다. 그는 하나님이 즐거워하시는 대로 살았고, 하나님의 선하심과 같이 선하였다. 그는 부족함이 없이 살았고, 그는 영원히 선하게 살기 위하여 그 선함을 간직할 능력이 있었다. 그는 음식을 가지고 있어 배고프지 않았고, 물이 있어 갈증이 없었다. 그리고 생명의 나무가 있어 세월로 기력이 다하는 일이 없었다. 그의 육체는 불쾌함을 갖게 하는 부패함이 존재하지 않았고, 부패의 씨앗도 없었다. 그는 내적으로 아픈 것 없고, 외적으로도 의외의 것(accident)이 없었다. 그의 육체는 건강함의 축복을 누렸고, 그의 영혼은 절대로 흔들림이 없이 고요했다. 낙원은 너무 춥거나 덥지 않아, 그곳에 사는 사람들은 두렵지 않고, 원하는 바도 없었다. 슬픔도 없고, 헛된 즐거움도 없었다. 진정한 기쁨이 하나님이 계신 그곳으로부터 끝없이 흘러나왔다. 하나님은 순수한 마음과 선한 양심과 진정한 믿음으로부터 사랑을 받으셨다. 남편과 아내의 정직한 사랑으로 그들 사이에 확고한 조화가 만들어지고, 같은 마음으로 조화롭게 일하고, 율법은 강요 없이 지켜졌다. 즐거움에 지침이 없었고, 일하는 즐거움을 빼앗는 피곤함도 없었다(pp.474-75).

인간들은 하나님을 사랑하는 까닭에 자신이 사랑하는 하나님의 의지와 일치하는 의지를 갖고 살아가고 있었습니다. 그들은 하나님 앞에 부끄러움이 없는 정의로운 사람들이었습니다. 그들은 토마스 아퀴나스가 말하는 타고날 때부터 가지고 태어난, '원천적인 정의로움'(original justice)을 가진 사람들이었습니다. 인간이 하나님의 영원함과 함께 하면, 그때 인간은 영원하게 됩니다. 분리되어 있는 것을 다시 합쳐서 원래의 상태로 돌아가는 것이 에덴으로 돌아가는 것입니다. 그리고 한번 에덴동산을 떠난 인간은 하나님을 직접 만날 수가 없습니다. 매개체가 필요합니다. 단테가 철학자의 가르침을 통하여 이 세상의 행복에 이를 수 있다고 말한 것이 바로 그러한 이유에서입니다.

2

금성에 있는 쿠니짜(Cunizza)는 분명 비너스 별자리에 영향을 받은 사람입니다. 그녀는 지금은 단테의 「연옥」에 있는 음유시인 소델로(Sordello)를 사랑하여 첫 남편(Da San Bonifacio)으로부터 도망하였고, 도망하여 그녀의 두 번째 오빠(Alberico)의 궁정에 있다가 그곳에 있는 보니오(Bonio)라는 기사와 눈이 맞아 이탈리아 전역을 헤매고 다녔습니다. 그리고 사악하고 잔인하기로 유명한 오빠 에젤리노(Ezeelino)와의 전투에서 보니오가 살해당하자, 두 번째 남편(Count of Breganze)을 얻었습니다. 그러나 그 두 번째 남편도 또한 그녀의 전 애인과 같이 그녀의 오빠 에젤리노(Ezeelino)와 맞서 싸우다가 살해당합니다. 그리고 그녀는 이름이 알려지지 않은 베로나(Verona)의 한 귀족과 세 번째 결혼을 하지만, 그 세 번째 남편도 의문의 죽음을 맞이했습니다. 그녀는 마지막 네 번째 남편으로 그녀의 오빠 에젤리노(Ezeelino)의 궁정에 있는 점성술사(Salione Buzzacarini of Padua)를 선택합니다. 이후 그녀의 오빠들이 모두 죽고 남편도 죽자, 1265년 그녀는 단테의 친구 까발깐띠(Cavalcanti)의 집에 머물며 아버지와 오빠들의 노예들에게 자유를 허락하는 행동을 하였습니다. 그녀는 1279년 80세가 훨씬 넘어서 플로렌스에서 죽었습니다. 그녀가 죽었을 때 단테는 15살이었고, 그가 그녀를 잘 몰랐더라도, 그는 친구로부터 그녀에 대한 이야기를 들었을 것입니다. 그녀는 금성에서 단테를 만나 그녀의 가문에 닥칠 사건들을 예언합니다.

이탈리아어로 폴코이고, 불어로 이름이 마르세이유의 풀케(Folco, Foulquet of Marseilles)인 그는 1180-1195년 동안 유럽 전역에서 유명세를 누렸던 음유시인입니다. 그는 제노아(Genoa)의 부자 상인의 아들로 태어나서, 여러 군주들의 궁정들을 드나들며 그 군주들의 후원을 받으며 쾌락의 삶을 살았습니다. 후에 그는 그런 삶을 마감하고, 시스턴(Cistern) 수도회에 들어가서, 1201년 토로넷(Torronet)의 수도원장이 되었고, 1205년에는 뚤루즈(Toulouse)의 주교(Bishop)가 되어 종교인의 삶을 살다가, 1231년 죽었습니다. 그는 천국에서 그가 사랑하였던 3명의 여인들에 대한 사랑을 언급하는데, 그의 후원자 바랄(Barral)의 아내 아델레(Adelais)와, 바랄의 여동생 로라(Laura), 몽펠리에의 윌리엄 3세(William III of Montpellier)의 아내 유독시아(Eudoxia)와의 사랑이 그것들입니다. 그는 세상에서 이루지 못한 사랑으로 고통을 받았지만, 이제는 천국에서 하나님의 놀라운 계획을 황홀하게 명상할 수 있는 사랑을 받게 되었다고 말합니다. 똑같은 이름의 사랑이 천국에서는 하늘(Heaven) 금성이(Venus) 되어 우주를 지배하는 힘이 되고 있습니다.

우리는 금성에서 인간의 사랑에서 하나님의 사랑으로 돌아선 두 사람을 봅니다. 쿠니짜는 그녀의 인생 말기에 하나님과 같이 자유가 없는 자들에게 자유를 주는 자비의 사랑을 실천하였고, 폴코는 종교에 귀의하여 하나님을 알아가는 일에 자신의 삶을 다 바쳤습니다. 우리 인간은 타락 이후 이제 하나님을 알지 못하고 하나님께 가까이 갈 수 없습니다. 토마스 아퀴나스의 「진리」(「De Veritate」)란 글은 자주 언급되고 있는 '매개체'라는 의미와 관련하여 매우 흥미로운 진리를 보여주고 있습니다.

그러므로 인간은 타락 이후에 하나님을 알기 위하여, 하나님이 자신의 모습을 드러내시는, 거울과 같은 매체(medium)가 필요합니다. 우리는 하나님이 하시는 보이지 않는 것들을 알기 위하여, 하나님이 만드신 것들을 보아야 합니다. 「로마서」(1:20)를 보면, 타락 이전의 순수한 상태에서 인간은 이런 매체가 필요하지 않았습니다. 그러나 타락 이후 인간은 보이는 것의 형식과 같은 매체가 필요합니다. 인간은 이제 하나님이 인간의 마음에 주신 영적인 빛을 통하여 하나님을 보게 되었습니다. 그 빛은 창조될 수 없는 하나님의 빛이 표현된 모습입니다. 그러나 천국에 가면 그 인간은 그 매체가 필요치 않을 것입니다. 그는 그의 지성이나 감각을 통하여 그 모습을 보지 않습니다. 창조된 모습으로 하나님을 완전히 재현하는 것은 불가능합니다. 그 모습을 보고 하나님의 본질을 알 수 없습니다. 이제 우리는 하나님의 모습이 드러나는 매체가 되는 영광의 빛을 필요로 합니다. 「시편」 35:10에, "하나님의 빛 가운데서 우리는 빛을 볼 것이다"라고 했습니다. 그 이유는, 인간은 이 빛을 볼 수 없습니다. 하나님만이 볼 수 있습니다. 그러므로 인간은 자신의 능력으로는 이 빛을 볼 수 없으므로, 그 하나님의 빛을 보는 능력을 갖추기 위해 우리는 하나님이 주시는 빛이 무엇인지 배워야 합니다.

우리가 『신곡』의 천국에서 만나는 천사들은 모두 하나님의 빛을 나르는 매체들입니다. 토마스 아퀴나스는 타락 이후 인간은 하나님을 만나기 위해 3개의 매체가 필요하다고 말합니다.

타락 이후 인간은 하나님을 만나기 위해 3개의 매체가 필요했습니다. 피조물들을 통하여 인간은 하나님의 지식을 얻습니다. 그는 피조물을 통하여 하나님의 모습을 봅니다. 그는 하나님의 빛 속에서 하나님을 향해 가고 있는 완전성을 봅니다. 이 빛은 지성이 작용하는 빛과 같은 자연의 빛이거나, 아니면 믿음과 지혜의 빛과 같은 은총의 빛입니다. 그러나 타락 이전에 인간은 두 가지 매체가 필요했습니다. 하나님의 모습과, 인간의 마음을 높이고 지도할 빛이 그 둘입니다. 그러나 축복받은 자는 한 가지 매체, 마음을 고양시킬 수 있는 영광의 빛만 필요로 했습니다. 그리고 하나님은 매체 없이 자신을 보십니다. 하나님은 자신을 보는 빛 그 자체이시기 때문입니다.

Dante, 『Monarchia』, tr. Prue Shaw (Cambridge, Cambridge University Press, 1995)
Saint Augustine, 『The City of God』, tr. Marcus Dods, D.D.(New York : The Modern Library, 1950)

IX

현인들이 있는 태양 하늘에서 아퀴나스(St. Thomas Aquinas : 1225-1274)가 단테와 베아트리체를 중심에 두고 제1원형을 이루는 인물들 12명을 소개합니다(캔토 10). 도미니크 수도회 소속인 아퀴나스가 프란체스코 수도회를 창시한 성 프란시스(St. Francis : 1182-1226)의 일대기와 도미니크 수사들의 타락상을 말합니다(캔토 11). 제1원형 바깥으로 두 번째 원형을 이루는 12명의 인물들 가운데 프란체스코 수도회 수사인 성 보나벤투라(St. Bonaventure : 1221-1274)가 성 도미니크(St. Dominic : 1170-1221)의 일생과 프란체스코 수도회의 타락상과 제2원형에 있는 12명의 인물들을 말합니다(캔토 12). 아퀴나스가 아담과 예수의 완전성과 솔로몬이 신학자도 철학자도 아닌데, 왕으로 현인들 사이에 있는 이유(캔토 13)와 육체의 부활에 대하여 말합니다(캔토 14 : 1-85).

태양

로마의 태양신 솔(Sol)에 이르러 신화와 점성술의 조화가 거의 깨어진다. 신화에서 주피터는 왕이고, 태양의 신 솔은 가장 귀한 금을 만든다. 솔은 우주의 눈이고, 우주의 마음이다. 인간을 현명하고 개방적이게 만드는 것이 솔이다. 솔의 하늘은 신학자들과 철학자들이 있는 곳이다. 그가 금속을 생산하는 데 다른 하늘보다 더 열심인 것은 아니나, 그의 금속 생산은 다른 하늘보다 더 자주 언급되고 있다. 영국 17세기 시인 존 던(John Donne)이 쓴 시 「앨러페인과 아이디오스」(「Allophanes and Idios」)를 보면, 태양이 금으로 만들 수 있는 물질들은 빛을 쪼여 만들어지는 까닭에 지구 표면에서 멀리 떨어져 깊숙이 놓여있다(61).[5]

스펜서의 「선녀여왕」(「The Faerie Queene」) 제2권 7캔토 서두 시(versicle)를 보면, 부의 신 맴먼(Mammon)은 자신의 창고에 있는 것들을 태양빛에 말리려고 꺼낸다. 그 보물들이 금이었다면, 그가 그런 행동을 할 이유가 없다. 그것은 아직 금이 아니어서, 그는 그것을 금으로 만들려고 햇빛이 있는 곳으로 꺼내온다. 태양의 신 솔은 행운을 가져오는 사건들을 만들어낸다. –C. S. Lewis, p. 106.

1. 한글의 장점은 소리이다

라틴어로부터 독일어로 번역된 산문들이 있었다. 그러나 독일의 테이션(Tatian)[6]이라 불리는 교육자 놋커(Notker : ?950-1022)는

---

5) 시의 제목은 「대화체 전원시 1613. 12월 26일」(「Eclogue 1613. December 26」)이고, 시의 원문은 다음이다 : "The earth doth in her inward bowels hold/ Stuff well disposed, and which would fain be gold," 이 시는 두 인물 앨러페인과 아이디오스가 대화하는 내용의 104행으로 되어있다.

6) 테이션(Tatian the Assyrian : ?120-?180 A.D.)은 아시리아에서 태어나 로마로 가서 그곳에서 개종하여 로마에 기독교 학교를 열었다. 후에 그는 메소포타미아에서도 학교들을 세웠는데, 주로 유프라테스 강 지역 주위의 여러 곳에서 선교 활동과 교육 사업을 하였다. 교육자의 대명사가 되었다.

그 산문들이 "끔찍하게 충실히 번역한 것"(hideous fidelity)이란 사실을 알았다. 놋커는, 영국의 앨프레드 왕(Alfred)이나 앨프릭(Aelfric)과 같이, 번역에서 원문대조 방식을 버렸다. 그런 방식은 울필라스(Ulfilas)와 위클리프(Wycliffe)의 번역으로 충분했다. 그는 진정한 인문학자였다. 그는 단순한 교육자가 아니었다. 그는 라틴어에서 독일어로 번역할 때, 라틴어의 의미를 충실히 이해한 후, 그 라틴어의 의미를 독일어에 주입하였다. 그는 독일어가 다른 언어들이 갖지 않은 독특한 장점들을 가진 언어임을 알았다. 그가 멋진 인물이었음을 알려주는 증거이다. 그는 어떻게 하면 번역을 통해 독일어가 새로운 사고들을 온전히 수용할 수 있는지를 생각했다. 그리고 그는 독일어를 연구하는 데 많은 시간을 썼다. 앨프릭 역시 놋커와 같이 자국어에 대하여 존경심을 갖고 있었다. 아일랜드 학자들도 그들보다 덜하지 않았다. 그러나 그 누구도 그들과 같은 생각을 갖고 번역 일을 하지 않았고, 그들 이전에 그런 생각을 갖고 일을 한 사람들이 없었다. 그는 벌써 10세기에 독일어를 철학의 언어로 만든 사람이었다. 그는 학생들이 바라는 것들보다 더 많은 것들을 학생들에게 주었을 것이다. 그것이 바로 학문에 대한 그의 입장이었고, 그의 태도였다. 아직도 인정을 받고 있지는 못하지만, 그가 사용한 철학 용어들은 살아있고, 독특하며, 상상력을 자극하고 있다는 점에서, 그는 마이스터 에크하르트(Meister Eckhart)와 헤겔(Hegel)의 선구자이다. - W. P. Ker, pp.202-203.

영문학을 공부하면서 늘 어느 정도 양의 공부를 해야 하는지가 궁금했습니다. 미국 유학을 갔을 때도 그것이 궁금했습니다. 미국 대학원에서는 어느 정도의 공부를 하는지가 궁금했습니다. 1984년 7월 중순경 시카고 공항에 내렸을 때, 1년 먼저 시카고에 와서 영문학을 공부하고 있던 친구가 공항에 마중 나왔습니다. 이런 저런 이야기를 하다가 내가 어느 정도 양의 공부를 해야 하냐고 물었더니, 그 친구가 하는 말이 하루에 250페이지를 읽어야 한다고 했습니다. 일주일에 1500페이지 분량의 책을 읽어야 박사학위를 받을 수 있다고 했습니다. 그때 이후 지금까지 나는 하루에 250페이지 이상 분량의 책을 읽어야 한다는 강박관념이 있습니다. 일리노이 대학에서 함께 공부했던 서양미술사 전공의 친구가 있었습니다. 그는 이웃의 작은 대학에서 학부를 마치고, 일리노이 대학 대학원에 다니며 학부강의도 수강하고 있었습니다. 그는 이전 대학에서는 한 학기 한 과목에 보통 5권 정도의 책들을 읽었는데, 이곳에서는 한 강좌에 보통 10권에서 15권 정도를 읽어야 한다고 했습니다.

공부의 양 이야기가 나왔으니 다른 이야기를 하나 더 해야겠습니다. 자, 매일 1시간씩 시간을 내어 글을 썼다고 합시다. 1년이면 365시간이고, 날수로 계산하면 15일하고 5시간입니다. 15일을 쉬지 않고 계속하여 글을 썼다고 생각해보세요. 얼마나 많은 양의 글을 썼겠습니까. 사실 우리는 계산된 삶을 살아야 합니다. 계산하며 살아야 합니다. 오늘이 벌써 7월 7일입니다. 이번 주 일요일이 10일. 그러면 벌써 7월이 1/3이 지났습니다. 7월 한 달 열심히 해서 전에 출판했던 책 개정판 내기로 했는데 아직 들추어보지도 못했습니다. 이번 학기 지나면 정년까지 딱 4학기 남는데, 친구는 정년 후 살 집을 짓느라 학교에 나타나지도 않는데, 연구실 이 많은 책 어디다 갖다 놓아야 하나? 그런 생각 집어치우고, 열심히 글 쓰고 글 써야 합니다. 아동문학개론도 써야 하고, 그림책 개론서도 써야 하고, 무엇보다 운율이론을 써야 합니다. 영어발음과 한글발음이란 책도 마무리해야 합니다. 그리고 『왕십리 온 단테』를 3권으로 마무리해야 합니다.

많은 양의 책들을 읽으면 생각할 필요 없이 그냥 생각 없이 실천합니다. 답을 생각할 필요 없이 답이 나옵니다. 공부하지 않아 생각이 많습니다. 책을 읽겠다는 생각만으로 거짓 책을 읽다가 지치지 말고, 진짜 책을 읽어 책이 주는 즐거움을 만끽해야 합니다. 책을 읽다가 지치는 경우는 없습니다. 책을 읽지 않아 피곤하고 지치고 아프고 싸우고 미워하고 비난하고 투덜댑니다. 책을 읽지 않아 불평이 많고 불만이 많습니다. 책을 읽지 않아 생각만 하고 실천하지 않습니다. 책을 읽지 않아 생각합니다. 나쁜 생각합니다. 충만하지 못해 생각합니다. 부족하여 생각합니다. 아담과 이브가 그랬어요. 생각이 많았지요. 생각 없이 실천했을 때는 문제가 없었어요. 하나님의 성령으로 충만했으니까요.

수능시험을 보는 어느 학생이 시간이 없어서 문제를 풀지 못했다고 말합니다. 생각해서 문제를 풀면 답을 쓸 수 없습니다. 그냥 답이 생각이 나야, 제대로 문제를 풀 수 있습니다. 그 학생에게 공부의 양을 늘리라고 했습니다. 답을 생각하지 말고 생각 없이 답이 자신에게 다가오도록 공부의 양을 늘리라고 했습니다. 우리는 가끔 남들과 다르게 자신의 아이를 키우다가 실패한 사례를 많이 봅니다. 남들이 하는 것을 따라하지 않다가 낭패를 당하는 경우가 있습니다. 물론 남들과 그대로 따라가라는 것은 아닙니다. 남들과 다르면 위험이 따릅니다. 그들은 그들과 다른 나를 이해하지 못하고, 세상은 혼자 사는 것이 아닙니다. 함께 사는 곳에서 남들과 다르게 사는 것이 진정한 삶은 아닙니다. 그들이 있어서 내가 존재합니다.

그러나 분명한 것은 우리의 아이가 최고의 인생을 살 수 있도록 도와주어야 합니다. 좋은 음식을 먹이고 건강을 돌보아 주고 좋은 지식을 얻을 수 있게 해줘야 합니다. 아이에게 늘 최고가 먼저이어야 합니다. 우리 아이가 남들보다 조금이라도 더 사랑을 받아 최고의 아이가 되어야 합니다. 다른 부모들보다 우리는 우리 아이들을 더 많이 생각해야 합니다. 내가 일하는 시간보다 더 많은 시간을 우리의 아이들을 생각하는 데 써야 합니다. 그래야 아이들을 생각한다 말할 수 있습니다. 그렇게 하지 않고 사랑한다 말한다면 그것은 위선입니다. 결국 사랑이란 그 사랑하는 대상을 더 생각하는 것이 사랑이 아닙니까? 사랑하면 모두가 사랑하는 사람 생각뿐입니다. 생각의 양이 사랑의 양입니다. 공부가 그렇습니다. 공부를 잘 하려면 공부를 사랑해야 합니다. 사랑하면 많이 생각하게 됩니다. 많이 해야 합니다. 정도를 벗어나게 과하게 해야 합니다. 영국의 낭만주의 시인 블레이크는 말합니다. "지혜로 가는 길은 과도함이다." 진리는 광증입니다. 광증의 자리에 머물지 않는 사람에게 진리는 찾아오지 않습니다. 그리고 최고는 가장 많은 생각과 동의어입니다. 우리가 하는 일은 모두 최고이어야 합니다. 최고의 강의이어야 하고 최고의 가정이어야 하고 최고의 만남이어야 하고 최고의 모임이어야 합니다. 그래야 최고의 인생을 사는 것입니다. 늘 최고를 꿈꾸어야 최고 인생을 살 수 있습니다. 최고를 꿈꾸는 까닭에 우리는 종교를 갖는 것이 아닙니까?

새벽 5시 반에 일어나 창밖을 보니 안개가 자욱합니다. 장마가 잠시 소강상태로 접어들며 비가 잠시 멈추었습니다. 호주머니에서 수첩과 볼펜을 손에 들고 산길로 들어섰습니다. 산행하며 손에 펜과 수첩이 손에 쥐어 있지 않으면 글을 쓰지 않습니다. 산에 핀 꽃구경이나 하고 날아가는 나비 쫓아가거나 아니면 바위 위에 앉아 새소리 찾아 운율을 세기나 하지요. 저 새와 이 새 화답하는 새소리의 음색의 차이를 생각하며 의미가 있는지를 생각해보기도 합니다. 그러나 수첩과 펜을 들고 오늘은 새소리도 듣지 않고 꽃구경도 하지 않고 나비도 쫓지 않고 11세기 독일의 교육자 놋커(Notker Labeo)만을 생각하기로 했습니다.

놋커 라베오(Notker Labeo). '라베오'(Labeo)란 '입술이 두터운 사람'이란 뜻입니다. 그는 독일어를 지극히 사랑하여 독일어를 훌륭한 언어로 만든 사람이란 뜻의 '투토니쿠스'(Teutonicus)라는 별명을 갖기도 했습니다. 그는 베네딕트 수도사였고 아리스토텔레스에 주석을 단 최초의 학자이기도 했습니다. 그러나 그를 가장 기억하게 만드는 그의 업적은 라틴어 텍스트를 독일어로 번역한 일입니다. 그는 11권을 번역했다고 했습니다. 그러나 현존하는 것은 단지 5권뿐입니다. 보에시우스(Boethius)의 『철학의 위안』, 마르티아누스 카펠라(Martianus Capella)의 『문헌학과 머큐리의 결혼』, 아리스토텔레스의 『범주론』(『De categoriis』)과 『해석학』(『De interpretatione』) 그리고

150장의 『시편』(『Psalter』)입니다.

그는 1022년 이탈리아로부터 발생한 흑사병으로 사망하였습니다. 그는 죽음의 자리에서 자신의 모든 죄를 고백하였습니다. 그리고 그가 지은 가장 최악의 죄는, 그가 수도사 옷을 입고 늑대를 죽인 일이라고 고백합니다. 그러자 곁에 있던 착한 수도사가 슬퍼서 외쳤다고 합니다, "당신이 세상의 늑대를 모두 죽였으면 어때요!" 그는 죽어가면서 창고의 문들을 모두 열고 가난한 자들을 불러 먹이라고 했습니다. 그리고 그는 매장할 때 자신의 옷을 벗기지 말고 입고 있는 옷 그대로 매장하라고 부탁했습니다. 그는 자신의 육체에 고통을 주려고 그의 허벅지 둘레에 쇠사슬을 둘렀는데, 그것을 사람들이 보는 것이 싫었습니다.

놋커(Notker)는 도대체 어떠한 방식으로 독일어를 사랑한 것일까요? 앞에서 인용한 것과 같이, 커(Ker)가 말하고 있는 그의 업적은 다음입니다.

"그는 라틴어에서 독일어로 번역할 때, 라틴어의 의미를 충실히 이해한 후, 그 라틴어의 의미를 독일어에 주입하였다. 그는 독일어가 다른 언어들이 갖지 않은 독특한 장점들을 가진 언어임을 알았다. 그가 멋진 인물이었음을 알려주는 증거이다. 그는 어떻게 하면 번역을 통해 독일어가 새로운 사고들을 온전히 수용할 수 있는지를 생각했다. … 그는 10세기에 독일어를 철학의 언어로 만든 사람이었다."

인용에서 그가 '라틴어의 의미를 독일어에 주입하였다'라는 문장과 '독일어를 철학의 언어'로 만들었다는 문장들이 눈에 들어옵니다. 그는 라틴어 텍스트를 독일어로 충실히 번역한 사람이 아닙니다. 그는 그런 문자적인 번역을 거부하고, 새로운 번역의 지평을 열었습니다. 그는 독일어의 장점을 취해 새로운 언어를 발전시켰던 사람입니다.

내가 가지고 있는 장점을 먼저 파악하는 일이 먼저입니다. 언어가 먼저 사고했다는 말이 정확한 표현입니다. 새로운 사고를 수용하기 위해 자국어가 먼저 사고해야 한다고 말합니다. 그는 독일어를 철학의 언어로 만든 사람이라고 합니다. 그렇다면 한글은 어떠한 언어입니까? 우리는 개념어를 만들기 위해 한자어를 많이 차용합니다. 한자는 의미가 우선이고, 한글은 소리가 우선인 소리언어이고 음성언어입니다. 글보다 말이 더 특징의 요소를 강하게 지닌 언어입니다. 그렇다면 한글의 장점은 소리입니다. 소리여서 한글은 확정적이지 않고 추상적이고 창조적이고 음악적입니다. 사고에 운율을 실어줄 수 있는 음악의 언어입니다. 우리가 해야 할 일은 딱 한 가지입니다. 한글이 가지고 있는 고유한 장점이고 특성인 소리, 즉, 언어의 음악성을 회복시켜 주는 일입니다. 언어에 운율을 회복시켜 주는 일입니다.

집을 나설 때 비가 조금이라도 내렸다면 우산을 들고 바깥으로 나갔을 것입니다. 물안개가 짙게 깔려 몽환적인 산길을 오르기 시작하였습니다. 길을 걸을 때마다 작은 섬이 만들어졌습니다. 나의 시야가 확보되는 공간 이외의 저 편의 공간은 모두 거대한 안개의 바다입니다. 그곳은 어둠입니다. 그렇게 어둠을 끌고 30여 분을 걸었을까, 조금씩 빗방울이 떨어지기 시작했습니다. 오늘 늘 쓰고 다니던 모자까지 쓰지 않아, 몇 가닥 남지도 않은 머리카락이 흠뻑 젖었습니다. 그래도 아내는 그런 나의 머리를 보고 나이 들어 머리카락이 많은 사람은 원시인 같고, 나는 문명인이라고 말합니다. 갑자기 아내 생각이 난 것은 내가 비 맞고 산길을 걷는 것을 알면 난리가 날 겁니다. 자욱한 안개비에 막혀 새소리도 나지 않습니다. 처음에는 산길 좌우로 길게 늘어선 나무들 높은 가지로부터 이슬 맺혀 떨어지는 물방울쯤으로 생각했습니다. 그러나 물방울 굵어지고, 더 이상 물안개의 이슬방울이 아니었습니다. 비가 오지 않거나 오거나 하는 것은 내가 결정하는 것이 아닙니다. 자연이 하는 일입니다.

갑자기 섭리(Providence)와 운명(Fate)이라는 말이 생각납니다. 내가 비를 맞았다는 것이 운명이나 섭리라는 말이 아닙니다. 우리는 그렇게 우리 중심으로 생각하여 섭리와 운명을 해석합니다. 그러나 이곳에서 섭리나 운명은 자연입니다. 비가 오는 자연이 바로 섭리이고 운명입니다. 결국 10여 분을 비를 맞고 더 산을 오르다 급히 산길을 뛰어서 내려왔습니다. 비를 흠뻑 맞고 '아무 생각 없이' 뛰어 내려왔습니다. 그리고는 흠칫 놀랐습니다. '아무 생각 없이' 뛰어 내려왔다는 그 사실이 너무나 무서운 진실이었습니다. 그리고 아무 생각 없이 살아간다는 것이 얼마나 끔찍한 일인가 생각했습니다. 우리가 생각할 여지없이 바쁘게 우리를 몰고 가는 생활이 마치 비와 같다는 생각이 들었습니다. 생활 그 자체가 피해야 할 대상인가요? 그래서 그렇게 바빠 가나요?

2. 가난함에 진리가 있다

제4하늘 태양은 지구의 그림자가 벗어난 하늘입니다. 그래서 이곳
의 덕목인 분별력(Prudence)은 완전한 덕목입니다. 제1하늘 달은 강인
함(Fortitude)이 부족하여 서원을 지키지 못한 여인들이 있고, 제2하늘
수성에는 개인적인 야망으로 정의(Justice)가 부족한 정치가들이 있었
고, 사랑의 열정을 절제(Temperance)하지 못한 연인들이 금성에 있었
습니다. 이들 모두는 플라톤과 아리스토텔레스가 칭송하였던 4가지 덕
목들입니다. 신학자와 교사 그리고 역사학자들이 있는 제4하늘에서 단
테와 베아트리체를, 12명씩의 천사들이 두 겹으로 둘린 원형으로 그
들을 둘러싸고 있었습니다. 안쪽의 원형에 있는 12명의 천사들은 'St.
Thomas Aquinas, Albertus Magnus, Gratian, Peter Lombard,
Solomon, Dionysius the Areopite, Orosius, Boethius, St.
Isidore, Bede, Richard of St. Victor, Siger of Brabant'입니
다. 이들 가운데 유일하게 왕인 한 사람 'Solomon'이 있습니다. 그
리고 바깥으로 12명의 천사들은, 'St. Bonaventura, Illuminato,
Fra Agostino, Hugh of St. Victor, Petrus Comestor, Peter of
Spain, Nathan, St. Chrysostom, St. Anselm, Donatus, Rabanus,
Joachim of Flora'입니다. 제4하늘 태양에 관련된 캔토는 10-14까지
다섯 캔토입니다. 안쪽 원에 있는 12명의 천사들 가운데 한 명인 도미
니크 수도회 소속이었던 토마스 아퀴나스는 성 프란시스의 생애를 이
야기하고, 바깥 원에 있는 12명의 천사들 가운데 성 프란시스 수도회
소속인 성 보나벤투라는 성 도미니크의 생애를 이야기합니다. 다음은

성 보나벤투라가 성 도미니크의 생애를 말한 내용입니다.

　　유럽을 봄의 새 잎으로 옷 갈아입히는 달콤한 서풍의 나라에,[7] 긴 여정을 마치고 태양이 사람들로부터 자신의 모습을 숨기게 될 그 파도소리 들리는 바다로부터 그리 멀지 않은 곳, 그곳에 행운을 부여잡은 칼라로가(Calaroga)가 있다. 그곳은 성의 아래에 사자 하나 있고, 또 다른 성 아래에 다른 사자 하나가 있는, 두 성과 두 사자가 그려진 문장의 방패의 보호를 받고 있다. 그곳에 기독교 신앙을 사랑하는 신자가 태어났으니, 그는 하나님의 전사로 동료들에게는 친절하여도 적들은 용서하지 않았다. 하나님이 그의 영혼을 창조하자, 곧 그는 그의 어머니의 뱃속에서 그녀가 꿈꾸게 하였다.[8] 그와 신앙 사이의 혼인이 세례를 통해 완성되는 자리에서 지참금으로 구원을 받았는데, 그때 그의 대모가 되어주었던 여인은 꿈속에서 그와 그의 후계자들이 가져올 기적의 열매를 보았다.[9] 그리고 그가 그의 이름과 똑같은 삶을 살 수 있도록, 그가 누구의 소유인가를 보고, 성령이 나타나 그의 이름을 하나님의 소유격으로 지어주었다. 그렇게 그는 도미니크가 되었다.[10] 그의 이름을 말할 때마다, 예수가 자신의 정원에서 자신을 도우라고 선택한 일꾼이란 생각이 든다. 그는 사실 예수의 집사였고, 사자였다. 그가 보

---

7) 스페인.
8) 그녀는 불타는 횃불 하나를 입에 물고 있는 개를 한 마리 낳았다. 도미니크 수도사들은 라틴어로 'Domini canes,' '하나님의 개들'이라 불린다.
9) 그녀는 꿈속에서 그의 이마 위에 세상을 밝혀줄 별 하나 있는 것을 보았다.
10) 'Dominic'은 'the Lord's'의 뜻이다.

여준 첫 사랑은 예수님이 주신 첫 계명이었다.[11] 그의 유모는 자주 도미니크가 땅 위에서 깨어 앉아 조용히 있는 것을 보았다. 마치 그는 "나는 명상하기 위해 태어났다"라고 말하는 듯했다. 오, 그의 아버지 이름은 '행복'의 뜻인 펠리체(Felice)[12]였고, 그의 어머니 이름은 '하나님의 은총'이란 뜻의 '지오바나'(Giovanna)[13]였다! 그들은 아들을 통해 자신들의 이름대로 받았다. 세상을 사랑해서가 아니고, 교황의 교서를 연구한 오스티엔스(Ostïence)와 의학을 연구한 타데오(Taddeo)를 따르기 위해서도 아니고, 그는 단지 진정한 하나님의 말씀을 사랑하여, 짧은 시간에 위대한 교사가 되어, 주인이 돌보지 않으면 곧 폐허가 되어버릴지 모를 포도원[14]을 둘러보러 다니기 시작하였다. 그리고 올바르게 가난함을 추구하는 수사들에게 예전보다 덜 친절한 교황청에 부탁하고자 하는 것이 있었다. - 나는 교황청을 탓하는 것이 아니라, 부패한 그곳에서 자리를 차지하고 있는 교황을 탓하는 것이다. - 그는 교황청으로부터 돈을 가져다 쓰겠다고 부탁하는 것이 아니고, 교황청의 빈자리를 먼저 구하려 부탁한 것도 아니고, 하나님의 불쌍한 자녀들을 위해 쓸 십일조를 좀 쓰겠다고 부탁하는 것도 아니었다. 지금 이곳 태양의 하늘에서 당신 주위를 감싸고 있는 24개의 나무들의 씨앗이 되기 위해 잘못된 세상과 싸울 기회를 허가해 달라고 그는 부탁하였다. 그런 다음 교황청의 허가가 떨어지자, 그는 교리와 열

---

11) 「마태복음」 6:33, '먼저 하나님 나라를 찾아라.'
12) Felix de Guzman.
13) Joan.
14) 교회.

정으로 무장한 채, 높은 절벽으로부터 떨어지는 폭포수와 같이, 이교도의 가시밭을 헤치고 나아가며 이교도의 나무들을 뿌리째 뽑으며, 저항이 가장 큰 곳을 향하여 빠르게 나아갔다. 그 사람으로부터 여러 시냇물들이 흘러나와, 천주교의 정원에 물을 공급하자, 새싹들이 새 생명을 얻게 되었다. -「천국」 캔토 12:46-105

성 프란시스나 성 도미니크의 생애를 이야기하는 이야기구조는 모두 동일합니다. 태어난 장소를 이야기하고, 성인들의 탄생과 관련한 설화를 이야기하고, 성인들이 수도회를 창설하는 과정과 그 업적을 이야기하는 구조를 가졌습니다. 도미니크는 1215년 6명의 추종자들과 함께 프랑스 남부 툴루즈(Toulouse)에서 처음 수도회를 시작하였습니다. 그는 당시 팽창하고 있는 도시들에 사는 사람들의 영성을 키워줄 새로운 형태의 조직이 필요하다고 생각했습니다. 그는 또한 엄격한 수도회의 규칙보다는 좀 더 유연하게 헌신과 조직적인 교육을 통합하는 조직체를 생각했습니다. 물론 그와 그의 추종자들은 기도와 참회의 수도회 규칙을 엄격히 따랐습니다. 그리고 최종적으로 1217년 교황 호노리우스 3세(Honorius Ⅲ)가 수도회를 승인하였습니다. 그 이름은 '설교자들의 수도회'(Ordo Praedicatorum)였습니다.

도미니크는 육식을 금하고, 금식과 침묵의 규칙을 충실히 수행하고, 가장 열악한 주거지를 택하고 가장 평범한 옷을 입었으며, 설교를 마치고 도시와 마을을 떠날 때는 어김없이 자마자(jamaza) 신발을 벗고 맨발로 자갈길 위를 걸었다고 합니다. 도미니크는 51세에 열병에 걸려 이탈리아 볼로냐(Bologna)에서 1221년 죽었습니다. 그는 죽기 전 수도사들에게 땅 위로 거친 삼베조각을 펼치고 그 위에 자신의 몸을 눕히라 하고, 사랑을 가지고 늘 낮은 자리에서 가난을 통해 진리를 발견하라고 말했습니다. 그도 성 프란시스와 마찬가지로 가난을 사랑한 성인이었습니다. 부자가 되라고 피가 나도록 외치고, 부자가 되는 법에 관한 책들뿐인 현대인들에게는 너무나 낯선 이야기입니다. 부자가 되는 인문학도 있으니 너무나 아찔합니다. 두 성인 모두 죽음의 자리에서 "가난함에 진리가 있다"라는 말을 하고 있습니다.

3. 솔로몬의 지혜

구약 「열왕기」 상 3장 11-12절을 보면, "이에 하나님이 저에게 이르시되 네가 이것을 구하는구나. 자기를 위하여 수도 구하지 아니하며 부도 구하지 아니하며 자기의 원수의 생명을 멸하기도 구하지 아니하고 오직 송사를 듣고 분별하는 지혜를 구하였은즉 내가 네 말대로 하여 네게 지혜롭고 총명한 마음을 주노니 너의 전에도 너와 같은 자가 없었거니와 너의 후에도 너와 같은 자가 일어남이 없으리다"라고 기록하고 있습니다. 아담과 예수가 완전한 지혜를 갖추었다면, 솔로몬과 같이 지혜를 갖춘 왕이 이전에도 없었고 이후에도 있을 수 없다는 말이 잘못된 말이 아닌가요? 캔토 13에서 토마스 아퀴나스는 다음과 같이 그 이유를 단테에게 설명하고 있습니다.

불멸과 사멸은 하나님이 우리를 사랑하시어 만들어놓은 영광에 빛나는 개념에 지나지 않는다. 빛의 근원인 성부(God the Father)로 부터 흘러나오는 성자(God the Son)의 그 살아있는 빛은, 그 근원에서 떨어질 수 없고, 그들 둘과 삼위일체를 만드는 성령(Holy Spirit)으로 빛나는 사랑의 빛과도 떨어질 수 없다. 빛은 자체를 모두 좋게 하려 한다. 그 3가지 빛은 하늘의 '9가지 천사들'(angelic orders)에 합류하였다가, 그곳으로부터 지상으로 반사의 빛을 보낸다. 그렇게 빛은 영원히 하나이다. 9가지 천사가 하늘나라로부터 지상에 보내는 하나님으로부터의 빛을 반사하는 그 반사의 빛은 그 빛을 수용할 수 있는 대상의 정도에 따라서 아래로 전달되어 가장 적은 수용능력을 갖춘 대상에까지 내려간다. 그렇게 빛을 가장 적게 받은 대상은 사멸성과 일시성의 창조물들로 탄생한다. 천국의 9하늘이 움직이며 만들어내는 빛을 많이 받고 적게 받음에 따라 대상들이 불멸의 씨앗을 갖기도 하고, 갖지 못하기도 한다. 대상들로 형체가 만들어지기 이전의 물질과, 만들어진 대상의 물질은 같은 상태가 아니다. 어떤 모양을 가질 것인가에 따라서 빛을 더 많이 받을 수 있고, 덜 받을 수 있다. 그래서 같은 종류의 나무들이라도 어떤 나무는 좋은 열매를, 그리고 어떤 다른 나무는 부실한 열매를 맺는다. 같은 나무에 열린 열매들도 다르다.

인간들도 다양한 재능을 갖고 태어난다. 그 대상이 하늘의 빛을 완전히 받을 수 있는 재질이 갖추어져 있고, 하늘들도 그들의 영향력을 최고로 그 대상에 행사한다면, 그 대상에 대한 하나님의 의도가 완전하고 분명하게 드러날 것이다. 자연은 모든 대상들을 늘 불완전하게 만든다. 자연은 기술은 있으나 수전증을 앓고 있는 예술가와 같다. 그러나 불타는 하나님의 사랑이 분명한 비전을 가지고, 최고의 능력으로 준비한 것에 하나님의 의도를 분명히 찍어낸다면, 그곳에서 완전함이 이루어질 것이다.

딱 한 번 흙으로 완전한 생명체가 만들어졌다. 아담이다. 그리고 예수를 낳기 위해 성모 마리아도 그렇게 만들어졌다. 자연은 아담과 예수에게 있었던 일을 그 둘 말고 그 이후 전혀 허용하지 않았듯이 미래에도 허용하지 않을 것이다. 나도 당신의 생각과 같다. 자, 내가 올바르게 이해하였다면, 당신의 첫 번째 질문은, 솔로몬과 처음부터 "비교 대상이 아닌 예수는 어떻게 생각해야 하나?"[15]

그러나 당신에게 모호해 보이는 내용을 명확히 하기 위해 솔로몬이 누구였고, 그가 원하는 것이 무엇이냐고 물었을 때, 무엇이 그의 마음을 움직였는지를 생각해보라. 내가 모호하게 말하지 않았으니, 당신도 분명히 알 것이다. 그는 왕이었고, 그는 왕으로서 왕에게 적합한 지혜를 요청하였다. 그는 신학적으로 천국에 있는 하늘의 숫자를 알고 싶어 하지 않았고, 논리적으로 우연성을 전제로 한 필연성이 어떻게 필연성으로 결론이 내려질 수 있는지를 알고 싶어 하지 않았고, 최초 동인이 되는 것이 정말로 존재하는지를 알고 싶어 하지도 않았으며, 기하학의 이론이 우주에 모두 적용되는지를 알고 싶어 하지도 않았다.

그러므로 내가 말한 것을 다시 정리해보자. 왕이 가져야 할 지혜란 어느 것과도 비교가 불가능한 통찰력을 필요로 한다. 그것이 내가 말하고자 하였던 것이다. 왕이 '되었던 자'라는 말을 자세히

---

15) 솔로몬과 같은 사람은 더 이상 없을 것이라는 성경에 대한 질문이다.

음미해보면, 그 말이 단지 왕들을 지칭하는 말이었음을 알 것이다. 왕들은 많으나, 훌륭한 왕은 희귀하다. 그렇게 아담과 예수에 대해 해당되는 지혜가 아니다. 솔로몬에 해당되는 지혜는 왕의 지혜를 말한다. - 「천국」 캔토 13:52-111

솔로몬과 같은 지혜를 갖춘 자가 그 이전에도 없었고, 그 이후에도 없을 것이라는 말은, 왕의 지혜를 갖춘 왕들이 없다는 말이지, 솔로몬이 아담이나 예수와 같이 완전한 지혜를 갖추었다는 말은 아니라고 토마스 아퀴나스는 말합니다. 물론 여기서 아담은 타락 이전의 죄 짓지 않아 영원한 생명을 보장받았던 아담을 말합니다. 우리가 위의 인용문에서 무엇보다 더 흥미롭게 보아야 할 곳은 솔로몬의 지혜에 대한 아퀴나스의 설명보다는, 인간의 다양한 재능과 불멸성과 사멸성에 대한 아퀴나스의 말입니다. 우리는 하나님의 의도를 알 수 없습니다. 하나님의 분명한 의도가 드러난 사건은, 아담과 예수 그리고 성모 마리아에게서 뿐입니다. 장차 이후에도 그렇게 분명히 하나님의 의도가 드러나실 일은 없을 것입니다. 그러나 불멸성이나 사멸성이나 모두 하나님의 사랑에서 비롯된 것입니다. 자연에 하나님이 개입하지 않으시면, 우리는 불멸성을 가질 수가 없습니다. 그리고 자연에 하나님이 개입하면 우리는 기적이라고 말합니다. 그렇다면 자연의 지배에서 벗어나 있을 수 없는 인간은 어떻게 해야 합니까? 우리는 하나님의 빛을 수용할 수 있는 그릇이 되어야 합니다. 많은 빛을 받을 수 있어야 영생을 얻습니다. 빛을 주시지 않는 것이 아니라, 우리가 그 빛을 받을 수 있는 용량이 부족한 것입니다. 그렇다면 어느 것이 하나님의 빛입니까? 그 빛을 찾아 묻고 구하는 것이 진정 하나님의 빛을 받을 수 있는 그릇의 용량을 늘리는 것이고, 영원한 삶을 향해가는 길일 것입니다.

*

Ker, W. P. 『The Dark Ages』(New York : A Mentor Book, 1958).

X

「천국」의 화성, 캔토 14–캔토 18

1

화성(Mars)은 지구에 철을 만든다. 전쟁과 군사의 신인 마스는 인간에게 전투 정신을 준다. 『캔터베리 이야기』(『The Canterbury Tales』)에 나오는 바스에 사는 아낙네(Wife of Bath)는 마스의 정신을 '불굴의 강인함'이라고 했다. 그러나 마스는 전쟁을 일으키는 신으로, 인간에게 나쁜 영향을 미치는 하늘이다. 마스는 '작은 불운'(Infortuna Minor)이란 별명을 갖는다. 단테는 화성을 순교자들의 하늘이라 말했다. 내 생각에 순교란 낱말 'Martyr'과 'Mars'의 라틴어 여격(accusative) 'Martem'과의 잘못된 어원 지식 때문에 그렇게 말한 것 같다. – C. S. Lewis, p.106.

화성

　희랍신화에서는 아레스(Ares)로, 그리고 로마신화에서는 마스
(Mars)라고 부르는 전쟁의 신인 마스가 전사들에게 전투 정신을 고취
시킨다는 것은 나쁜 일이 아닙니다. 그러나 잘못 사용하여 전사들이

잔인하거나 법을 무시할 수도 있습니다. 그래서 그가 작은 불운이라는 별명을 얻었습니다. 그는 또한 순교자들에게 강철과 같은 강인함을 주어 고통을 견뎌내게 해줍니다. 초기 로마 신화에서 마스(Mars)는 나무와 풀을 잎으로 무성하게 해준다고 생각되어 '삼월'(March)은 그의 이름에서 유래하였습니다. 북부유럽 신화에서 'Mars'에 해당되는 신으로 티르(Tyr) 또는 티우(Tiw)라는 신이 있습니다. 이 신은 늑대의 입에 자신의 손을 집어넣은 신으로 유명합니다. 화요일이란 말, 'Tuesday'는 그의 이름을 딴 것입니다. 마스(Mars)는 로마신화에서 주피터(Jupiter) 다음으로 중요한 인물입니다. 단테 하늘에서 화성(Mars) 바로 위에 목성(Jupiter)이 있습니다. 로마의 건국신화 인물들인 로물루스(Romulus)와 레무스(Remus)는 마스(Mars)와 레아 실비아(Rhea Silvia) 사이에서 태어났습니다.

여름에 열심히 일하면 가을에 좋은 열매 맺는다.
장맛비 내리고 나뭇잎들 더욱 푸르다, 여름이다.

파스칼은 『팡세』(『Pensées』: 1670)에서 "이들 무한한 공간들이 뿜어내는 영원한 침묵이 나를 두렵게 한다"라고 했습니다. 파스칼의 이 문장을 생각할 때마다, H.D.라 쓰고 그 이름이 'Hilda Doolittle'이라는 20세기 초를 살며 정신분석학자 프로이드와도 가깝게 지냈던 미국의 여류 시인이 생각납니다. 그녀가 쓴 시의 내용은 진주조개에 대한 이야기입니다. 진주조개 하나가 깊고 어두운 바다의 바닥에 놓여 있습니다. 그 진주조개는 진주를 만들어내기 위해 그 거대한 바다에서 입을 조금씩 벌려 바닷물을 아주 조금씩 삼키며, 자신이 원하는 영양소만 흡수하고 나머지 이물질들은 바깥으로 뱉어버립니다. 조개가 욕심을 내어 입을 너무나 크게 벌리면, 바닷물과 자신과의 소금기의 차이가 만들어내는 삼투압현상으로 죽고 맙니다. 바다와 자신과의 긴장관계는 늘 있습니다. 조개는 짠 소금기들과 이물질들을 바깥으로 뱉어내어 껍질을 두껍게 만들며, 자신이 필요로 하지 않는 외부세계를 자신의 세계로 들어오지 못하게 합니다. 그렇게 하기를 반복하며 껍질 안에서 진주조개는 진주를 만들어냅니다.

우리가 우리의 작은 팔로 세상을 품으려 하면, 세상은 너무 크고 우리는 너무 작아 우리가 모두 빠져나가 우리는 죽고 맙니다. 우리는 우리가 음식을 먹을 때와 같이 세상을 조금씩 잘라서 섭취해야 합니다. 그렇지 않으면 우리는 아무것도 할 수 없습니다. 파스칼과 같이 두려움만 가득하여 아무것도 할 수 없습니다. 우리가 그 영원한 침묵을 어떻게 하겠어요. 깊은 바다 작은 진주를 생각해 보세요.

아침에 책상에 앉아 노트를 펼쳐 놓고, 어떻게 하루를 요리할 것인가를 생각합니다. 오늘 하루라는 재료로 어떤 음식을 만들어 낼 것인가를 생각합니다. 그리고 음식의 재료들을 작고 그리고 잘게 잘라놓습니다. 예를 들어 이런 식입니다. 자, 요즘 나는 기억(Memory)이라는 주제가 흥미롭습니다. 그렇다면 기억을 아주 잘게 자릅니다. 작게 자르기 위해 기억이라는 명사 앞에다 형용사를 넣습니다. 맛있는 음식과 맛없는 음식을 말하듯이, 형용사가 명사의 의미 유형을 여러 가지로 잘라 놓습니다. 기억과 관련하여 당장 이런 낱말들이 생각납니다. Literary Memory, Political Memory, Historical Memory 등등이 있습니다. 아니면 사용해서 쓸 수 있는 Narrative Memory가 있고, 사용해서 쓰고 있는 Discourse Memory가 있습니다. 우리가 하고자 하는 일이 너무나 크면 우리는 아무것도 할 수가 없습니다. 하루도 우리가 소화시켜 맛있게 먹을 수 있게 나누어야 합니다. 하루가 우리를 꿀꺽 삼키지 않게 하려면, 우리는 하루를 어떻게 지배할 것인가 생각해야 합니다. 오전에 뭐하고 오후에 뭐하고 저녁에 뭐하고 그렇게 나누지 말아야 합니다. 어떤 때는 1시간도 너무 커서 감당이 되지 않는 경우가 있어요. 강렬하게 살기 위해서는 1시간 단위는 너무 커서 생각 없이 사용할 수 있습니다. 우리가 하고자 하는 일이 너무나 크면, 절망하여 우리는 아무것도 하지 못합니다. 아니 아무것도 하지 않습니다.

셰익스피어가 1616년에 사망하였으니 2016년은 죽은 지 400년이 되는 해였습니다. 셰익스피어와 관련하여 신비에 휩싸여 베일을 벗길 수 없는 사안은 그가 그렇게 훌륭한 작품들을 직접 쓴 것인가 하는 점입니다. 그는 라틴어도 몰랐고 정식으로 교육을 받은 사람이 아니어서 많은 책들을 읽은 것도 아닙니다. 그의 역사극들은 모두 당대의 번역된 역사서들을 근거로 했으니 번역되지 않았다면 쓸 수 없었을 작품들입니다. 그러나 셰익스피어의 다작의 비밀이 있습니다. 그는 글을 잘게 나누어 썼습니다. 그것이 그의 다작의 비밀입니다. 무슨 말이냐 하면, 자, 앞에서 나는 하루라는 시간을 잘게 나누어 사용하라는 말을 하였습니다. 누군가가 시간을 잘게 나누어 사용하였는지는 그 결과를 보면 알 수 있습니다. 잘게 나누어 나눈 부분이 분명하여야 합니다. 나눈 앞과 뒤가 분명히 차이가 있어야 합니다. 그래야 그가 나누어 앞과 뒤를 달리 사용하였음을 알게 됩니다. 드라마, 희곡이라는 문학 장르가 그렇습니다. 많은 사람들이 등장하여 각기 자신만의 독특한 이야기로 앞과 뒤를 단절하는 다른 이야기를 합니다. 셰익스피어는 희곡이란 글쓰기 방식의 본질을 깨닫고 시간을 어떻게 사용해야 많은 일을 할 수 있는지 알았습니다.

셰익스피어의 다작의 또 다른 비밀은 아주 단순합니다. 그는 무엇을 배울 시간이 없었습니다. 글 쓸 시간도 모자랐습니다. 연극공연을 하는 중에도 자신의 역이 끝나면 쓰고, 연극이 끝나면 집에 가서 또 글을 썼습니다. 글을 많이 써서 글을 많이 남겼습니다. 글이란 차이를 쓰는 것입니다. 희곡에서 인물에게 독특한 성격을 안겨주면, 그 다음은 그 인물들이 스스로 자신을 창조합니다. 우리도 창조적인 작업을 많이 하고 싶다면 셰익스피어에게서 배워야 합니다. 내가 나서서 하면 내가 한 일이 별로 없습니다. 누군가 해주어야 합니다. 혼자서 일하면 한 일의 양이 적습니다. 그러나 여럿이서 일하면 많은 일을 합니다. 드라마가 그렇습니다.

셰익스피어는 햄릿이었습니다. 우리가 잘 알고 있듯이 햄릿은 사고와 행동이 불일치한 삶을 살았습니다. 행동과 사고가 불일치하여야 그 사람에게 빛과 그림자가 있습니다. 명암이 있습니다. 사고와 행동이 일치하면 그는 아주 평범한 인간이 됩니다. 영어로 'flat'합니다. 숨겨진 것이 없습니다. 안과 바깥이 같은 인간입니다. 그런 사람은 사실 인간도 아닙니다. 아주 재미없는 인간입니다. 사건이 없는 인간입니다.

　보카치오가 그의 책 『데카메론』에서 "지독하게 못생긴 용모에 놀라운 천재성을 심어놓은 자연에 경의를 표한," 14세기 르네상스 화가 지오또(Giotto)는 명암대조법으로 그림에 삼차원효과를 창조하였습니다. 그는 드러난 것과 드러나지 않은 것을 모두 화폭에 그려놓았습니다. 르네상스는 숨겨진 것들을 화폭에 모두 드러내 보여주었습니다. 원근법도 그렇습니다. 사실 원근법은 고전주의 시대부터 있었습니다. 로마 역사학자 플리니우스는 원근법(perspective)을 '삐딱하게 바라보기' 기법이라며, 그 기원이 기원전 6세기 그리스 출신 화가 키몬에 있다고 했습니다. 삐딱하게 세워 거리를 주고 멀고 가까움이 그림에 드러나는 것이 원근법입니다. 르네상스는 고전주의 기법인 원근법을 부활시켰습니다. 그렇다면 왜 중세는 원근법을 포기하고, 펼침 기법(Flat)을 선택하였을까요? 이곳에 현대를 이해할 수 있는 비밀이 있습니다.

　현대는 중세와 비슷합니다. 우리가 잘 알다시피 움베르토 에코도 중세학자였습니다. 보이지 않는다고 존재하지 않는 것이 아닌데도 우리는 보이는 것만 믿습니다. 현대는 소위 영상의 시대입니다. 책을 보지 않습니다. 우리는 이미지만을 믿습니다. 그러나 우리가 보는 모든 이미지들은 조작된 것입니다. 급속한 과학의 발전으로 시간과 공간 감각이 사라졌습니다. 모두가 'flat'합니다. 명암이 없는 세계에 우리는 살고 있습니다. 네트워크의 시대에 살고 있습니다. 모두가 연관

되어 있고, 독립되어 존재하는 것이 없습니다. 원근법이 사라졌습니다. 우리는 모두 동시대와 동일한 공간에 쭉 펼쳐진 무시간대-무공간에 살고 있다고 말할 수 있습니다. 중세의 그림들을 보면 모든 사물들이 모두 다 같은 공간에 쭉 펼쳐져 있습니다. 멀리 있거나 가까이 있거나 크거나 작거나 모두가 거리도 없고 크기도 다르지 않게 모든 공간에 모두 모여 있습니다. 우리는 그것이 민주주의라고 합니다. 민주주의 형식을 띤 사물의 축제라고 칭찬의 말을 합니다. 중세에는 비밀이 없었습니다. 같은 공간에 다 드러나 보여주었으니까요. 멀리 있는 것과 가까이 있는 것의 차이가 없었습니다. 거짓을 말할 수도 없고, 어디 숨을 곳도 없었습니다. 모두 다 드러내 보여주기 때문입니다. 중세에는 과거도 미래도 없습니다. 모두 동시대 동일한 공간에 있었습니다. 현대와 똑 같습니다. 그곳에 시간이 없습니다. 모두 성형수술을 한 시간이 정체된 얼굴을 하고 있습니다. 60살 남자가 10대의 젊은 아가씨와 함께 있어도 구별이 없습니다. 그러나 그 차이가 보이지 않는다고 차이가 없는 것은 아닙니다. 그렇게 우리는 조작된 세계에 서로 속이면서 살고 있습니다. 빛도 어둠도 없는 다 드러난 세계에 살고 있습니다. 중세가 그랬습니다. 바로 우리가 지금 중세를 살고 있습니다.

2

단테는 플로렌스의 두 정당, '겔프'(Guelph)와 '기벨린'(Ghibelline)의 정쟁에 연루되어, 1294년에는 겔프 정당소속으로 기벨린 정당과의 전투에도 참가하였습니다. 당시 정치활동을 하기 위해서는 길드에 소속되어야 해서, 그는 약제사 길드(Apothecaries' Guild)에 등록하여 약제사가 되었습니다. 약국에서 책을 팔기도 했습니다. 이후 기벨린 정당을 물리치고 겔프당은 두 분파로 나뉘었습니다. 검정 겔프당(Guelfi Neri)은 교황을 지지했고, 백색 겔프당(Guelfi Bianchi)은 교황으로부터 플로렌스의 자유를 더 확보하려 했습니다. 처음에는 백색당이 권력을 잡고 흑색 당을 내몰았습니다. 그러자 교황 보니파체 8세(Pope Boniface VIII)가 1301년 프랑스 왕 필립 4세의 동생인 찰스(Charles of Valois)를 대리인으로 삼아 플로렌스를 군대로 점령하려는 계획을 세웠습니다. 플로렌스 당국은 대리인들을 로마 교황에게 급파하였고, 이때 단테는 대리인들 가운데 한 사람이었습니다. 교황은 다른 대리인들은 플로렌스로 보내고 단테만 로마에 잡아두었습니다.

1301년 11월 1일 찰스는 검정 겔프당과 협력하여 플로렌스를 점령하였습니다. 그리고 검정 겔프당 정부가 플로렌스에 세워지자, 1302년 3월 단테는 2년간의 추방과 벌금형을 받았습니다. 그는 부패와 공금횡령죄로 기소되었습니다. 단테가 로마에 있는 동안에 이루어진 일들이었습니다. 그는 죄를 인정하기 싫었고, 그의 부동산들은 이미 검정 겔프당이 몰수한 상태여서 벌금을 지불할 수가 없었습니다. 그러자 플로렌스 당국은 그에게 영구추방을 결정했고, 벌금 없이 플로렌스로 돌아오려 하다가 잡히면 화형에 처하겠다고 했습니다. 이후 그는 여러 번 백색 겔프당원들과 결탁하여 권력을 잡으려고 시도했지만, 당 내부의 배신으로 실패로 돌아갔습니다. 그는 자신이 당을 하나 만들려고까지 했습니다.

이후 그는 베로나(Verona)로 가서 바르톨로메오(Bartolomeo della Scala)의 도움을 받았고, 다음으로 리구리아(Liguria)의 사르자나(Sarzana)로 옮겨 그곳에 머물렀습니다. 1310년 신성로마 황제 헨리 7세가 500명의 군대를 이끌고 이탈리아로 진입하였습니다. 그때 단테는 그가 이탈리아를 구원해 줄 제2의 샤를마뉴 황제가 될 것이라 생각했습니다. 그는 헨리 7세에게 검정 겔프당을 플로렌스에서 몰아내 달라는 편지를 여러 통 썼습니다. 그는 헨리 7세가 세계를 통치할 군주로 생각하여 『군주론』(『De Monarchia』: 군주제)을 이 당시에 썼습니다. 1312년 헨리 7세는 플로렌스를 공격하여 검정 겔프당을 정복하였지만, 곧, 1313년 사망하자, 단테는 다시 플로렌스를 보리라는 희망도 버렸습니다. 1315년 플로렌스는 추방당한 자들이 높은 벌금을 지불하고 대중들 앞에서 참회하는 태도를 보이면 그들을 받아주겠다고 했습니다. 그러나 단테는 돌아가지 않기로 결정했습니다. 그리고 후에 사망선고도 가택연금으로 바뀌고, 돌아오면 시내에는 들어오지 않는다는 조건으로 받아주겠다고 했지만, 단테는 이 제안도 거절하였습니다. 단테는 1318년 군주 귀도 노벨로(Prince Guido Novello de Polenta)가 라벤나(Ravenna)로 초대하자 그 제안을 받아들이고, 그곳에서 『신곡』의 「천국」편을 완성하였습니다. 그는 1321년 56세의 나이로 사망하였습니다. 그가 쓴 「지옥」편은 1317년 완성된 것이 확실하나, 나머지 「연옥」편과 「천국」편은 완성년도가 불확실합니다.

화성에는 순교자들이 있는 곳입니다. 단테는 그곳에서 십자군 원정에 참여했다가 순교한 자신의 선조인 카찌아구이다(Cacciaguida)를 만납니다. 그는 단테에게 섭리와 단테의 미래를 말합니다.

우연성(Contingency)은 당신이 살고 있는 지구 너머에서는 아무 의미가 없지만, 하나님의 영원의 시각(Eternal Vision) 안에는 다 들어와 있다. 강을 따라 내려가는 배가 눈 속으로 들어와 상이 맺히는 것처럼, 영원의 시각에서 보면 그 우연성도 필연(Necessity)이다. 파이프 오르간을 통해 아름다운 음악이 귀로 흘러 들어오듯이, 당신(단테)의 미래가 영원의 시각을 통해 나의 눈 속으로 들어온다. 히폴리투스(Hippolytus)의 계모(Phaedra)가 그에게 음욕을 품었다가 실패하자 잔인하게도 거짓말[16]하여 그를 아테네(Athens)로부터 추방하듯이, 너는 플로렌스(Florence)에서 추방당할 것이다. 이미 정해진 일이다. 하루 종일 예수를 사고파는 곳에서 너의 추방을 생각하는 사람[17]이 지금은 생각만 하고 있지만, 곧 실행에 옮길 것이다. 늘 그러하듯 추방당한 자를 비난하는 목소리들이 한 목소리가 되어 뒤따를 것이다.

그러나 진리가 선포되는 심판의 날에나 복수가 이뤄질 것이다. 너는 네가 가장 아끼는 것들을 모두 두고 떠나야 할 것이다. 추방은 그러하고 이러할 것이다. 너는 타인이 주는 빵 맛이 얼마나 짜고, 타인의 집 계단을 오르내리는 일이 얼마나 힘겨운지를 경험할 것이다. 그리고 후에 너와 함께 추방당한 그 사악하고 무지한 동료들이 너의

---

16) 히폴리투스가 자신의 사랑을 받아주지 않자, 계모 페드라는 히폴리투스가 자신을 강간하려 했다고 거짓말을 한다.

17) Pope Boniface III.

화성(Cacciaguida)

어깨를 가장 무겁게 내리누를 것이다. 그들은 너에게 감사하지 않고, 미친 듯이 화를 낼 것이다. 그러나 오래지 않아 그들은 이 일로 그들의 이마에 붉은 피 칠을 할 것이다. 그들은 어리석은 일들만을 골라서 하는 사람들이니, 너는 너 혼자서 하나의 파당을 만든 것이 좋을 것이다. 너는 너의 첫 번째 피난처로, 사다리 위에 검은 독수리가 앉아 있는 문장을 가진, 위대한 롬바르드(Lombard)[18]의 보호를 받을 것이다. 그는 너를 매우 후하게 대접하여, 너희 두 사람은 서로 청하면 들어주는 사이가 될 것이니, 후대의 사람들에 모범 사례가 될 것이다. 너는 그와 함께 머물고 있는 한 젊은이를 볼 것이다. 그는[19] 출생할 때 그의 행동이 후에 크게 알려질 것이라는 별자리를 가졌다. 그가 아직 어려서 사람들은 그를 잘 몰랐다. 그때는 하늘의 별들이 단지 그의 주위를 아홉 번 돌았을 뿐으로, 교황 가스커니의 클레멘트 5세[20]가 위대한 헨리 7세[21]를 속이기 전이다. 그의 영웅다운 면모는 그가 그의 부와 업적을 무시하는 행동에서 볼 수 있을 것이다. 그의 관용은 널리 알려져 그의 적들도 그들의 입을 닫지 않을 것이다. 그와 함께하여, 그가 누리는 행운을 공유하라. 그를 통해 많은 사람들이 운명이 바뀔 것이니, 부자와 거지가 서로 자리를 바꾸게 될 것이다. 그에 대한 모든 얘기는 마음에만 품고, 입으로 말하지는 말아라. -「천국」캔토 17:34-91

*

이하 「천국」편 XI - XIII의 내용은 필자의 건강 악화로 급하게
마무리하였습니다. 그 결과 내용이 매우 소략합니다.
독자 여러분의 이해를 구합니다.

---

18) Bartolommeo della Scala, Lord of Verona.
19) Can Grande della Scala(1291-1329).
20) Clement V of Gascony.
21) Henry VII(?-1314).

XI

![feather]

「천국」의 목성, 캔토 18-캔토 20

신들의 왕인 주피터 목성은 다소 실망스럽게도 지구에
서 주석(Tin)을 생산해낸다. 이 빛나는 금속은 깡통을 만
드는 산업이 도래하기 전까지 우리의 상상력을 여러 방
식으로 자극하였다. 주피터의 영향을 받아 태어난 사람
은 만족스런 표현은 아니지만 '유쾌함'이다. 사실 주피터
의 영향을 받은 사람의 성품을 정의하기가 쉽지 않다. 그
성품은 전통적으로 4품성들(Four Humors) 가운데 하
나도 아니다 - '몸집이 퉁퉁하여, 쾌활하고, 희망차고, 자
신만만하고, 낙관적이다'(Sanguine) '성깔이 있어, 화
를 잘 내고, 앙심이 깊고, 보복하려 든다'(Choleric) '우
울해하며, 몽상에 자주 사로잡혀 있어, 혼자 있기를 좋
아한다'(Melancholy), 그리고 '흥분하지 않고, 차분
하며, 침착하나, 무기력하거나 냉정하고 냉담할 수 있
다'(Phlegmatic).

그렇게 말하면, 사실, 토성(Saturn)의 성품도 마찬가지
다. 토성이 만들어내는 금속은 납(Lead)이다. 그래서 토
성의 영향을 받아서 태어난 사람은 무뚝뚝하고 음침하
고 냉소적이다. 토성의 품성도 4품성에 없다. 목성의 성
품은 왕다운 품성이다. 왕들 가운데에서도 평화를 사랑
하고, 왕좌에 앉아서 여유를 즐기며, 침착함을 잃지 않는

목성

왕을 말한다. 그래서 목성의 유쾌함을 가진 사람은 쾌활
하고, 놀기를 좋아하나 자제할 줄 알고, 침착하고, 마음
이 넓다. 목성의 영향이 미치는 곳에서 우리는 평화와 번
영을 누릴 수 있다. 단테는 현명하고 정의로운 정치를 펼
쳤던 군주들이 죽어서 가는 곳이 목성이라고 했다. 목성
은 가장 좋은 하늘이다. 그래서 목성은 '무엇보다도 더 큰
행운'(Fortuna Major)이라는 명칭을 부여받았다. - C. S.
Lewis, 『Discarded Images』, pp.105-106.

우리가 보는 것은 모두 눈에 남아 있는 잔상입니다. 무엇이나 기억되어 있지 않았다면 우리는 인식할 수조차 없습니다. 어제의 우리 인생이 어떻게 만들어졌는가를 보라고 어제의 인생이 우리의 기억 속에 저장되어 있습니다. 우리는 가끔 어제를 기억하지 못하고 살아갑니다. 보통 사건이 아니면 우리는 기억하지 못합니다. 사건이란 일상성에서 마주 하는 비-일상성입니다. 우리는 일상성이 아닌 것만 기억합니다. 좋은 하루란 일반화할 수 없는 하루입니다. 사건이 있는 하루입니다. 기억할 수 있는 하루입니다. 오늘에 머물러 있지 않는 하루입니다. 그런 의미에서 오늘은 모두 내일을 위한 서시(Prelude)입니다.

중세 화가는 인간들이 어떻게 살아가야 하는지를 그렸고, 르네상스 화가는 인간들이 어떻게 살고 있는지를 그렸습니다. 그림을 그려놓고 중세의 화가는 자신의 그림에 대하여 어떻게 생각했을까요? 자신의 그림에 위선이 있다고 생각하지는 않았을까요? 그래서일까요? 중세의 책들 귀퉁이에 그려진 그림들에는 우스꽝스런 장면들과, 특히 색정의 그림들이 많습니다. 사실 중세의 책들은 모두 필사본으로 호화장정을 한 책들뿐이어서, 책의 가격이 무척 비싸서 귀족들이 아니면 책을 소유할 수가 없었습니다. 그렇다면 르네상스 화가들은 자신들의 그림을 보고 어떻게 생각했을까요? 르네상스 회화의 대부분은 위선의 모습이 귀퉁이에 있는 것이 아니라, 그림 자체가 하나의 위선을 그린 것이 많습니다. 아마도 그림을 소유한 소유자가 대부분 당시의 신흥부자들이었기 때문일 것입니다.

XII

「천국」의 토성, 캔토 21-캔토 22

토성(Saturn)은 지구에 영향을 주어 납을 생성한다. 토성의 영향으로 사람들은 우울한 안색을 띠고, 역사를 보면 재해가 발생하는 사건들이 있었다. 단테는 토성을 명상가들의 하늘로 할당했다. 토성은 질병과 노년과 관련이 있다. 초기 토성의 그림들을 보면, 토성은 낫을 들고 있는 시간의 아버지이다. 초서(Chaucer)의 「기사 이야기」(「The Knight's Tale」)에서 이야기하는 토성은 끔찍한 사건들을 일으키고, 질병을 일으키고 반역행위가 일어나며, 불운을 가져오는 행동을 한다. 토성은 일곱 하늘들 가운데 가장 끔찍한 하늘로, '다른 어느 하늘보다도 더 큰 불운'(Infortuna Major)을 가져온다. - C.S.Lewis, 『The Discarded Image』, p.105.

토성

XIII

– 대략의 마무리 –

베아트리체는 단테를 이끌고 하나님이 계신 마지막 하늘 10번째 하늘에 갑니다. 다음은 너무 아름다운 장면입니다.

최고 천국 10번째 하늘의 순수한 빛은 사랑 가득한 지성의 빛입니다. 그리고 그 빛은 기쁨 가득한 선함의 사랑으로 모든 즐거움을 능가하는 기쁨입니다. 봄날의 기적으로 가득한 두 강둑 사이로 광채를 쏟아 붓는 강 형태의 빛이 폭포가 되어 살아있는 불꽃들로 쏟아져 나와 양쪽 강둑 꽃들 위에 내려앉습니다. 황금 속에 박힌 루비들과 같습니다. 그리고 다시 향기에 취한 불꽃들이 꽃들에서 나와 기적의 강물로 뛰어 들었다가, 이제 다른 불꽃들이 되어 그 강물로부터 나옵니다. 단테는 이 강물에 눈을 담급니다. 그 강물의 빛으로 평화를 얻는 자만이 하나님을 볼 수 있습니다. 그 빛은 넓게 원을 그리며 퍼져나가, 원으로 태양을 감싸고도 남을 거대한 띠를 만듭니다.

이 모든 빛은 모든 것들의 최초의 동인(The First Mover)의 정상 위에서 반사되어 만들어진 빛입니다. 모든 것의 원인이 되는 '최초의 동인'은 이 빛으로부터 생명과 능력을 받습니다. 그리고 그 빛은 그 위로 층층이 층들이 만들어져 층들마다 하얀 장미들을 만들어내고 있습니다. 하얀 장미들이 층층이 넓혀져 올라가며, 영원한 봄을 만들어내고 있는 가운데, 베아트리체는 단테를 이끌고, 하나님을 찬양하게 하는 향기 내뿜는 영원한 장미의 노란 빛 속으로 들어갑니다. 흰 장미를 형성하고 있는 흰옷 입은 무리들 말고, 또 다른 무리들이 벌떼와 같이 하나님의 영광을 노래하며 날아올라 꽃 속으로 내려갔다가 다시 그들의 사랑이 영원히 머무는 곳으로 올라갑니다. 그들의 얼굴은 모두 살아있는 불꽃이고, 그들의 날개는 황금이고, 그 나머지는 모두 흰빛입니다. 단테는 그들 중간 지점에 이르러서 날개를 펴고 축제를 즐기고 있는 수천 명 이상의 천사들을 보았습니다.

하나님 앞으로 단테를 인도하는 사람은 베아트리체가 아니라 성 베르나르입니다. 12세기 성인 베르나르는 성모 마리아 숭배의 기초를 마련한 성인입니다. 12세기 이전에는 성모 마리아 숭배가 없었습니다. 베르나르는 성모 마리아에게 단테가 하나님을 만나볼 수 있게 해달라고 기도합니다. 이 기도는 단테의 신곡에서 내가 가장 좋아하는 부분입니다. 왜 성모 마리아가 처녀여야 하는지를 설명해주는 내용입니다. 그리고 왜 천주교가 성모 마리아를 숭배하는지도 이해할 수 있는 부분입니다. 저요? 아직은 신교입니다.

성 베르나르(St. Bernard)의 기도

"동정녀 어머니, 성자의 딸, 어떤 피조물보다 낮으시고 또한 높으시며, 천국 말씀 듣고자 하는 자들 확고한 목표점 되시는 분, 동정녀 어머니, 당신은 창조주가 몸소 그 자신 피조물 되기 주저하지 않았던 인간 본질을 드높이신 분이십니다. 태중에 사랑을 키우셨으니, 그 사랑의 온기로 영원한 평화가 되는 이 천국의 장미꽃 꽃 피우셨도다. 당신은 천국에서 정오에 타오르는 횃불이시고, 자애이시고, 지상의 인간들에게는 소망을 살려내시는 샘물이십니다. 성녀이시여, 당신은 위대한 능력이십니다. 은총을 바라면서도 당신에게 기도하지 않는 어리석은 자 있다면, 그는 날개 없이 하늘로 날아오르려 하는 자와 같습니다. 당신은 사랑과 친절함으로, 기도하는 자의 부탁을 모두 들어주실 뿐 아니라, 늘 우리가 당신께 부탁하기를 바라십니다. 당신은 우리에게 자비를 베푸시고, 불쌍히 여기시고, 풍성히 주십니다. 당신은 모든 피조물이 선함에 이르도록 보살피십니다. 우주의 가장 밑바닥 지옥 구덩이로부터 이곳까지 오면서, 가는 곳마다 마주친 영혼들의 삶들 모두를 하나하나 모두 보았던 이 사람, 이제 가장 마지막 구원의 지점 향하여 더 높이 오르려 하오니, 은총으로 그곳에 이를 수 있도록 그에게 힘을 주소서. 이전에 내가 나에게 환상을 보여 달라고 하였던 어떤 기도도, 그에게 환상을 보여주시라고 기도하는 지금의 나의 기도만큼 간절한 적이 없습니다. 기도하오니, 나의 기도가 부족함이 없게 하소서. 당신의 기도로, 영원하지 못한 그의 모든 부분 부분들 모두 제

성모마리아

거하시어, 그가 최상의 기쁨에 이르도록 도우소서. 성모님께 기도하오니, 당신은 하고자 하시면 하시지 못할 일 없으시니, 최상의 환상을 본 뒤에도 그가 늘 순결한 마음 갖게 하시고, 늘 그를 보호하시어, 그의 인간적인 충동들을 제어하게 도와주소서. 내가 기도할 때 베아트리체와 많은 축복받은 자들이 그들의 손들을 모으고 기도하는 것도, 성모여, 기억하소서."

　성부에게 사랑 받고 성자에게 존경 받는 성모의 두 눈이 기도하는 자를 바라보시는 눈빛을 보니, 성 베르나르의 기도가 얼마나 간절하였는지 알 수 있었다. 그리고 성모의 두 눈은 하나님이 계신 곳 영원한 빛을 향하였다. 어느 피조물도 그렇게 맑은 눈을 가지고 그 빛을 바라볼 수 없다. 모든 욕망의 종착지 가까이에 다가간 나는 더 이상 바랄 것이 없었다. 베르나르는 나에게 미소 지으며 위를 보라 눈짓하였다. 그러나 벌써 나는 그가 시키지 않은 짓을 하고 있었습니다. 이제 나의 눈빛은 이전보다 더욱 맑게 밝아져, 진실 그 자체인 그 높은 빛의 빛 속으로 더욱더 깊이 빨려 들어갔다.
　이제 나의 환상은 나의 말로 담을 수 없이 위대하였다. 그 광경에 말이 말을 찾을 수 없고, 그 지극함에 기억도 그 기억을 감당하지 못했다. 꿈속을 보고 있다가, 꿈이 다 끝난 후 꿈이 가져왔던 기분만 남고 그 나머지는 도저히 마음에 떠오르지 않는 사람과 같았다. 나의 환상 내용은 완전히 사라지고, 나의 마음에는 단지 그 환상 때문에 생겨난 황홀함만 달랑 남아있다. 태양빛에 모두 사라져 버린 눈과 같고, 가벼운 나뭇잎 위에 적힌 주술사의 예언들이 바람과 함께 날아가 사라져버린 것과 같았다.

인간이 생각할 수 있는 한계를 벗어난, 최고의 빛이여! 당신의 모습을 조금이라도 마음에 허락하소서. 후대에 당신의 영광의 빛을 남길 수 있도록 나의 혀에 능력 주소서. 나의 기억 속에 돌아오셔서 이들 시행들 속에 머무시면, 더 훌륭한 생각들이 당신의 승리로 남을 것입니다.

내 생각에, 나는 살아있는 빛의 강렬함을 잘 견뎌냈으니, 오히려 내가 그 빛에서 눈을 돌렸다면, 나는 눈멀었을 것이다. 내 기억하기에, 이 일로 나는 더 용감하게 그 빛을 견디어 냈으니, 마침내 나는 나의 눈으로 그 '무한의 선하심'을 직접 보았다. 오, 은총이 넘치도다. 은총에 힘입어 나는 감히 그 '영원한 빛'을 오래 바라 볼 수 있었으니, 힘이 다하여 더 이상 볼 수 없을 때까지 보았다. 그 빛 깊은 곳에서 나는 그 빛이 가지고 있는, 사랑으로 묶여 있는 한 권의 책을 보았다. 우주에 흩어져 있는 낱장들, 실체와 실재와 그 둘의 관계들이 하나의 단순한 하나의 빛이라고 내가 말할 수 있는 방식으로 결합되어 있었다. 내 생각에 이들 다양함을 엮어주는 보편 형식을 보았다. 그 이야기를 하고 있으면 나는 나의 즐거움이 확장되고 있음을 느낀다. 기원전 13세기 세계 최초로 바다를 항해하였던 배 아르고스(Argos)의 그림자에 바다의 신 넵튠(Neptune)을 25세기 전에 놀라게 하였던 그 일보다, 그 한 순간은 나에게는 더 깊은 망각의 순간이었다. 이처럼 나의 마음은 황홀하여 바라보고, 조용히 신중하게 지켜보았다. 바라보다가 나의 마음은 다시 불타올라 다시 바라보았다. 그 빛을 한 번 바라보고 나면 다시는 다른 빛을 바라보는 일은 불가능한 그런 빛이었다. 의지의 대상인 선함이 모두 그 빛에 모여 있다. 완전함이 모여 있는 그곳에서 벗어나면 모두가 부족하게 되는 그런 빛이다.

이제 나의 말솜씨는 혀로 엄마 젖가슴을 빨고 있는 어린아이보다 기억하는 것이 적었다. 내가 바라보았던 살아있는 빛이 하나 이상의 의미를 지니고 있기 때문이 아니다 - 그 빛의 의미는 전과 다를 바 없다 - 그러나 바라보며 강인해졌던 나의 시력에 맞추어, 나 자신 변하여, 단순한 모양도 변화된 모습을 지녔다. '그 고결한 빛'의 심원하고 순수한 곳에 세 가지 색깔을 가진 세 개의 원들이 같은 정도로 나타났다(삼위일체 환상). 무지개가 무지개에 의해 반사되듯이, 하나의 원은 다른 원의 반사를 받은 듯하였다. 그리고 세 번째 원은 두 개의 원들로부터 똑같이 뿜어 나오는 불길 같았다. 오, 말로 표현할 수 없다! 내 생각을 표현할 수가 없다! 내가 본 것을 말로 표현하자면, 표현해 놓은 것이 거의 아무것도 아니라고 말하는 것조차 충분하지 않을 지경이다. "오 영원한 빛이여!" 하나님 속에 홀로 머물며, 당신 홀로 아시며, 당신에게만 알려져서, 그 사실을 알고 당신만을 사랑하고 당신 자신에게만 미소 짓는 빛이여! 반사된 빛으로 당신 속에서만 태어나 나타나는 그 원형은, 나의 눈들이 그 원형에 머물 때, 그 안에서 그 자신의 색깔로, 나에게는 우리와 같은 모습이었다. 그래서 나는 그것만을 보았다. 원을 정사각형으로 만드는 일에 자신의 마음을 다 쓰고, 모든 생각을 다 바쳤지만, 그가 필요한 원칙을 찾지 못한 기하학자와 같이, 그 이상한 광경을 보고 있는 나의 처지가 그랬다. 나는 삼위일체 원리가 어떻게 그 원에 비유될 수 있는지, 그리고 삼위일체 원리가 어떻게 그 원에서 설명이 가능한지를 알고 싶었다. 나의 마음이 바라는 대로 이루어지게 하는 영감을 받지 않는다면, 단지 나의 날개만으로는 그 해석이 가능하지 않았다. 지상에서의 능력으로는 하늘에서 일어난 그 삼위일체 환상을 글로 펼쳐낼 수가 없었다. 그러나 이제 나의 욕망과 나의 의지는, 고른 동작으로 돌아가는 바퀴와 같이, 태양과 다른 모든 별들을 움직이는 사랑에 의하여 작동되었다.

- 「천국」 캔토 33

≪연옥편≫

　　　　　　사탄의 무리들이 천국에서 하나님과 싸우다가 패하여, 지구
　　　　　　의 북반구 예루살렘으로 떨어질 때, 그 충격으로 예루살렘
아래쪽 땅이 밀리며, 예루살렘의 반대쪽에 위치한 남반구 바다 한가
운데 높은 산으로 이루어진 섬이 하나 생겨납니다. - 중세에는 지구
북반구에만 인간들이 살고, 남반구는 사람들이 살지 않는 바다뿐이
라고 생각하였습니다. - 이 높은 산, 바다 위의 섬이 연옥입니다. 그
연옥의 산꼭대기에는 아담과 이브가 타락하기 전에 살았던 지상의
낙원 에덴동산이 있습니다. 지옥은 예루살렘과 연옥 사이에 있는 지
하에 있습니다.

　단테(Dante : 1265-1321)의 「연옥」(「Il Purgatorio」) 내용은 이렇습니

다. 인간은 살아서 그 누구도 죄로부터 자유로울 수 없습니다. 그렇다고 인간이 홀로 자신의 죄를 짊어지고 살 수 있을 만큼 강하지도 못합니다. 그래서 죄 없는 예수가 우리의 죄를 대신 짊어지고 죽어, 우리는 이제 죄 없이 살게 되었습니다. 그것이 기독교 교리입니다. 기독교인의 회개(penance)는 세 단계로 이루어집니다. 말로 죄를 고백하고(Confession), 마음으로 참회하여(Contrition) 자신의 죄를 사함 받습니다. 회개하여 죄 사함을 받았다고 해서 지은 죄가 사라지는 것은 아닙니다. 죄는 남아 있습니다. 그래서 '행동으로 직접 죄에 대한 보상행위'(Satisfaction)가 있어야 회개가 완전히 이루어집니다. 그러나 지상에서 살아있는 동안 죄를 정화할 기회와 시간이 없었다면, 그는 연옥에 가서 정화의 단계를 밟아야 비로소 천국에 갈 수 있습니다. 그의 영혼에 조금치의 죄도 없다면, 그는 하나님 앞에 나아갈 수 있습니다. 그러나 그렇지 않다면 그는 천국에 가기 전에 연옥에 먼저 가서 자신의 영혼에 남아 있는 죄를 다 정화하여야 합니다. 「연옥」 21편에서 이야기하고 있듯이, 그의 영혼이 죄로부터 자유롭다고 느낄 때, 그때 비로소 그는 연옥을 떠나 천국으로 올라갈 수 있습니다.

앞에서 언급한 것을 간략히 정리하면 회개(Penance)는 세 단계들로 이루어집니다. 입으로 고백하고(Confession), 마음으로 참회하고(Contrition), 자신의 죄에 대한 보상을 행동으로 보여주어야 합니다(Satisfaction). 그런데 연옥에 있는 영혼들은 모두 살아있을 때 고백과 참회의 두 단계를 거쳤으나, 마지막 세 번째 단계 '보상 행위'는 이루어지지 않았습니다. 그래서 연옥의 영혼들이 자신들을 정화하며 고통 받는 모든 것들은, 회개의 세 번째 단계 '보상 행위'(Satisfaction)에 해당됩니다.

단테의 「연옥」을 읽고 난 후, 우리는 연옥에 대하여 네 가지를 생각해볼 수 있습니다.

1) 죽어서 일단 연옥에 간 영혼들은 모두 영혼의 정화를 거쳐 천국으로 갑니다.
2) 죽는 순간까지 회개하지 않았다면, 그는 연옥에 갈 기회조차 받지 못합니다. 그러나 죽는 순간에라도 회개하였다면, 그 영혼은 연옥의 앞마당에서 먼저 영혼의 정화를 마친 후, 연옥의 문을 통과할 수 있습니다.
3) 살아있는 사람이 죽은 사람을 위해 기도하면, 연옥에 있는 영혼은 자신의 정화 기간을 단축시킬 수 있습니다(Intercession).
4) 죽는 순간까지 기독교의 미덕을 유지하면서, 살아있는 동안, 죄의 정화를 지속한 사람들은, 죽어서 연옥에 가지 않고 직접 천국에 가서 하나님을 만납니다. 기독교 성인들이 그들입니다.

죽은 영혼들이 바다를 건너 연옥의 높은 산 아래 도착하면, 연옥의 문으로 들어가기 전에 연옥 앞마당이 있습니다. 이곳은 여러 가지 이유로 회개(Penance)를 미루다가 '죽기 바로 직전'(in articulo mortis) 회개하여 지옥으로 가는 저주를 면제받은 네 부류의 망령들이 있습니다.

1) 교회에서 파문당한 망령들이 있고(the excommunicate),

2) 교회생활을 하면서도 여러 가지 이유로 회개를 미루었던 망령들이 있고(the lethargic),

3) 전쟁터에서 싸우다 죽거나, 아니면 그 누구인가에게 갑자기 살해당하여 고해성사를 하지 못하고 죽은 망령들이 있고(the unshriven),

4) 자신을 위해서가 아니라 나라 일이나 가정사와 관련한 세속 일에 바빠서 자신의 영적 임무를 게을리 하였던 망령들이 있습니다(the negligent rulers). 이들 네 부류가 있는 연옥의 앞 마당을 지나면 위쪽으로 연옥으로 들어가는 문이 있습니다.

연옥의 문을 들어서면 산의 허리를 둘러 올라가며 바위에 돌계단들이 연결되어 있는 7개의 테라스들이 나옵니다. 이들 7개 테라스들에 죄를 씻고 천국에 오르기를 기다리는 망령들이 있습니다. 연옥의 일곱 테라스에는 '7가지 중죄들'(the seven deadly sins) 가운데 어느 하나의 죄를 정화하는 고통을 받습니다. 이들 7가지 죄는 모두 욕망(Love)과 관련이 있습니다. 잘못된 욕망의 죄들이 있고(자만 Pride, 시기 Envy, 분노 Wrath), 욕망 부재의 죄가 있고(게으름 Sloth), 욕망이 지나쳐서 생긴 죄들(탐욕 Avarice, 탐식 Gluttony, 정욕 Lust)이 있습니다. 이곳에서 죄의 정화를 마친 망령들은 천국으로 올라가기 전, 연옥의 정상에 위치한 아담과 이브가 살았던 에덴동산, 즉 지상낙원에서 '망각의 강'(Lethe)과 '좋은 기억의 강'(Eunoë)에서 물을 마시고 난 후, 천국에 들어갑니다.

단테는 지상낙원 에덴동산에 도착하여 지옥과 연옥을 안내하였던 시인 버질(Virgil)과 헤어집니다. 그리고 지금까지 길잡이 노릇하였던 버질의 자리를 베아트리체(beatrice)가 대신합니다. 그리고 천국에서 마지막으로 단테가 하나님을 만날 때에는 안내자로 베아트리체를 대신하여 성 베르나르가 안내해줍니다.

연옥의 사건은 다음과 같은 순서로 이야기되고 있습니다.

1) 죄와 반대되는 덕목들의 예들이 소개되고,
2) 교회와 관련된 일들과 함께, 단테는 죄인들과 이야기하고,
3) 죄의 전형적인 예들이 소개되고,
4) 천사가 나타나 날개로 단테의 이마 위에 새긴 'P'를 지워주면서, 위쪽 테라스가 있는 길로 시인들을 안내합니다.

I

지옥을 빠져 나온 단테와 버질(Virgil 70-19 B.C.)은 연옥의 산이 있는 섬 해변에 도착하여, 아담과 이브만이 보았던 빛나는 별들 네 개를 하늘에서 보게 됩니다. 이들 네 개의 별들은 기독교 이전 이교도들이 덕목으로 삼았던, 분별(Prudence), 정의(Justice), 절제(Temperance), 그리고 용기(Fortitude)를 상징합니다. 이들 네 덕목들(the Cardinal Virtues)은 연옥의 문을 통과하기 전 여덟 번째 캔토(Canto)에서 기독교의 세 가지 덕목들(the Theological Virtues), 믿음(Faith), 소망(Hope), 사랑(Love)으로 대체됩니다. 중세 사람들은 북반구에만 사람들이 살고, 남반구에는 바다뿐이라 생각하였습니다.

나의 지성(ingegno) 작은 배, 지옥 잔인한 바다 뒤로하고 더 멋진 바다 여행하려 돛 활짝 펴고, 천국 준비 차 영혼들 정화되는 곳, 그 두 번째 왕국 연옥 노래할 것이다. 신성한 뮤즈들이여! 난 당신 사람이오니, 죽어 누워있는 나의 시심을 다시 일으키소서. 서사시 뮤즈 칼리오페(Calliope)를 일으켜, 왕 피에루스(Pierus) 딸들이 그녀와 시 경연에 패해 사과하며 애원했지만 까치들로 변해 듣기만 해야 했던, 그 아름다운 운율을 갖고 그녀가 나와 함께 하게 하소서!

　나의 눈과 가슴 답답하게 하였던 지옥의 죽은 공기에서 빠져나오자마자, 높고 맑은 하늘부터 지평선까지 구름 없이 평온한 하늘에 동양산 푸른 사파이어의 아름다운 색조가 모이기 시작하면서 나의 두 눈은 금방 즐거워졌다. 우릴 사랑의 자리로 이끄는 아름다운 행성 비너스(Venus)는 그녀 가는 길 막고 있는 물고기자리 별들 사라지게 하고 동쪽 하늘 웃음바다 만들었다. 난 오른편으로 돌아 연옥 남쪽 반구를 생각했다. 그리고 아담과 이브 말고 그 누구도 보지 못했던 네 개의 별들 보았다. 하늘도 그들 별빛에 즐거워했다. 아담과 이브가 북반구로 쫓겨난 이후, 그 누구도 남반구의 그 네 별들 보지 못했으니, 오, 가엾은 북반구여! –「연옥」캔토 1:1-27

　그리고 두 시인들은 연옥의 해변을 지키고 있는 케이토(Cato : 95-46 B.C.)를 해변에서 만납니다. 케이토는 정치적인 자유를 억압하는 시저(Caesar)와 싸우다가 북아프리카 우티카(Utica)에서 자살한 인물로, 자유를 상징하는 영웅으로 중세문학작품에 자주 등장하였습니다. 케이토는 버질에게, 연옥의 산 오르기 전, 단테의 얼굴을 이슬로

씻기고, 갈대로 그의 허리를 두르라고 지시합니다.

　　새벽 나타나기 전 자취 감추는 아침의 미풍 사라지고, 난 멀리
파도치는 바다 보았다. 길 잃고 헤매며 몇 번 허탕치다가 처음 시
작했던 길로 다시 돌아온 사람같이, 버질과 난 방금 전 지나쳤던
텅 빈 들판 다시 건너, 처음 도착했던 해변으로 돌아왔다. 태양이
이슬 조금 남겨둔 곳, 그늘진 그곳 이르러, 버질(Virgil)은 가볍게
두 손 풀 위에 얹어 이슬 모았고, 난 그가 무엇 하려는지 알고, 눈
물로 얼룩진 나의 뺨 그에게 내밀었더니, 그는 지옥을 지나며 숨겨
졌던 나의 얼굴 온전히 되돌려 놓았다. 그 텅 빈 해안은, 바다 건넜
다가 다시 돌아와 그 바다 다시 건너는 사람 본 일이 없다. 버질은
해변 지키고 있던 케이토(Cato)가 말한 대로, 갈대 꺾어 나의 허리
묶어주었는데. 아! 기적 일어났으니, 갈대 꺾은 자리에 또 다른 갈
대 자라났다. -「연옥」캔토 1 : 115-136

　　달도 없이 깜깜한 밤하늘에 빛나는 북두칠성은 육지에서나 바다에
서나 모두 길 잃은 나그네에게 어디로 가야할지를 안내해주는 이정표
역할을 합니다. 우리가 별들을 볼 수만 있다면, 우리는 길을 잃었다가
도 다시 길을 찾을 수 있습니다. 『신곡』에서 별들의 출현은 매우 중요
합니다. 우리가 무지의 어둠속을 헤매는 것은 우리의 안내자가 되어
줄 별을 찾지 못해서입니다. 기독교의 세 가지 덕목들이나, 기독교 이
전의 네 가지 이교도 덕목들은 모두 당대의 사람들이 어두운 세상을
살아갈 때, 그들의 길을 안내해 주었던 빛나는 별들이었습니다. 별들

이 있어 우리는 어두운 밤에도 길을 잃지 않습니다. 재미있게도, 우리의 길잡이는 대낮의 태양이 아니라, 한밤중의 별들이라는 사실입니다. 어두운 가운데 빛나는 별이라야 우리의 길잡이일 수 있습니다.

빛은 늘 진리의 은유였습니다. 밝은 대낮에 우리는 빛의 필요성을 느끼지 않습니다. 어두움이라야 우리는 그곳에 빛이 필요함을 깨닫습니다. 우리가 진리로 알고 추구하는 것이 빛이라면, 우리가 모르는 것은 어두움입니다. 그러나 사실 우리가 빛 속에 있다고 생각하는 바로 그 순간 우리는 어두움 속에 빠지게 됩니다. 우리가 빛이라고 생각하고 있는 그 빛이 사실은 우리를 어둠 속에 가두고 있는 감옥입니다. 그러므로 우리가 우리를 어두움 속에 가두어 놓아야 그때 비로소 빛이 보이기 시작합니다. 아니면 적어도 우리는 빛을 찾아 나설 겁니다. 그리고 그들 별들은 공적으로는 도덕적 덕목들이 되고, 사적으로는 미학적인 덕목들이 됩니다.

단테는 지옥을 빠져 나와 또 다른 세계 연옥에 들어가기 전, 자신의 과거를 씻어내는 세례의식으로, 버질이 그의 얼굴을 닦게 하는 의식을 거행하게 합니다. 그리고 허약함의 상징인 갈대를 그의 허리에 둘러 묶어, 겸손함의 의식도 치릅니다. 세례는 죄를 씻어 죄 없는 새 사람이 되게 합니다. 과거를 버리고 미래를 열 수 있게 합니다. 그리고 겸손함은 자신이 어둠이라고 무지라고 고백하는 것입니다. 그래서 겸손함의 반대어 자만은 자신을 빛이라고 생각합니다. 인간은 안다고 말할 것이 아무 것도 없습니다. 우리가 지금 알고 있는 것들은 모두 지나가 사라져 버릴 것들이기 때문입니다. 안다고 말하면 그 안다고 생각하는 감옥 안에 갇혀 진리의 빛이 들어올 공간이 없어집니다.

우리가 지금 바라보고 있는 눈은 한계가 있습니다. 우리는 멀리를 보지 못해 망원경을 사용하고, 작은 것을 보지 못해 현미경을 사용합니다. 매체를 사용하지 않는 시각정보는 왜곡된 정보일 수 있습니다. 우리의 무지가 결코 용서받을 것은 아닙니다. 사물이 잘 안 보이면 우리는 안경을 써야 합니다. 안경은 우리의 눈과 사물 사이에 끼어서 사물의 실체를 분명하게 해주는 매체입니다. 안 보이면 주위에 안경을 찾아야 합니다. 그리고 찾은 안경을 써야 합니다. 내가 나를 절대로 바꿀 수 없습니다. 나를 바꿀 매체가 있어야 합니다. 사람을 바꾼 종교를 보면 알 수 있습니다. 그러나 매체를 잘못 선택하면 밤에 짙은 색안경을 쓰고 다니는 모양새일 수 있습니다.

자, 여기서 왜 시는 세례를 받으라고 말하지 않고 얼굴을 닦으라 하고, 겸허함의 덕성을 갖추라고 말하지 않고 연약한 갈대를 꺾어 허리에 두르라고 하였을까요? 여기서 가장 분명한 사실은 추상적 개념이 물리적 개념으로 시각화되었다는 것입니다. 개념을 이미지로 만들어 시각정보화 하였습니다. 아주 옛날 인류는 보이지 않는 것을 말하기 위해, 보이는 것들 가운데 어느 하나를 차용하였습니다. 그렇게 사고의 이미지화(image-making) 행위는 인간의 가장 원초적인 행위였습니다. 언어가 그랬고, 예술이 그랬고, 문화와 문명이 그랬습니다. 어찌 보면 우리는 우리의 사고를 시각화하며 문화를 발전시켜 왔습니다. 흥미롭게도 시인들과 예술가들, 발명가들과 사상가들은 모두 그들이 사는 세상을 이해하고자 할 때, 원시인류가 세상을 이해하는 방식을 사용하는 가장 원시적인 사람들입니다. 그들은 우리가 들을 수 없는 것을 들리게 하였고, 보이지 않는 것을 보이게 하였고, 볼 수 없는 것을 볼 수 있게 하였습니다. 공간과 시간의 유한성을 무한성으로 바꾸어 놓았습니다. 먼 것을 가깝게 하였고, 사라져 버릴 것들을 기억의 매체들로 저장해 놓았습니다. 우리가 시각화해야 할 것들이 아직도 많이 있습니다. 그러나 무엇보다 가장 중요한 작업은 생명의 시각화일 것입니다. 태초 이후 예술이 끊임없이 시도하여 다양성은 보여주었지만, 완전성은 보여주지 못했습니다.

이교도들이 보기에 기독교의 성례들(Sacraments)이 원시적으로 보입니다. 그러나 기독교의 제의들은 모두 예술가의 창조정신에서 비롯된 기독교 교리들의 시각화이고 이미지화입니다. 그렇게 하지 않으면 우리는 우리가 보지 못하는 것들을 말할 방법이 없습니다. 그렇다고 우리의 눈에 보이지 않는다고 보이지 않는 대상이 존재하지 않는 것도 아닙니다. 사실 우리가 보는 것들이란 우주 속에 먼지보다 작습니다. 우리가 보지 못하고 알지 못하는 것이 더 많습니다. 우리의 지식은 유한하고, 우리의 무지는 무한합니다. 그 유한한 지식마저 왜곡되어 있습니다. 그래서 우리는 아는 것이 없다고 말해야 진리를 말하는 것이 됩니다.

II

하나님의 천사가 이탈리아 로마의 티버(Tiber) 강 입구에서 망자들을 배 가득 싣고 출발하여, 섬 연옥의 해변에 도착하였습니다. 연옥 해변에 내린 망자들 가운데 단테의 친구, 음악가 카셀라(Casella)가 있었습니다. 단테는 반가워 카셀라를 끌어안으려 했지만 세 번이나 허공을 가르며 자기 가슴을 만졌습니다. 연옥에서 망령들은 손으로 만질 수 있는 물리적인 육체는 갖고 있지 않습니다. 카셀라는 단테를 알아보고는 단테가 지은 깐조네, '나의 마음속에서 사랑이 나에게 말한다'(Amor che nella mente mi ragiona)를 노래합니다. 망자들과 단테 그리고 버질까지 모두 즐거워합니다. 그러자 해변을 지키는 케이토(Cato)가 나타나 지체하는 그들을 꾸짖으며, 빨리 연옥산을 오르라고 말합니다.

카셀라가 노래하고 버질과 단테와 망령들 모두 듣고 즐거워 한 깐조네는 단테가 그의 『향연』(『Convivio』)에서 '철학의 여인'(Lady Philosophy)을 칭송하는 시로 분석하고 있습니다. 철학은 이성에 근거하고, 버질은 이성을 대표합니다. 케이토가 단테의 시를 부정하는 것은 연옥은 이성의 땅이 아니라 신앙의 땅이어서 그렇습니다. 버질은 단테의 안내자지만, 그는 연옥에서 그곳의 연옥의 망령들에게 길을 묻고, 연옥에서의 회개방식도 모두 그곳에 거주하는 망령들을 통하여 알게 됩니다. 망령들은 철학이나 이성이 아니라 하나님의 은총의 증거인 연옥 산을 올라 지상낙원을 통과하여야만 하나님이 계신 천국에 갈 수 있습니다. 케이토의 명령대로 망자들이 서둘러 연옥 산의 경사면을 올라갈 때, 두 시인들도 그 자리를 서둘러 떠납니다.

하나님의 천사가 망자들을 배에 싣고 연옥 해변에 도착합니다.

"우리는 아직도 바닷가에 있었지만, 마음은 이미 떠나 몸만 있는, 길 위에 서서 생각하는 나그네들 같았다. 그때 저만치 보니, 아침 바다 서쪽 수평선 위로 낮게 짙은 안개 뚫고 화성(Mars)이 붉게 타오르듯 뭔가 보였다. 아! 그 광경 지금 다시 볼 수 있다면! 빛줄기 하나 바다 위로 매우 빠르게 다가오는데, 그 어느 것도 그 빛의 속도와 비교할 것이 없었다. 그것이 무엇인지 나의 안내자 버질에게 물어보려, 잠시 그것에서 눈 떼었다 다시 보니, 그 빛은 그 사이 이전보다 더 밝고 더 크게 자라났다. 그리고 그 빛의 양쪽으로는 흰 빛의 무엇인가 있었다. 의아해 하며 빛 아래 유심히 보니, 그곳에 또 다른 흰빛은 천사의 몸통이었다. 처음 흰빛으로 보였던 것들 두 날개들이었음을 알게 될 때까지 버질은 아무 말 하지 않았다. 그리고 날개의 주인공이 바로 그 배의 선장임을 알고 버질(Virgil)이 외쳤다:"무릎을 꿇어라, 무릎 꿇어라. 하나님 천사다. 두 손 모아라. 너는 이후 이 같은 천사들을 자주 볼 것이다. 그 천사는 인간들이 사용하는 돛이나 노를 사용하지 않고, 그의 날개들만 사용하여 해안으로 다가오고 있었다. 천사가 하늘을 향해 두 날개들을 어떻게 들고 있었는지 상상해 보라. 천사는 지상의 새들 날개들과는 다른 영원한 천국의 날개들로 바람 일으키고 있었다."

우리 향해 가까이 다가온 배 위 새 같은 천사는 너무나 밝게 빛나, 나의 두 눈은 그 빛 감당 못해 아래로 떨구었고, 그 배는 천사와 함께 가볍고 빠르게 해변으로 다가와, 물 없는 곳에 멈추었다. 천사 뱃사공이 뱃전에 서 있는데, 말 그대로 축복받은 천사 모습이었고, 배 안엔 천 명 이상의 망령들 있었다. 그들 망령들은 시편에 씌어있는 내용 그대로, "이스라엘 민족이 이집트로부터 탈출하였다"(In exitu Israel de Aegypto)를 함께 노래하였고, 천사가 그들에게 십자가 성호 그어 축복하자, 그들은 해변으로 뛰어내렸다. 천사는 올 때와 같이 빠르게 사라졌다. -「연옥」 캔토 2:10-51

「지옥」 3편에서 망자들은 아세론 강(the River Acheron)에 모여 있고, 지옥의 뱃사공 악마 샤론(the Demon Charon)이 망자들을 배에 실어 지옥으로 나릅니다. 그러나 구원받아 연옥을 향하는 망자들은 티버 강(the River Tiber) 입구, 로마의 항구에 모여 있으면, 선장 하늘의 천사가 배를 끌고 와서 배에 실어 그들을 외딴 섬 연옥 산까지 망자들을 나릅니다. 두 곳 모두 뱃사공이 망자들을 운반할지 말지를 선별하여, 선택된 망자들을 배에 실어 나릅니다. 지옥의 뱃사공 악마 샤론은 노를 저어 배를 움직이고, 연옥의 천사는 날개를 사용하여 배를 움직입니다. 인간들은 살아서 자신들이 지은 죄들 때문에 지옥에 옵니다. 그러나 연옥에 온 인간들은 자신들의 선행 때문이 아니라 하나님 은총의 덕을 입었습니다. 지옥의 저주받은 망령들은 배에서 내릴 때 울부짖고 욕을 마구 해대며 하나씩 하나씩 배에서 내리고, 연옥의 구원받은 망령들은 모두 함께 찬송을 부르며 천사의 축복을 받고, 무리지어 배에서 내립니다.

III

두 시인들이 연옥 산의 기슭을 올라가고 있을 때, 태양이 떠오르고 단테의 그림자만이 땅위에 비춰집니다. 그림자 없는 버질은 망자임이 분명하였습니다. 가파른 절벽 기슭에서, 그들은 연옥 앞마당(Ante-Purgatory) 첫 테라스에서 이곳에 거주하는 '교회에서 파문당한 망령들'(the Excommunicate)을 만납니다. 교회로부터 파문당한 자들은 교회가 제공하는 성사들(Sacraments), 영적 지도와 교인들과의 교제 등, 교회와 관련한 일체의 봉사활동을 제공받지 못합니다. 심지어 파문자의 시체를 밤에 운반할 때는 횃불도 들지 말아야 하고, 모든 빛이 부재한 어둠 속에서 장례가 진행되어야 합니다.

교회는 하나님의 진리인 빛을 전달하는 곳이고, 교회 파문당한 자들에게는 일체의 빛이 제공되지 말아야 합니다. 그들은 자신들이 파문당하여 살았던 삶의 기간의 30배에 해당되는 숫자의 기간 동안 테라스에서 '목자 없는 양떼들'과 같이, 자신을 스스로 추방한 채 연옥에 들어갈 날만을 기다리며 인내하는 방황의 형벌을 받습니다. 그들은 교회의 공동체 생활을 받지 못하여, 이곳에서 양떼들과 같이 주위의 사람들을 따라 함께 움직여야 합니다. 그들은 태양이 가는 길 오른쪽을 향하여 갑니다. 그리고 반대쪽에서 오는 버질과 단테를 보고 깜짝 놀라 멈추어섭니다. 그들은 '죽기 바로 직전'(in articulo mortis)에 회개하여, '자신들이 지은 죄에 대한 보상행동'(Satisfaction)을 할 기회가 없어서, 이곳 연옥 앞마당에서 보상이 이루어져야 합니다.

버질의 그림자가 없는 것을 보고 놀라는 단테에게 왜 죽은 영혼들이 그림자를 가질 수 없는지 그 이유를 설명합니다. 버질이 있었던 림보의 세계에 머무는 망령들은, 죄 없는 현인들로 예수가 태어나기 전에 살아서 예수를 몰라 세례를 받지 못하고 죽은 사람들입니다. 그들은 하나님의 은총은 모른 채, 이성(Reason)에 근거하여 덕성을 쌓았던 현인들입니다. 그들은 이성에 근거한 것이 아니면 부정합니다. 그래서 삼위일체도 이해하지 못하고, 마리아가 처녀의 몸으로 예수를 잉태한 사실도 이해하지 못합니다. 그들은 천국에 가지 못해 슬퍼하지만, 그렇다고 천국 가는 것을 바라지도 않습니다. 왜냐하면 천국은 이성으로 가는 것이 아니라, 하나님의 은총으로 가는 것인데, 그들은 하나님의 은총이 무엇인지 모릅니다. 연옥에서 버질은 단테와 함께 길을 가지만 길을 몰라 그곳에 거주하는 망령들에게 길을 물어 갑니다. 그는 하나님의 계획이라고 할 섭리에 대하여 모릅니다. 알 수도 없습니다. 그래서 단테에게 하나님과 관련한 의문들이 있으면 베아트리체를 만나 물어보라고 말합니다.

"나의 그림자가 없더라도 놀라지 말라. 천국에 올라가면, 그곳에서 그 누구도 그 무엇도 다른 누구나 다른 무엇의 빛의 행로를 방해하지 못함을 보게 될 것이다. 자신의 능력이 그 누구에도 드러나는 것을 원하지 않으시는 전능하신 하나님은, 오직 육체를 가진 자들에게만 열기와 냉기의 고통을 허락하셨다. 삼위일체 하나님이 행하시는 무한한 방식들을 우리의 이성으로 이해할 수 있다고 생각하는 사람이 있다면, 그는 어리석은 자이다. 인간들이여, 당신들의 이성으로 이해할 수 없는 것들이 있다는 사실에 의문을 품지 마라. 너희가 모든 것을 알 수 있다면, 왜 성모 마리아가 처녀의 몸으로 예수를 낳게 하였겠느냐? 림보의 세계(Limbo)에 있는 영혼들은 자신들이 천국에 갈 수 없음을 알고 영원히 슬퍼하지만, 슬퍼하는 일 이외에 욕망을 품고 있지 않는 것을 너는 보았다. 아리스토텔레스(Aristotle)와 플라톤(Plato)과 그 이외의 많은 현인들이 그랬다." 버질은 그의 이마를 아래로 낮춘 채 더 이상 말하지 않고 슬픈 모습을 띠었다. -「연옥」 캔토 3:28-45

두 시인들은 '교회에서 파문당한 망령들'(the Excommunicate) 가운데 군주 맨프레드(Manfred : 1231-66)를 만납니다. 맨프레드는 황제 프레데릭 2세(Emperor Frederick II)의 서자로, 황제 헨리 2세(Emperor Henry)와 그의 아내 콘스탄스(Constance)의 손자입니다. 그는 아풀리아(Apulia)와 시실리(Sicily)의 군주였습니다. 그는 신하들로부터 많은 사랑을 받았지만, 적자인 남동생 콘라드 4세(Conrad IV)가 군주자리를 요구하여 그 자리에서 쫓겨납니다. 그러나 동생이 죽자 그는 1258년 군주자리를 이어받은 조카를 내쫓고 다시 군주의 자리에 오릅니다.

그러나 교황 클레멘트 4세(Pope Clement IV)는, 그가 왕당파 기벨린 정당(Ghibelline)의 수장으로 이교도라며 그를 파문하고, 그의 자리에 찰스(Charles of Anjou)를 군주로 임명합니다. 찰스는 1265년 프랑스 군대를 이끌고 이탈리아로 쳐들어와 1266년 베넨벤토(Benevento)에서 맨프레드를 살해합니다. 3일의 수색 후 맨프레드의 시체가 발견되자, 병사들은 그의 시체를 찰스에게 가져옵니다. 찰스는 맨프레드가 파문당한 자여서 교회장례는 아니더라도 군주에 합당한 이교도 장례를 치러주라고 명령합니다. 병사들은 그의 시체를 베네벤토 다리 밑에 묻고, 돌을 쌓아 무덤을 만들어줍니다. 그러나 후에 교황의 명령으로 코센자의 주교(Bishop of Cosenza)는 시체를 무덤에서 꺼내어, 교회의 보호권 너머에 있는 베르데(Verde)강 제방에 묻었습니다.

전해지는 이야기에 따르면, 맨프레드는 미남에 방탕했고, 재주가 많아 가수와 연주가였으며, 놀기를 좋아하여 궁정 사람들과 연회를 자주 열고, 말도 잘하여 재담꾼들과 자주 어울렸다고 합니다. 그는 늘 녹색 옷을 입고 다녔던 사람으로 유명합니다. 그는 평생 쾌락주의자로 하나님을 무서워하거나 경외하지 않았고, 육체적인 쾌락만을 추구하였다고 합니다. 그와 같은 인물됨에 매혹되어, 영국의 시인 바이런(Byron)은 그와 관련하여 희곡 「맨프레드」(「Manfred」)를 쓰기도 하였습니다.

군주 맨프레드는 교회에서 파문당하여 살다가 죽기 바로 직전 회
개하여, 이곳 연옥 앞마당 첫 테라스에서 천국에 갈 때까지 정화하고
있습니다. 그는 정화하는 망령들이 이곳에서 얼마나 오랫동안 자신
의 죄를 정화하며 이곳에 머물러야 하는지를 말합니다. 그리고 그는
또한 당시 파문당한 자들의 장례절차에 대하여도 짧게 이야기하고
있습니다.

그리고 맨프레드는 미소 지으며 말했다. 난 황제 헨리 2세
(Emperor Henry II)의 아내 콘스탄스(Constance)의 손자입니다.
당신에게 부탁합니다. 지상으로 다시 돌아가시면, 시실리(Sicily)
와 아라공(Aragon) 왕들의 어머니, 나의 아름다운 딸에게 가시어,
그녀가 진실을 모르고 있다면, 그녀에게 진실을 알려주시오. 나
의 몸이 끔찍한 두 번의 칼 타격으로 반으로 갈라졌을 때, 나는 하
나님께 눈물로 회개하였고, 하나님이 기꺼이 나를 용서하셨습니
다. 나의 죄들은 끔찍하나, 하나님의 무한한 선량하심이 두 팔을
넓게 펼치시어 그분께 돌아서는 누구나 그분은 받아주십니다. 교
황 클레멘트 4세(Clement IV)가 나의 시체를 꺼내라고 보낸 코센
자(Cosenza)의 주교가, "나에게 오는 누구나 나는 그를 내치지 않
을 것이다"(「요한복음」 6:37)라는 하나님 말씀을 제대로 읽어 알았
다면, 나의 시체는 베네벤토(Benevento) 다리 밑 무거운 돌무더기
무덤 아래 아직도 그대로 있었을 겁니다. 그러나 그는 햇불도 들

지 않고 깜깜한 밤에 나의 시체를 꺼내, 교회 보호권 바깥, 베르데 (Verde) 강 제방으로 옮겨 놓았습니다. 그래서 지금 비가 내려 나의 시체를 적시고, 바람이 불면 시체가 떠밀려 갑니다. 그들이 저주하였으나, 아무것도 잃은 것은 없습니다. 우리가 하나님의 영원하신 사랑을 믿고 있는 동안, 하나님은 절대로 우리를 버리시지 않습니다. 하나님 교회에서 파문당하여 죽은 사람은 누구나, 아무리 그가 죽기 전에 회개했을지라도, 그가 파문당하여 살아온 세월의 30배에 해당하는 세월을 이곳 연옥의 앞마당에서 지내야 합니다. 물론 누군가 지상에서 그를 위해 기도하여 하나님이 그의 기도를 받아주시면, 그 기간이 짧아질 수는 있습니다. 자, 이제 당신이 이곳에서 저주 받아 지옥에 가지 않고 연옥에 있는 나를 보았으니, 이 사실을 나의 딸 콘스탄스(Constance)에게 알려주시면 저는 정말 고맙게 생각하겠습니다. 당신이 살고 있는 세상의 기도가 연옥을 많이 변화시킬 수 있습니다. -「연옥」 캔토 3:112-145

맨프레드는 단테가 어렸을 때 죽었습니다. 그는 교회로부터 파문을 당하였지만, 연옥에서 전혀 교회에 대하여 불만이 없습니다. 그는 살아서는 그런 태도가 있는지도 몰랐던 겸손함으로 점잖게 단테에게 부탁의 말을 합니다. 높은 자의 부탁은 자신을 낮추어 상대와 균형을 잡는 교제의 출발입니다. 그는 살아서 모든 사람들로부터 존경과 사랑을 받았던 모범이 되는 위대한 군인이고 유능한 군주였습니다. 그는 단테에게 부탁하는 말을 할 정도의 겸손함을 갖추게 되었습니다.

IV

두 시인들은 다음 테라스로 넘어가는 갈라진 바위 틈새 있는 곳에 올 때까지 파문당한 망령들을 따라갑니다. 그리고 두 시인들은 망령을 뒤에 두고 다음 테라스로 연결된 계단을 올라 연옥 앞마당 두 번째 테라스에서 '회개를 미루고 뒤늦게 회개한 무리들'(the Lethargic)을 만납니다. 그들 무리들 가운데 게으름뱅이 벨라쿠아(Belacqua)가 이 테라스를 지배하는 규칙에 대하여 그들에게 말해줍니다.

연옥 앞마당 두 번째 테라스에 이르러, 단테는 눈이 미치지 않을 정도로 높은 연옥의 산을 보고는 버질에게 그들이 얼마나 더 산을 올라가야 하는지를 묻습니다. 연옥에서 단테가 체재하는 기간은 3일입니다.

　　"연옥 산 처음 아래에서 오르기 시작할 땐 어려우나, 높이 오를
수록 고통 덜하다. 우리가 올라가는 길이, 흐르는 강물에 배 맡기
고 하류로 내려가듯 힘들지 않아 매우 즐거울 때, 우린 길 끝에 이
를 것이다. 그때 너의 피곤함도 끝날 것이다. 난 그 이상 더 말할
수 없으니, 그때 되면 사실을 알게 될 것이다."

　　버질의 말 끝나자마자 가까이서 누군가 말하는 소리 들렸
다:"산 오르기 전 잠시 쉬었다 가시지요."

　　그 소리 듣고 우린 소리 나는 쪽으로 몸 돌려 보니, 우리 왼쪽으
로 커다란 바위 하나 있었다. 소리 나기 전 우린 그 바위가 있는지
도 몰랐다. 다가가 보니 바위 뒤쪽 그늘진 곳엔 쉬고 있는 사람들
있었다. 그들은 무기력하게 자리 잡고 앉아 시간 허비하고 있었다.
지쳐 피곤해 보이는 사람들 가운데 한 사람이 무릎 사이에 얼굴
묻고 두 무릎을 두 팔로 감싸고 앉아있었다. -「연옥」 캔토 4:88-
108

　　열심히 온 힘을 다하여 연옥 산을 오르고 있는 단테와는 대조적으로,
무릎 사이에 머리 묻고 있다가 게을러서 그 머리조차 들기 힘겨워 하
는, 무관심과 무감각과 무기력함의 모습을 하고 있는 플로렌스의 악기
제조상 벨라쿠아(Belacqua)를 두 시인들이 만납니다. 단테는 그가 누구
인지 알고 있어, 그가 왜 아직도 그 옛 습관을 버리지 않고 연옥에서조
차 게으름을 피우고 있는지 묻습니다. 그리고 그가 대답합니다.

"오, 친구여, 올라가 보았자 무슨 소용인가? 연옥 문 지키며 앉아있는 하나님의 천사가 연옥의 문의 통과를 허락하겠느냐? 나는 죽기 바로 전에 죄를 고백하고 회개의 마음을 품어 이곳에 왔으니, 하나님의 은총 한가운데 살고 있는 사람이 나를 위해 진심어린 기도를 해주지 않는다면, 나는 이곳에서 내가 살아온 햇수만큼 이곳 연옥 문 바깥에서 세월의 흐름을 지켜보며 기다려야 한다. 하늘에서 받아주지 않는다면, 그 무엇도 아무 소용없다." -「연옥」캔토 4:127-135

교회생활 하면서 여러 가지 이유로 회개하지 않고 회개하기를 미루었다가 죽기 바로 직전에 회개한 '게으른 자들'(The Lethargic)은 회개의 세 번째 단계 '죄에 대한 보상 행위'(Satisfaction)를 위해 연옥에 들어가기 전 연옥 앞마당에서 죄 정화 단계를 거칩니다. 이들은 살아서 회개를 미루고 꾸물거렸던 죄를 정화하려고 두 무릎 사이에 얼굴을 묻고 무리지어 앉아서 무료하게 세월을 보내며 회개의 대가를 치르고 있습니다. 그들이 이곳에서 머물러야 하는 기간은 세상에서 그들이 살았던 나이만큼의 세월입니다.

이들 '회개를 미루었던 자들'(The Lethargic) 이외에도 단테는, 죽기 직전 회개한 자들로 이후 두 부류, '전쟁터에서 갑자기 죽었거나 혹은 불의에 살인을 당하여 사제에게 종부성사하지 못한 자들'(The Unabsolved)과 '자신의 일이 아닌 타인을 위한 일로 바빠서 회개하지 못한 통치자들'(The Negligent Rulers)을 연옥 앞마당에서 더 만납니다. 이들 세 부류는 모두 자신의 나이만큼 이곳 연옥 앞마당에서 회개하며 자신의 죄를 정화하여야 합니다. 물론 이들도 그들의 체제기간을 단축할 수 있는 기회는 있습니다. 살아있는 사람들이 이들을 기억하며 이들을 위해 기도하고, 이 기도를 하나님이 들어주시면, 그때 이곳에서의 체제 기간이 단축됩니다. 이 예외는 이곳뿐 아니라 연옥의 모든 곳에 해당됩니다. 그래서 연옥을 통과하는 동안, 단테를 만난 연옥의 모든 망령들은 단테에게 달려와 자신들이 연옥에 있음을 세상에 알려, 자신들을 알고 있는 사람들이 자신들을 위해 기도할 수 있도록 그들에게 부탁해 달라고 말합니다. 중보기도(Intercession)를 부탁합니다.

그 어느 낱말도 그 자체로 의미를 구성하는 낱말은 없습니다. 문맥에 따라서 의미를 달리합니다. 우리는 자식이고 부모이고 형제이고 자매이고 선생이고 학생이고 고용주이고 고용인입니다. 우리는 다양한 역할 속에서 다양한 의미를 갖습니다. 구체적으로 낱말은 문맥에 따라 동의어와 반대어로 자신의 의미를 정의하고 확장합니다. 우리에게 낱말의 의미에 가장 쉽게 다가갈 수 있는 길이 있다면, 그것은 그 낱말의 동의어나 반대어를 찾는 일일 것입니다. 예를 들어, 우리는 상대방의 말을 이해하지 못하면, 그가 한 말과 유사한 표현이나 반대되는 표현을 말하면서, 그가 말한 올바른 의미를 찾습니다.

'회개를 미루었던 자들'을 말하며 'The Lethargic'이란 낱말을 사용하였습니다. 잘 사용하지 않는 흔치 않은 낱말입니다. 작가들이 가끔 잘 사용하지 않는 낱말들을 사용하는 경우가 많습니다. 우리는 그들이 현학적으로 보이려고 그런 말을 사용했다고 오해하지만 그렇지가 않습니다. 우리는 익숙한 것은 금방 잊습니다. 낯설고 특이하고 별나야 오래 기억합니다. 착한 사람보다 밥맛없는 사람이 더 기억에 오래 남습니다. 오래 기억하라고 낯선 낱말을 사용합니다. 'lethargy'란 낱말의 짜임이 재미있습니다. 그리스어 'lethargos'에서 유래한 말로, '망각의 강'을 뜻하는 'Lethe'와, '일하지 않아 게으르다'란 뜻 'argos'가 둘 다 겹쳐져 있습니다. '해야 할 일을 잊고 하지 않아 게으르다'의 뜻입니다. 연옥의 망령들은 모두 이 낱말의 의미에 해당되는 죄를 지었다고 할 수 있습니다.

해야 할 일을 하지 않고 게으른 뜻의 'lethargy'와 유사한 의미를 가진 낱말이지만, 다소 의미의 차이가 있는 낱말들로, 기운 빠지게 하는 기후나 질병 또는 안락한 생활로 '활동을 하지 않는'(inert) '무기력'의 'languor'가 있고, 피곤하거나 건강이 좋지 않아 '활력이 없거나'(listless) 모든 일에 '무관심한'(indifferent) 뜻의 'lassitude'가 있고, 약물이나 충격으로 마음과 감각이 마비된 상태의 '마비'의 뜻 'stupor'가 있고, 겨울잠을 자는 동물들과 같이 잠시 활동을 정지하고 있는 상태와 같은 상황을 뜻하는 '휴지기'의 뜻 'torpor'가 있습니다.

사실 'Lethargy'라는 낱말은 자주 사용되지 않는 말이어서 의사소통에 어려움이 있습니다. 그러면 그 낱말과 유사하게 사용되고 있는 낱말들 몇 개를 살펴보겠습니다. 하고 있는 일에 집중하지 않거나 서둘러 하지 않을 때 사용하는 'idleness'가 있고, 일하기 싫어서 집중해서 일하지 않는 'laziness'가 있고, 빨리해야 하는 상황에서도 느리게 행동하는 등 기질적으로 행동하기 싫어하는 'sloth'가 있고, 편안함과 안일함이 좋아 움직이거나 행동하기 싫어하는 '무기력'의 뜻 'indolence'가 있고, 행동하지 않는 '활동부재'의 뜻 'inactivity'가 있고, 행동할 생각을 전혀 하지 않는 '무관심'의 뜻 'indifference'가 있고, 활력이 없는 '활력부재'의 'listlessness'가 있고, 다른 것들을 움직이거나 영향을 줄 힘이 없는 '무능력'의 뜻 'inertia'가 있습니다.

V

두번째 테라스를 지나 올라가다가, 두 시인들은 '종부성사를 받지 못하고 죽은 망령들'(the unabsolved)을 만납니다. 그들은 야고보(Jacopo del Cassero)와 부온콘테(Buonconte da Montefeltro) 그리고 라 피아(La Pia)를 만나 그들과 이야기를 나눕니다. 그들은 하나같이 모두 단테에게 살아있는 자들에게 돌아가면 그들을 기억하고 있는 사람들에게, 자신들의 연옥 체제기간을 단축하기 위해, 자신들을 위해 기도해줄 것을 말해달라고 부탁합니다.

태어날 때의 팔다리를 그대로 간직한 채 축복의 자리 천국을 향해 가는 영혼이여! 당신이 떠나온 세상으로 다시 돌아갔을 때, 그 세상에 우리 소식을 전해줄 만한 사람이 우리 중에 있는지를 보시오.

아, 왜 그냥 지나가려 하시오? 왜 멈추어 서지 않는 것이오? 우리들 모두 폭력으로 살해당한 망령들이다. 우리는 죽어야 하는 순간에 이르기까지 죄인들이었다. 그러다가 죽음이 찾아오는 마지막 순간 하늘로부터 하나님의 빛이 우리에게 깨달음을 주었고, 그 결과 우린 자신들이 지은 죄를 회개하고(repentance), 다른 사람들이 나에게 지은 죄를 용서하고(forgiveness), 하나님을 보려는 열망으로 우리들 가슴을 뜨겁게 하고, 하나님과 화해하며 세상을 떠났다. -「연옥」캔토 5:46-57

연옥 앞마당 세 번째 부류 망령들은 교회로부터 종부성사(the last sacrament)를 통하여 죄를 용서받지 못하고 죽은 자들(the Unabsolved) 입니다. 이들은 싸움터에서 싸우다가 갑자기 죽었거나, 아니면 누군가에게 갑자기 살해당했던 망령들로, 교회로부터 종부성사를 받을 기회를 갖지 못하였으나, 죽기 바로 직전 홀로 외롭게 회개하여, 지옥에 가는 것만은 피하고, 연옥의 앞마당에 오게 되었습니다. 그들은 개인적인 원한이나 치열한 당파싸움으로 지독한 증오감을 품고 살다가, 갑자기 격렬한 폭력에 의해 외롭고 쓸쓸하게 죽어간 사람들입니다. 죽기 직전에 있었던 긴박한 상황과 절박한 환경을 고려하여, 이들(the Unabsolved)은 게으른 자들(the Lethargic)보다는 연옥 앞마당의 위쪽에 있습니다. 연옥 앞마당에서 그들은 죽음의 순간에 처하였던 긴박한 분위기와 동요의 순간을 똑같이 경험하며 행동과 말로 걱정하고, 천국을 포기하였다가 다시 열망하기를 반복합니다. 그들의 회개기간은 게으른 자들과 동일하게 그들의 나이 수 만큼입니다.

VI

단테에게 도움을 요청하는 '종부성사를 하지 못하고 죽은 망령들'(the Unabsolved) 무리들로부터 가까스로 빠져나온 단테는 기도의 효능에 대하여 버질에게 묻습니다. 버질은 중보기도의 효능에 대하여 말하고, 더 심오한 이야기는 베아트리체로부터 설명을 들으라고 말합니다. 그들은 다음 테라스로 가기 바로 직전 시인 소르델로(Sordello)를 만납니다. 그는 버질이 자신과 같이 만투아(Mantua)가 고향인 것을 알고 애정을 다해 그를 환대합니다. 그 둘을 본 단테는 자신의 고향 플로렌스를 생각하며, 이탈리아를 분열시키고 있는 내부권력다툼에 대하여 이야기하고, 그의 고향 플로렌스를 비난하는 말을 합니다.

이탈리아 모든 도시들은 폭군들로 가득하고, 당파 싸움하는 광대들은 하나같이 시저(Caesar)에 저항하여 제국을 반대했던 마르첼루스(Marcellus)를 흉내 내고 있다.

나의 플로렌스여, 너의 도시 사람들은 모두 현명한 사람들이니, 이런 짓들에서 벗어나 평화롭게 지내리라 믿고 싶구나. 그 도시의 사람들은 마음에 정의감을 품기만 하고, 자신들의 이해관계를 저울질하면서 함부로 정의의 화살을 쏘아대지 않는다. 그러나 정의에 대한 말은 많이 한다. 다른 도시의 사람들은 공공업무 맡아 하기를 꺼려하는데, 너의 도시 사람들은 부탁하지 않아도 먼저 하겠다고 아우성이다 : "기꺼이 이 한 몸 희생하겠습니다." 너의 도시는 부유하고 평화롭고, 또 현명한 사람들 많으니 행복하다 말해도 틀릴 것이 없다. 내가 말한 것 모두 진실이다. 사실이 아닌 것이 없다. 일단 법을 제정하면 그 법을 전혀 고치지 않고 잘 지켰던 아테네와 스파르타도 너의 도시와 비교하면, 진정 올바른 정치가 무엇인지 보여주지 못하였다. 너의 도시는 매우 훌륭한 법을 만들어 놓고, 10월에 만든 조항들을 11월 중순을 넘기지 못하고 또 고친다. 너의 도시가 얼마나 자주 법과 화폐와 공직과 제도와 정치가들을 바꾸었는지 기억하기는 하느냐? 너의 도시 모습이 어떤지 아느냐? 너의 도시는 푹신한 침대에서도 잠을 편히 자지 못하고 끊임없이 뒤척이며 고통을 달래고 있는 병든 여자와 같다. ─「연옥」 캔토 6 : 127-151

버질은 연옥에 누가 거주하는지 알지 못하고, 그 구조도 자세히

설명할 수 없어, 단테와 함께 연옥을 경험하는 동안, 그는 자신의 부족함을 채워줄 인물들로 연옥의 망령들의 도움을 받습니다. 대표적인 인물로 교회로부터 종부성사를 받지 못하고 죽은 시인 소르델로(Sordello)는 연옥 앞마당의 마지막 테라스를, 탐욕의 죄를 정화하고 천국으로 들림을 받은 스타티우스(Statius)는 연옥의 탐욕의 죄를 정화하는 제5테라스 이후를, 그리고 마틸다(Matilda)는 지상낙원을 설명해 줍니다.

VII

죽기 전에 교회로부터 종부성사를 받지 못하고 죽은 망령들 (the Unabsolved)이 있는 연옥 앞마당에서 만난 13세기 음유시인 소르델로(Sordello)는, 나랏일에 너무 바쁘게 지내면서 정치하느라 정작 자신의 영혼을 돌보지 못하다가 죽기 바로 직전 회개하여 연옥의 앞마당에 온 제왕들(the Negligent Rulers)이 있는 계곡을 안내합니다. 그들은 계속에서 국가와 가정사를 토론하고 걱정합니다. 그들은 자신들이 아니라 남들을 위하여 일하다 바빠서 기도하기를 힘써 하지 못한 무리들입니다. 안내에 앞서 소르델로는 버질에게 지옥의 어느 곳에서 왔는지를 묻습니다. 그리고 버질은 그에게 다음과 같이 대답합니다.

저주 받은 죄인들 있는 지옥 모든 계곡을 지나 나는 이곳 연옥에 왔다. 하늘의 권능 하나님이 나를 가라 하여, 그분 도움으로 여기에 왔다. 내가 무엇인가 해서가 아니라, 해야 할 것 하지 않아서이다. 난 살아서 당신이 보고 싶어 하는 저 높은 곳 태양 같은 하나님을 알지 못하고 죽었다. 난 그분을 너무 늦게 알게 되었다. 지옥 아래쪽, 고통이 아니라 무지로 슬퍼하는 자들이 있다. 그들의 탄식은 고통의 울부짖음이 아니라 무지를 한탄하는 한숨이다. 난 림보(Limbo)의 세계에 있다. 그곳은 죄를 씻어주는 세례를 받을 수 없는, 죄를 짓기도 전에 일찍이 죽음의 이빨에 사로잡혔던 너무나 어린 영혼들이 있고, 너무 일찍 태어나 성삼위일체는 모를 뿐 아무 죄 없이 이교도의 4가지 덕목들, 분별, 정의, 절제, 용기의 미덕들을 알고 그들을 충실히 따랐던 무리들과 함께 있다. -「연옥」캔토 7:22-36

기독교 이전에 살았던 현인들, 호머(Homer)를 비롯한 오빗(Ovid), 그리고 버질(Virgil) 등과 같은 시인들과, 플라톤(Plato)이나, 아리스토텔레스(Aristoteles) 등과 같은 철학자들이 충실히 덕성을 쌓았던 이교도의 4가지 덕목들, 분별(Prudence), 정의(Justice), 용기(Fortitude), 절제(Temperance) 등과, 기독교의 3가지 덕목들, 믿음(Faith), 소망(Hope), 사랑(Love) 등과의 차이는 무엇일까요? 가장 큰 차이는 덕목들의 주체가 누구인가 하는 것입니다. 이교도 덕목들 네 가지의 중심에는 '나'가 있고, 기독교 덕목들 세 가지 중심에는 '하나님'이 있습니다. 나의 분별력이고, 나의 정의이고, 나의 절제이고, 나의 용기입니다. 그러나 믿음은 하나님에 대한 믿음이고, 하나님에 대한 사랑이고, 하나님에 대하여 소망을 품는 것입니다. 이교도 덕목들은 모두 내가 하여야 할 것들입니다. 그러나 기독교 덕목들은 내가 하는 것이 아니라, 하나님이 내 안에서 하시는 것입니다. 그래서 이교도 덕목들은 실행하면 겉으로 드러나 보이지만, 기독교 덕목들은 실행하여도 겉으로 드러나지 않습니다.

VIII

두 시인들은 시인 소르델로(Sordello)의 안내로 회개하는 통치
자들이 있는 연옥의 앞마당 계곡에 옵니다. 그들은 그곳에
서 회개하는 망령들이 저녁 찬양을 노래할 때, 뱀이 계곡에 나타나
지만, 두 명의 천사들이 나타나 뱀을 계곡에서 내쫓는 광경을 목격
합니다.

난 통치자들이 갑자기 찬송하기 멈추고 조용히 무언가 기대하
듯, 창백한 얼굴에 겸손한 표정 짓고, 눈 들어 위쪽 하늘 바라보는
것 보았다. 위에서 두 천사가 불붙은 칼을 들고 내려왔다. 칼끝은
부러져 무디고 길지도 크지도 않았다. 두 천사들은 새로 피어난 나
무 잎들 같은 녹색의 옷들을 입고, 녹색 날개 흔들어 바람 일으키

며 왔다. 한 천사는 바로 우리 위에 자리 잡았고, 다른 천사는 반대편 뚝 위에 내려앉았다. 이제 통치자들은 둘 사이에 있었다. 두 천사들의 황갈색 머리털을 보았을 뿐, 그들의 얼굴들은 너무나 눈부셔 난 두 눈을 뜰 수 없었다. -「연옥」캔토 8:22-36

단테가 길을 가지 않고 계속하여 하늘만 바라보고 있자, 버질이 단테에게 무엇을 바라보느냐고 묻습니다. 그리고 단테가 대답합니다.

"하늘 끝에서 불타는 세 개 횃불 보고 있습니다."
그리고 버질이 단테에게 말했다 : "네가 아침에 보았던 네 개 밝은 별들은 이제 하늘 저편으로 사라지고, 그들 있던 자리에 이들 별들 세 개 떠올랐다."
버질이 말하고 있을 때, 소르델로(Sordello)가 버질을 그에게 잡아당기며 말했다 : "저기 우리 대적이 있다." 그는 버질에게 보라고 그쪽을 손가락으로 가리켰다. 작은 계곡 방벽이 없는 곳으로 뱀 하나 들어와 있었다. 이브에게 금단의 열매 먹게 하였던 그 뱀 같았다. 풀숲과 꽃들 사이로 길을 내며, 그 사악한 뱀은 가끔 머리를 이리저리 돌리고, 몸치장을 하는 동물같이 혀로 등을 닦으며 왔다. 난 하늘의 두 매들, 그 두 천사들이 어떻게 날아올랐는지 보지 못해 말할 수 없겠으나, 두 천사 하늘에 있는 것을 보았다. 녹색 날개가 하늘을 찢고 땅으로 내려오자 뱀이 도망하고, 두 천사들은 가슴을 위로 하고 다시 하늘 위로 빙글빙글 돌며 자신들 있던 곳 하늘 향해 날아돌아갔다. -「연옥」캔토 8:90-108

지옥을 빠져나와 단테가 처음 연옥의 하늘에서 본 것이 네 개의 별입니다. 이들은 이교도 덕성들 넷(Prudence, Justice, Temperance, Fortitude)을 말합니다. 그리고 이제 정식으로 연옥의 문을 통과하기 직전에 단테는 기독교의 덕성 셋(Faith, Love, Hope)을 뜻하는 별들을 봅니다. 그리고 이곳 통치자들의 계곡에 나타난 천사들도 '믿음'을 뜻하는 색깔의 '녹색' 옷을 입고 녹색의 날개를 가졌습니다. 그리고 나타난 두 천사들의 모습은, 아담과 이브를 에덴동산에서 쫓아내고 에덴동산에 아무도 들어오지 못하도록 불칼을 들고 에덴동산을 지키는 천사들(「창세기」 3 : 24)의 모습과 같습니다. 그리고 통치자들의 계곡은 에덴동산과 같이 아름답습니다. 그러나 에덴동산을 지키고 있는 천사들이 들고 있는 불칼들과는 달리 통치자들의 계곡을 지키는 두 천사들의 불칼들은 날카롭지가 않습니다. 통치자들은 회개만 늦게 하였지, 그들은 자신들이 아니라 남들을 위해 평생을 살았던 덕을 지닌 통치자들이었습니다. 이교도 입장에서 보면 천국에 갔어야 하는, 마치 지옥 바깥에 있는 림보(Limbo)의 세계에 있는 인물들과 같습니다. 그러나 이교도의 네 덕성들을 갖추고 인생을 살았더라도, 그들은 죄의 유혹으로부터 벗어날 수 없습니다. 그리고 하나님의 개입이 없이는, 그 누구도 구원을 받을 수 없습니다. 통치자들의 계곡에 온 천사들은 끝이 뭉툭한 칼들을 가지고도, 통치자들을 향한 뱀의 유혹을 물리칠 수가 있습니다. 아니면 연옥 앞마당에 있는 망령들도 유혹을 받을 수 있지만, 유혹을 받기 이전에 미리 천사들이 그들을 보호해 준다는 것을 말해주려고 이 장면이 삽입되어 있는 것인지도 모릅니다.

IX

국민들을 위해 나라를 다스리는 일에 바빠, 자신의 영혼들 돌보기를 게을리 하였다 죽기 바로 직전 회개하였던 왕들이 모여 있는 계곡에 이르러, 세 명의 시인들은 그곳에 있는 왕들과 밤새 이야기를 합니다. 밤은 무지의 은유여서 밤에는 연옥 산을 오르지 않습니다. 왕들과 이야기하며 단테는, 바른 길로 접어들지 못하고 정치적으로 부패한 상황에 빠져, 제국의 꿈을 이루지 못한 이탈리아의 운명을 슬퍼하면서 잠에 빠져들었습니다. 아침에 이르러 제비가 날아와 자신의 슬픈 옛 기억을 노래하는 소리 들으며, 단테는 황금 깃털을 가진 독수리에 사로잡혀 하늘 높이 올라가 잠시 그곳에 머물러 있는 꿈을 꿉니다. 그때 트로이의 왕이었던 게인이미드(Ganymede)가 독수리로 변신한 주피터(Jupiter)에 의해 하늘나라 신들의 자리에 올라간 것을, 그는 꿈속에서 생각하였습니다. 독수리는 제국의 상징으로 하나님의 정의를 상징하는 천국의 새로, 하나님의 진리의 빛, 태양을 정면으로 바라볼 수 있는 유일한 새로 알려졌습니다. 독수리는 번개와 같이 무섭게 그를 가로채 지구와 달 사이 대기권 바깥 불바다로 올라갑니다. 중세에는 지구와 달 사이 대기권 바깥은 불로 채워져 있다고 생각했습니다. 그는 그곳에서 뜨겁게 독수리와 함께 불타는 꿈을 꾸고는 놀라 잠에서 깨어납니다.

아침이 가까워 오는 시각 제비 한 마리 날아와 자신의 성폭행 당한 옛 기억 떠올리며 슬픈 노래 부르고, 생각에 사로잡히기보다는, 육체로부터 빠져나와 순례의 길을 떠나는 마음이, 환상을 보고 예언을 감지할 시간, 나는 꿈속에서 하늘 높이 떠있는 독수리 한 마리 본 듯 했으니, 황금 깃털 가득한 날개를 펴고, 땅으로 내려와 누군가 잡아채갈 준비하였다. 게인이미드(Ganymede)가 하늘의 신들이 있는 곳으로 독수리에게 잡혀 올라갈 때, 뒤에 남아 있던 그의 부하들이 있던 곳에 내가 있는 듯 했다. 그리고 나는 마음으로 생각했다 - 독수리가 이곳에 나타나기는 하겠지만, 그 누구를 발톱으로 채가지 않을 것이다. 그때였다, 독수리가 잠시 하늘 위를 빙빙 돌다가, 번개처럼 무섭게 내려와 나를 잡아채 대기권 바깥으로 데리고 올라가는 것 같았다. 그리고 그곳에서 나는 독수리와 함께 불타고, 그 불길이 너무나 뜨거워 난 잠에서 깨어난 듯 했다. - 「연옥」 캔토 9:13-33

오빗(Ovid)의 『신화집』(『Metamorphoses』)에 변신이야기가 있습니다. 자신의 언니 프로크네(Procne)의 남편(Pereus)에게 겁탈을 당하여 혀가 잘려나간 채 동굴에 갇혀 있던 필로멜라(Philomela)는 피륙에다 자신의 이야기를 수놓아 언니에게 보냅니다. 언니의 도움으로 동굴에서 탈출한 필로멜라는 언니 프로크네와 함께 페레우스에게 복수하기 위해 프로크네와 페레우스 사이에 낳은 아들을 살해한 후 요리하여 왕에게 줍니다. 그 사실을 알지 못하고 음식을 맛있게 먹은 왕에게 두 자매는 그가 먹은 음식이 그의 아들이라고 말합니다. 화가난 페레우스는 칼을 빼어들고 두 자매를 쫓습니다. 두 자매는 그들을 구해달라고 신에게 기도합니다. 신은 필로멜라를 제비로, 프로크네를 나이팅게일로 변신시켜줍니다. 위에서 제비는 이 신화이야기를 노래로 들려줍니다.

중세 사람들은 아침이 밝아올 때 꾸는 꿈들은 모두 예언의 의미가 있다고 생각했습니다. 단테가 잠에서 깨어났을 때 버질이 말합니다. 단테가 잠들어있을 때 성 루시(St. Lucy)가 나타나 단테를 안고 연옥의 입구까지 와서는 그를 내려놓고 입구를 눈으로 가리키고 사라졌다고 했습니다. 두 시인은 연옥으로 통하는 입구에 이르러 하나님의 천사 수문장에게 그들이 이곳까지 온 사연을 말합니다. 그리고 그 수문장은 두 시인들에게 계단으로 올라오라고 말합니다.

우리가 올라가 내딛은 첫 번째 계단은 부드럽고 매우 투명한 흰 대리석이어서, 난 나의 진짜 모습을 그곳에 비춰볼 수 있었다. 두 번째 계단은 매우 어두운 자주색을 띤 불에 타 투박해진 돌로 길이와 넓이로 갈라져 있었다. 그리고 세 번째 계단은 핏줄에서 터져 나온 핏방울과 같이 붉게 불타는 빛을 띤 자수정과 같았는데, 맨 위쪽 계단에 큼직하게 놓여있었다. 그 계단 위에 하나님의 천사가 두 발을 딛고, 내가 보기에, 금강석 문지방에 앉아있었다. 버질은 3 걸음을 더 걸어서 나를 그의 앞으로 이끌며 말했다 : "겸손하게, 빗장을 제거해달라고 그에게 부탁해라."

난 그에게 경의를 보이는 표현으로 천사 발치에 나 자신을 엎드렸다. 그리고 날 위해 자비를 베풀어 문을 열어달라고 부탁하였다. 그 전에 나는 먼저 나의 가슴을 3번 두드렸다.

그는 칼끝으로 나의 이마에 7개의 "P"자를 새기고 말했다 : "너는 연옥으로 오르며 이들 일곱 개의 상처들이 하나씩 사라짐을 보게 될 것이다."

땅에서 파낸 흙을 묻힌 잿빛 옷 아래쪽에서 그는 두 개의 열쇠를 꺼냈다. 하나는 황금 열쇠이고, 다른 하나는 은 열쇠이었다. 먼저 그는 은 열쇠를 자물쇠에 집어넣고, 다음에 황금의 열쇠를 자물쇠에 넣어 문을 열었다.

"두 열쇠들 가운데 어느 하나가 작동하지 않으면, 연옥의 문은 열리지 않는다. 문을 열 때 황금 열쇠가 은 열쇠보다 더 귀하기는 하다. 그러나 은 열쇠를 사용하는 데 더 많은 기술과 지혜가 필요하다. 죄의 매듭을 푸는 것은 바로 이 은 열쇠이기 때문이다. 나는 사도 베드로(Peter)로부터 이들 두 열쇠들을 받았다. 망령들이 나의 발 앞에 엎드려 문을 열어달라고 부탁할 때, 그들 부탁들을 거부하여 문을 열지 않는 것보다 실수하더라도 문을 열어주는 것이 더 좋다고 베드로가 나에게 말했다." 그리고 수문장 천사는 하나님에게 이르는 연옥 문을 밀어 열면서 말했다 : "들어가시오, 그러나 만일 뒤돌아보면 당신들은 다시 문 바깥으로 쫓겨납니다." – 「연옥」 캔토 9 : 94-132

연옥을 지키는 수문장 하나님의 천사는 참회자가 입는 잿빛의 옷을 입고 있습니다. 그는 죄를 사해주는 하나님의 권위의 상징인 황금열쇠와, 참회자가 죄의 매듭을 풀 수 있도록 그를 인도하는 이해력의 상징인 은 열쇠를 가지고 있습니다. 그 연옥 수문장 천사의 앞으로 나아가기 전에 단테는 회개의 성례로 가슴을 3번 때리는데, 그 몸짓은 입술로 고백하고(Confession), 가슴으로 참회하고(Contrition), 육체로 죄에 대한 대가(Satisfaction)를 치르는 3가지 회개과정을 말합니다.

단테는 연옥 문을 지키는 수문장이 하늘의 천사를 향해 걸어갈 때 3개의 계단을 올라가 천사에게 이릅니다. 첫 번째 계단은 흰색의 대리석 계단입니다. 그는 자신의 죄지은 진짜 모습을 그 계단에서 비추어봅니다. 그 첫 번째 계단에서 단테는 죄를 고백하고 있는 것입니다(Confession). 두 번째 계단은 가로와 세로로 십자가 모양으로 갈라진 불탄 돌계단입니다. 그 계단은 참회하여 심장이 까맣게 타들어간 참회자의 십자가 심장입니다(Contrition). 그리고 마지막 세 번째 계단은 사랑으로 붉게 타오르는 핏빛의 자수정 계단으로, 사랑의 행위를 통하여 자신의 죄를 보상하려는 참회자의 열정을 상징하는 계단입

십자가

니다(Satisfaction). 그리고 수문장인 하늘의 천사는 사랑의 붉은 수정 계단에 두 발을 딛고, 교회의 권위를 상징하는 금강석 문지방에 앉아 사도 베드로(Peter)가 준 두 개의 열쇠를 품에 감추고 앉아있습니다. 「마태복음」 16장 18-19절에, "너는(베드로) 반석이니, 나는 이 반석 위에 교회를 세우고… 나는 너에게 하늘 왕국을 여는 열쇠를 주겠다" 라고 했습니다.

수문장인 하늘의 천사는 단테의 이마에 7개의 'P'를 새겨 넣습니다. '죄'를 의미하는 이탈리아어 'Peccato'의 첫 문자입니다. 연옥의 산을 구성하고 있는 7개의 테라스에는 각각 '일곱 가지 죄들'(Seven Deadly Sins)을 회개하는 참회자들이 있습니다. 그들은 자만(Pride), 시기(Envy), 분노(Wrath), 게으름(Sloth), 탐욕(Avarice), 탐식(Gluttony), 정욕(Lust)의 7가지 죄들 가운데 어느 하나를 정화하고 있습니다. 단테는 테라스를 나와 다음 테라스로 올라갈 때마다 이마 위에 새겨진 'P'가 하나씩 사라짐을 경험합니다.

중세 사람들은 기억력을 증진시키기 위해 사고에 색깔을 입히기를 즐겨하였습니다. 회개의 3단계를 더 잘 기억하기 위해 단계마다 색깔을 입히고, 연옥 문을 여는 열쇠조차 색깔을 부여했습니다. 그리고 우리가 하는 행동들 모두 하나님께 봉헌하는 의식(Ritual)이었습니다. 가슴을 3번 두드려 회개하는 방식은 회개의 3가지 단계를 말합니다. 그들은 특별히 3이라는 숫자를 좋아하였습니다. 단테도 『신곡』을 '3행 각운'(terza rima), aba bcb cdc … 라는 3행시 운율로 시를 썼고, 지옥과 연옥과 천국도 3의 숫자이고, 3개의 책들 모두 33개의 캔 토로 이루어졌습니다. 물론 3은 삼위일체의 숫자이고, 공간을 만드 는 최소의 점들 숫자도 3입니다. 3은 우리가 기억하기 좋은 항목들의 숫자입니다. 3은 하루의 아침, 점심, 저녁의 숫자이고, 논리의 숫자(삼단논법)이고, 이야기 플롯(처음, 중간, 끝)의 숫자입니다. 그리고 앞에 서 보았듯이 회개(Penance)를 구성하는 3단계, 고백, 참회, 보상의 숫 자이고, 기독교의 3가지 덕성들, 믿음(흰색), 소망(녹색), 사랑(붉은 색) 의 숫자이기도 합니다.

흰색은 빛의 색깔로 진리, 곧 믿음의 색깔이고, 사랑은 심장의 색 깔로 붉은 색입니다. 그리고 소망은 겨울이 지나 나뭇잎으로 피어나 는 봄의 색깔로, 녹색은 시작하는 색깔이고, 시작할 수 있는 색깔이기 도 합니다.

X

연옥의 죄의 비중은 아래쪽에 있을수록 더 무겁습니다. 그러니 가장 무거운 죄는 연옥의 맨 아래 있는 자만입니다. 자만 (Pride, Superbia)은 모든 죄의 뿌리이고 최악의 죄입니다. 자만이 원인이 되어 잘못된 환상으로 자신의 가치를 하나님보다 높이 평가하는 까닭에, 자만은 허세(Vainglory)와 동의어입니다. 자신이 하나님의 자리에 앉아서, 모든 판단과 행동의 중심에 자신을 두는 행위입니다. 모든 행동과 욕망에 자신이 판단의 근거가 되는 이기주의가 자만입니다. 자만심을 가진 자는 자신의 생각이 우선하여 자신과 다른 생각을 가진 사람들은 미워하고 멸시합니다.

기독교는 모든 일의 중심에 자신이 아니라, 하나님을 두라고 합니다. 모든 생각과 욕망에 있어서 자신에 근거하여 판단하지 말라고 합니다. 사실 이 말은 기독교의 교리가 아니어도 우리가 생각해볼 내용입니다. 우리는 어릴 적에 내렸던 판단이, 나이가 들어 회상해 보면, 얼마나 어리석고 합리적이지 않았던가를 생각하며 부끄러워 할 때가 있습니다. 우리는 지금까지 우리가 알고 있는 지식의 한계에 근거하여 현재의 상황을 판단하고 행동합니다. 후에 더 많은 지식이 더 올바른 판단을 가능하게 한다면, 현재 우리가 취해야 할 행동은 겸손함(Humility, Modesty, Meekness)입니다. 자만의 반대말은 겸손입니다.

연옥에서 자만의 죄를 지었던 망령들은 악덕인 자만에 반대되는 덕목, 겸손함으로 자신의 죄를 정화하는 회개의 행동을 합니다. 살아서 높게 치켜들었던 머리는, 차갑고 무거운 돌과 같은 죄의 무게로 낮아져야 하고, 이웃을 깔보았던 눈길은 땅을 향하여야 합니다. 연옥에서 자만의 죄를 회개하는 망령들은 그들의 눈들을 땅으로 향하고 겸손의 표시로 등을 굽혀 걷고 있어서, 마치 하나의 몸뚱이를 두 개의 몸뚱이로 만들어 걷고 있는 모습입니다. 그들은 이와 같은 모습으로 연옥의 테라스를 느릿느릿 걷고 있습니다.

단테는 인간의 형체라고 볼 수 없는 모습으로, 하나의 몸을 둘로 꺾어 땅을 바라보며, 자신과 버질을 향해 천천히 걸어오는 자만심의 죄를 정화하고 있는 망령들을 보고, 독자에게 그들을 너무 불쌍하게 생각하지 말라고 말합니다. 영원히 지옥을 벗어나지 못하는 저주받은 지옥의 망령들과는 달리, 연옥에 있는 이들 망령들은 언젠가는 천국에 갈 것이라는 희망을 갖고 자신의 죄를 정화하고 있다고 말합니다.

　　죄인들이 죄의 대가를 치르도록 하나님이 어떻게 하셨는지, 독자들이여, 나로부터 듣고 싶어 하는 당신들의 희망을 저버리지 않겠다. 그러니 그들이 어떤 형태의 고통을 받고 있는가를 생각하지 마시고, 그들이 회개 후에 갈 곳을 생각하시고, 아무리 그들의 고통이 길게 지속되더라도, 그 고통은 최후 심판의 날을 지나쳐서까지 지속되지는 않을 것임을 명심하시오. - 「연옥」 캔토 10:106-111

그리고 단테는 자만의 죄를 회개하는 망령들의 모습을 말합니다.

　　"선생님! 우리를 향해 오는 저 무리들이 사람 같지 않습니다. 그들이 무엇인지 알 수 없어 마음이 불안합니다."
　　그리고 버질이 나에게 대답했다: "그들은 심한 고통을 치르며 회개해야 해서, 땅을 향해 몸을 두 겹으로 접어서 다가오고 있다. 처음에 나도 무엇인지 몰랐다. 그러나 자세히 바라보아라. 연옥의 절벽 돌들 아래 저 무리들만 떼어서 보거라. 자, 이제 그들이 모두 자신의 가슴을 두 손으로 때리며 오는 것이 보이는구나.
　　오 허영덩어리 기독교인들이여! 자신의 마음에 그려놓은 헛된 이미지들에 사로잡혀, 앞으로 나가지 못하는 불쌍한 무리들이여! 지금은 벌레들이지만, 심판의 날엔 변호인 없이 우린 모두들 천사의 모습들 한 나비들과 같이 변화될 것이다. 그러나 아직 너희는다 자라지 않아 불완전한 벌레들이건만, 아, 왜 그렇게 높이 날 수 있는 나비들이라고 생각하느냐?"

내가 유심히 그들을 바라보니, 천장과 지붕을 받치고 있는 받침목과 같이, 자신의 가슴과 무릎을 바싹 붙여서, 자신의 등의 무게를 고통스럽게 받아들이는 괴상하고 우스운 모습을 하고 있었다. 그들은 그들의 등에 얹은 무게에 따라 더 크게 또는 더 작게 등을 굽혔다. 그 표정으로 보아 최대한의 인내심을 발휘하여 자신의 고통을 감당하고 있는 망령이 울며 말하였다: "더 이상은 감당하기 어려울 것 같습니다." -「연옥」 캔토 10 : 112-139

벌레가 나비로 변하여 하늘로 날아가듯, 벌레와 같은 우리도 죽어서는 육체의 옷을 벗고 영혼은 나비가 되어 하나님 곁으로 날아갈 것입니다. 그러나 육체가 있는 동안 우리는 벌레로 남아 있어, 아직은 하늘을 날 수 있는 능력을 갖고 있지 않습니다. 그러니 살아있는 동안 우리는 하늘을 날아오르려고 '자만'을 갖지 말아야 합니다. 자신이 나비와 같이 날 수 있다고 생각한다면 그 생각은 자만이고 오만이고 허영입니다. 생명이 있는 무엇이나 시간과 공간의 지배를 받습니다. 제한이 있습니다. 영원하지 않습니다. 영원함은 시간과 공간의 개념이 미치지 않는 저 너머에 있습니다.

XI

자만의 죄를 정화하고 있는 망령들이 주기도문을 말하며, 단테와 버질이 있는 곳으로 가까이 다가오자 버질이 다음 테라스로 올라가는 계단이 어디 있는지를 그들 망령들 중 한 망령에게 묻습니다. 그때 '가문의 자만심'의 죄를 진 옴베르토(Omberto Aldobrandesco; ?-1259)가 말합니다. 그들과 함께 오른쪽으로 돌아가면 계단이 있다고 말합니다. 옴베르트는 자신의 이야기를 하고 자신을 위하여 기도해달라고 말합니다. 단테는 다음에 '자신의 한 일에 자만심'을 가졌던 화가 오데리시(Oderisi : ?-1299)를 만납니다. 그는 지상에서의 명성은 모두 허망하다고 이야기하고, 그와 함께 있는 '지배자의 자만심'으로 죄를 지은 프로벤잔(Provenzan Salvani)을 가리킵니다. 프로벤잔은 사랑을 위해 겸손하게 행동한 것을 보상받아, 연옥 앞마당에서 기다리지 않고 연옥에 직접 오게 되었다고 말합니다.

"친구여! 이제 볼로냐의 프랑코(Franco of Bologna)가 그린 책의 삽화들이 내 것보다 더 아름답다. 그는 지금 명성을 한 몸에 받고 있다. 그는 나의 제자였다. 내가 살아있는 동안, 나는 최고가 되고자 하는 욕망을 갖지 말았어야 했다. 최고가 되려는 자만심에 대한 대가를 지금 이곳에서 치르고 있다. 삽화 하나 잘 그려 감히 하나님께 맞서려는 짓 하지 않았다면, 여기에 있지 않았을 것이다. 인간의 능력으로 만들어진 영광이란 얼마나 보잘 것 없었던가! 그나마 별 볼 일 없는 시대가 오랜 동안 지속되지 않았다면, 정상의 자리에 있던 그 영광은 얼마나 빨리 사라지던가! 회화에서 치마부에(Cimabue)가 전권을 쥐었다고 생각했다. 그러나 그의 제자 지오또(Giotto)가 아우성치자, 치마부에의 명성은 희미하게 사라지더라. 시의 명성은 어떠한가? 기도(Guido Cavalcanti of Florence : 1250-1300)는 또 다른 기도(Guido Guinicelli of Bologna : 1230-76)의 명성을 빼앗았다. 명성이 자자한 누군가를 추월할 자가 태어나면, 그 추월하기 위해 태어난 자를 추월할 또 다른 자가 지금 태중에 있다. 세상의 명성이란 한 가닥 바람 같아서 이쪽에서 오는 것 같더니 벌써 저쪽에서 오더라. 명성이 자리를 바꾸자, 사람의 이름도 바뀌더라. 천년이 흐른 후에 살펴보면, 명성이 다할 때까지 살다가 죽은 자가, 명성이 막 시작할 때 죽었던 사람보다 명성이 더 크다 하겠느냐? 천년이란 세월도 영원함에 비교하면, 눈 깜빡하는 시간보다 더 짧다. 하늘에서 가장 늦게 돌아가는 항성들도 우주를

36000년이 걸려야 겨우 한 바퀴 돈다. 그들이 영원히 돌았다고 생각해 보라. 몇 년을 돌았겠냐? 나를 조금 앞서 가는 저 프로벤잔 (Provenzan) 때문에 한때 모든 투스카니(Tuscany) 지방이 떠들썩했다. 그러나 지금은 플로렌스 오합지졸 군인들을 패배시킬 때, 그가 영주였던 시에나(Siena)조차 그에 대한 말 한마디 없다. 그의 명성은 이제 매춘부의 명성에 맞먹는다. 너의 명성도 풀잎의 색깔과 같아, 올 때와 갈 때가 있다. 땅에서 녹색 잎으로 피어난 명성을, 바로 그 피어낸 땅이 그 잎을 시들게 한다."-「연옥」캔토 11 : 82-117

화가 옴베르트의 말을 통하여, 단테는 스스로 높은 평가를 내렸던 자신을 겸허함으로 회개하는 장면입니다. 현재 훌륭하다고 평가되는 것은 현재에만 해당되는 것이고, 이후 현재의 평가를 능가하는 업적이 미래에 이뤄질 때가 있을 것입니다. 영원한 것은 없습니다. 선생은 제자에 의해서 추월당하기 위하여 존재합니다. 그럼으로, "명성이 자자한 누군가를 추월할 자가 태어날 것이고, 그 추월하기 위해 태어난 자를 추월할 또 다른 자가 지금 태중에 있습니다." 그렇다면 스스로를 높이 평가하는 자만(Pride)은 거짓이니 주장할 것이 아닙니다. 그것은 진실이 아닌 거짓이기 때문입니다.

자만을 의미하는 낱말들로 Pride 이외에도 Vanity, Vainglory가 있습니다. 세 낱말들 모두, 자신의 특출함(excellence)과 우월함을 굳게 믿고, 자화자찬하거나 자기만족하거나 자신을 상향 평가하는 것을 뜻합니다. 우리가 허영이라고 번역하여 사용하고 있는 Vanity는 상대방의 인정이나 칭송을 받으려는 강한 욕구를 뜻하는 '허영'이고, Vainglory는 지나치게 잘난 체하는 '허세'를 말합니다. 그리고 남들이 인정하고 있는 것보다 더 많은 배려와 높은 평가를 하고, 자주 남을 무시하고 잘난 체 하는 오만함의 Arrogance가 있습니다. 그밖에 자신의 능력이나 업적에 대하여 스스로 과장된 평가를 내림을 뜻하는 '잘난 체함' Conceit가 있습니다.

XII

단테는 발밑 바닥에 그려진 자만심(Pride)의 죄를 짓고 불행을 겪었던 인물들의 모습들을 보면서 걸어갑니다. 그리고 그림들이 끝나고 단테는 자신의 이마에 새겨진 'P'자를 지워줄 '겸허함의 천사'(the Angel of Humility)를 만납니다. 그 천사는 시기(Envy)의 정화가 일어나는 다음 테라스로 올라가는 계단에 이르기까지 두 시인들, 버질과 단테를 인도합니다. 테라스와 테라스를 연결해주는 계단들이 바위를 깎아 만들어져 있고, 그 계단들은 위로 올라갈수록 경사가 덜하여 오르기 쉽습니다.

우리 향하여 흰 옷 입은 겸허함의 천사 왔다. 그의 얼굴은 새벽에 반짝이는 별 같았다. 그는 두 팔 대신에 두 날개를 펴고 말했

다 : "이리 오시오. 계단이 이곳 가까이 있다. 이제부터는 오르는 길이 힘들지 않을 것이다. 세상엔 올라가자고 불러도 오는 사람들이 많지 않다. 아, 인간들이여, 너희는 위를 향하여 날아오를 운명으로 태어났건만, 왜 작은 바람이 불기만 해도 다시 주저앉느냐?"

천사는 바위가 갈라져 틈이 생긴 곳으로 우릴 데려갔다. 그곳에서 그는 나의 이마를 그의 날개로 쳐 'P'자 지우고, 이후는 여정이 쉬울 것이라 말했다. ―「연옥」캔토 12 : 88-99

자만(Pride)을 정화할 수 있는 덕목은 겸허함(Humility)뿐입니다. 높은 곳에 오르려는 자만과 반대로, 겸허함은 낮은 곳으로 내려가려 합니다. 가진 것이 없는 자와, 낮은 곳에 있는 자가 올라가려 합니다. 그것은 자만입니다. 가진 자와 높은 곳에 있는 자가 내려올 수 있습니다. 그것은 겸허함입니다. 그러나 진실은 높은 곳도 없고 낮은 것도 없고, 가진 것도 없고 안 가진 것도 없습니다. 기독교에서 가장 큰 사랑의 징표는 하나님이 인간의 모습 예수로 우리에게 온 것이라 말합니다. 그보다 더 큰 사랑은 없다고 말합니다.

늘 낮은 곳에 있으려고 하는 겸허함의 원인을 찾아보면, 그 뿌리는 사랑이었습니다. 왜냐하면 역사에서 자만은 전쟁을 낳았고, 겸허함은 평화를 낳았습니다. 두려움이 없다면 전쟁도 없습니다. 자만은 진실을 회피하려는 자기 방어이고, 밝혀질 진실에 대한 두려움을 미리 차단하려는 자기 과시입니다. 자기 과장이고 자기 기만입니다. 진실은 우열의 자의식이 없어서, 두려움도 없습니다. 두려움이 없다면 자만심도 없습니다. 자만의 상층에는 우월함의 자의식이 있고, 자만의 하층에는 진실을 회피하려는 숨겨진 열등의식이 있습니다. 가지지 못하여 허약해서 자만심이 생겨나고, 가진 것이 많아 강건하면 겸허해집니다. 자만은 진실을 포장한 거짓입니다. 겸허함이 우리를 강건하게 합니다.

XIII

시기심(Envy, Invidia) 가득한 사람은 상대가 자신과 동등하거나 우위에 있다는 것을 인정할 수가 없습니다. 스스로 만족하는 자만심 충만한 사람과 달리, 시기심 많은 사람은 늘 자신보다 먼저 남을 생각합니다. 그는 상대가 불법적으로 자신보다 우위를 선점하여 자신의 몫을 탈취하였다는 피해의식을 갖고 있습니다. 상대가 가지고 있는 재능이나 누리고 있는 행운은 모두 자신의 몫인데, 상대가 그의 것을 빼앗았다고 생각합니다. 만일 상대가 존재하지 않았다면 모두가 자신의 것일 수 있었다고 생각합니다. 그래서 그는 아무 이유 없이 상대를 증오하고, 상대가 취하려고 하는 모든 기회를 빼앗으려 하고, 상대가 추구하고자 하는 모든 욕망 그 자체를 부정하려 합니다. 상대의 행복이 그의 불행이고, 상대의 불행이 그의 행복입니다. 그는 상대방이 누리고 있는 행복과 기회를 두 눈으로 차마 볼 수가 없습니다. 결국 그는 자신이 누리고 있는 자신의 행복은 보지 않고, 상대가 누리고 있는 행복만을 보려고 하여, 증오와 불안함과 두려움으로 불행한 인생을 살아갑니다. 그는 피해망상증과 과대망상증 증세로 자신이 스스로 만들어놓은 불행의 덫에서 결코 벗어나지 못하는 만성질병환자입니다.

> 살아서 지구 위를 걷고 있는 사람 누구나, 내가 그곳에서 보았던 그 광경을 보았다면, 그 광경에 연민을 느끼지 않을 정도로 마음이 사악한 사람은 없다고 생각한다. 내가 그들 가까이 갔을 때 나의 두 눈은 커다란 슬픔으로 눈물이 흘렀다. 그들은 가시같이 따가운 털옷을 입고 서로 어깨를 맞대고 벽에 기대어 앉아 있었다. 가난한 장님 거지들이 면죄부를 팔고 있는 교회의 앞마당에 앉아 빵을 구걸하며, 자신의 머리를 이웃 사람의 어깨 위에 묻고 있을 때, 그들이 구걸하는 말과 그 말에 걸맞는 얼굴표정을 지을 때, 갑자기 연민으로 울컥할 때와 같이, 나는 그러했다. 태양도 그들에게 별 도움이 되지 못하였으니, 내가 말한 그 망령들에게는 하늘이 내려주는 빛도 아무 도움이 되지 않았다. 왜냐하면 길들여지지 않은 매를 길들일 때 그렇게 하듯, 철사줄 하나로 눈까풀을 위아래로 뚫어 그들의 두 눈들이 꿰매어 있었다. —「연옥」캔토 13:52-72

지상에서 시기심 가득했던 망령은 연옥에서 가난한 자가 입는 누더기 옷을 입고, 남들이 그에게 건네주는 자비를 먹고 살아가야 하는

장님 거지의 상태로 전락하여, 그들을 도와줄 성인들이나 동료들의
자비를 구하며 살아갑니다. 그의 주위에 아무것도 없는 돌뿐인 광야
에서 앞을 볼 수 없는 장님이 되어 땅바닥에 앉아서, 그의 곁을 지나
가는 망령들의 목소리들을 듣고는 그들의 자비를 구합니다.

XIV

단테와 버질은 시기심의 죄를 지은 대표적인 망령들로 로마냐(Romagna)의 두 귀족들과 이야기를 나눕니다. 그들 중의 한 명인 기도(Guido del Duca)는 아르노(Arno)강 제방에 위치한 여러 마을들에 대하여 비난하는 말을 합니다. 그리고 로마냐 귀족가문들의 부패상에 대하여도 이야기합니다.

두 시인들은 이곳을 통과하며 시기심의 죄를 지은 대표적인 인물들, 카인의 목소리와 오빗의 신화(『Ovid : Metamorphoses』 ii. 708-832)에 나오는 시기심으로 벌을 받아 돌이 되어버린 아테네의 공주 아글라우로스(Aglauros)의 목소리를 듣습니다. 아테네(Athens)의 왕 시크롭스(Cecrops)는 3명의 딸들, 판드라세(Pandrace), 아글라우로스

(Aglauros), 헤르세(Herese)가 있었습니다. 신들의 심부름꾼 머큐리(Mercury)는 헤르세를 사랑하여, 아글라우로스에게 헤르세를 만나게 해달고 부탁했습니다. 그러나 머큐리가 자신을 선택하지 않고 동생을 선택한 것에 화가 나고, 그녀의 여동생이 부럽고 질투도 나서 그의 부탁을 거절했습니다. 그러자 머큐리는 그녀를 돌로 바꾸어버렸습니다.

시기심 정화하는 망령들은 우리가 떠날 것을 알았다. 그리고 그들이 아무 말 하지 않는 것 보고 우리가 가는 길이 올바른 길임을 알았다. 우리가 홀로 길 가고 있을 때, 하늘 가르는 번개같이 큰 소리로, 아벨(Abel) 죽인 카인(Cain)이 했던 말 들었다: "내가 누군지 알면 누구나 날 죽이려 할 것이다." 그리고 갑자기 구름 갈라지며 사라져가는 천둥소리같이, 그 말도 사라졌다. 그 말의 여운마저 사라지고, 이어 곧 급히 뒤따라, 천둥소리 같은 커다란 소리 들렸다: "난 나의 여동생 질투했다가 돌로 변한 아테네 공주 아글라우로스(Aglauros)이다." 난 놀라 버질이 있는 곳 가까이 가려고, 앞으로 나가지 않고, 오른쪽으로 한 발 옮겼다.

주위 온 세상 다시 조용해지자, 버질이 말했다: "그 두 망령들이 한 말은, 누구나 자신의 한계 잘 알고 그 한계 벗어나지 말라 경고하는 말고삐 같다. 그러나 넌 어떠했느냐? 넌 세상에서 유혹 보자마자 그 미끼 덥석 물어 바늘에 잡히고, 그 유혹이 너를 낚싯줄 감개에 감듯 널 당겨 감았다. 그래서 유혹에서 벗어나라 회유하고 위협해도 너에게 아무 소용없었다. 마침내 가장 높은 하늘에서 널 불러 너의 진로 바꾸려고, 하늘의 영원한 아름다움들 보여주며 널 초대했지만, 넌 단지 너의 발 아래 땅만 바라보고 있었다. 그래서 모든 것 알고 계시는 하나님이 정신 차리라고 널 세차게 때리신 것이다." – 「연옥」 캔토 14:127-151

우리는 시기심(Envy)과 질투심(Jealousy)을 구별하여 사용하기가 매우 어렵습니다. 그러나 영어는 구별하여 사용하고 있습니다. 시기심을 품은 사람은, 다른 사람의 부유함이나 업적, 또는 다른 사람의 성공이나 행운을 지나치게 부러워하여, 다른 사람들이 그것들을 잃었으면 하는 바람을 갖기까지 합니다. 그러나 해치고 싶어 하는 마음까지는 갖지 않습니다. 그러나 질투심을 품은 사람은 자신의 몫이라고 생각하는 것을 상대가 빼앗았다고 생각하여, 상대방의 부유함이나 업적, 행운이나 성공을 참지 못하고 상대를 해칠 마음까지 갖습니다. 질투심의 덫에 걸린 사람은 상대를 불신하고, 의심하고, 시기하고, 화를 내고, 심지어 해를 끼치기까지 합니다. 시기는 나쁜 마음을 품기는 하지만, 질투와 같이 나쁜 행동까지 진행되지는 않습니다.

XV

두시인들은 자비의 천사(the Angel of Mercy, Generosity)를 만납니다. 천사는 단테의 이마에서 연옥 두 번째 테라스인 시기 죄를 뜻하는 'P'를 지우고, 세 번째 테라스로 가는 길을 알려줍니다. 그들이 계단을 올라갈 때, 버질은 '사랑에 대한 첫 번째 강론'을 말합니다. 그리고 단테는 세 번째 테라스 분노(Wrath)의 죄에 반대되는 덕목 유연함(Gentleness, Meekness)의 예들을 환상으로 봅니다. 그리고 그들은 분노의 정화가 일어나는 곳에 이르러, 앞을 볼 수 없는 짙은 연기구름에 휩싸입니다.

단테가 사랑의 신비에 대한 의문을 제기하자, 버질이 그의 의문에 대답하고 있다.

"아무 말하지 않고 가만히 침묵하고 있다가 혼란만 가중하기보다는 만족스러울 때까지 계속 의문 제기하겠습니다. 일정량의 선함을 소수가 나누어 갖는 것보다, 더 많은 사람들이 나누어 가지면 오히려 그 같은 선함이 더 풍요로워지는 이유가 대체 무엇입니까?"

넌 아직도 무엇이나 지상적인 것들에 근거를 두고 추론하여, 빛을 보고도 어둠을 이야기하고 있다. 하늘나라의 무한하고 뭐라 말할 수 없는 선함은, 진리의 빛이 진리를 환영하는 곳을 찾아가듯, 선함을 사랑하여 선함이 머물러 있는 곳이면 그 어디나 서둘러 그곳으로 달려간다. 선함을 가지고 싶어 하는 열정의 크기만큼, 선함은 그것을 추구하는 자에게 자신을 나누어준다. 선함을 사랑하는 사람이 많으면 많을수록, 그 사랑에 근거한 하나님의 영원하신 선함은 더욱더 많이 주어야 할 것이다. 하늘로부터 사랑을 받는 사람들이 많으면 많을수록, 받아야 할 사랑의 양은 많아지고, 하나님의 사랑도 그만큼 더 많아진다. 거울과 같이, 사랑받은 자는 자신이 받은 사랑을 또 다른 사람에게 나누어준다. 내가 한 말이 아직도 무엇인지 모르겠다면, 베아트리체를 만나는 날, 그녀는 이 질문 말고도 많은 질문들에 속 시원히 대답해 줄 것이다. 이곳까지 오면서 이마 위에 새겨진 두 개의 'P'들이 이미 지워진 것과 같이, 힘써 앞으로 나아가, 나머지 5개의 'P'들도 빨리 지워질 수 있도록 힘써 가자. -「연옥」캔토 15:58-81

사랑이란 나누어 주는 것이지 받는 것이 아닙니다. 사랑을 많이 주면 줄수록, 그 비워진 자리에 사랑은 계속 채워지게 됩니다.

XVI

연옥의 3번째 테라스에는 분노(Wrath)의 죄를 씻어내는 망령들이 있습니다. 그들은 눈앞이 보이지 않을 정도로 검은 어둠 속에 있습니다. 단테 자신도 이곳에서 어둠 속을 가듯이 이성(Reason)의 화신인 버질이 이끄는 대로 그의 어깨를 잡고 갑니다. 분노는 판단을 흐리게 하고 자연스러운 감정과 반응을 방해합니다. 분노하는 인간은 자신이 무엇을 하고 있는지 몰라 앞을 보지 못하는 장님과 같습니다. 지옥의 제5계곡(「지옥」캔토 7 : 118-26)에서 분노하는 망령들은 가슴이 음울한 연기로 가득 차서 지옥의 강(Styx)의 강바닥 진흙 속에 누워서 숨 막혀 하고 있습니다. 분노의 반대되는 미덕은 유순함(Meekness)입니다.

왜 세상은 도덕이 무너져 덕성을 갖춘 사람 하나 찾을 수 없이, 사악함으로 가득 차 있는지 그 이유를, 당대의 궁정인 마르코에게 묻습니다. 그리고 마르코가 단테에게 대답합니다.

친구여! 세상은 장님과 같이 보지 못해 알지 못한다. 당신은 그런 곳에서 왔다. 이 세상을 사는 사람들은 세상에서 일어나는 모든 원인들이 하늘에 있다고 생각하여, 하늘이 모든 운명을 결정한다고 말한다. 그렇게 되면 인간들에게는 자유의지가 없는 것이 되고, 선행에는 행복이 보장되고, 악행은 반드시 불행으로 귀결된다는 정의란 말도 없어지게 된다. 그러나 하늘은 무엇이나 우리가 선택하게 우리에게 자유의지를 주었다. 내가 모두를 말할 수는 없으나, 다음은 말할 수 있다. 하늘은 선한 자나 악한 자나 모두 가리지 않고 진리의 빛을 주고는, 그들에게 진리를 받아들일 것인지 아니면 거부할 것인지를 선택하라고 자유의지를 주었다. 그의 자유의지로 하늘의 빛을 선택하여, 그가 그 빛의 인도를 받아 올바른 방향으로 나아가면, 그는 이 세상에서 정복하지 못할 것이 없다. 네가 더 큰 능력과 더 멋진 인품을 갖게 될 진리를 따를 것인지는 너의 자유의지에 달려있다. 네가 어떠한 마음의 결정을 내릴 때, 그 결정은 네가 한 것이지 하늘이 결정한 것이 아니다. 네가 말하듯 현재 세상이 잘못된 길을 걷고 있다면, 그것은 너에게 원인이 있는 것이다. 그러하니 그 원인을 너에게서 찾아야 한다. 나는 이 점을 분명하게 말할 수 있다. 하나의 생명이 태어나기 전부터 생명이라면 무엇이나 귀히 생각하시는 하나님은, 울다가 웃으며 뛰어노는 아이와 같이, 아무것도 모르는 순수한 영혼을 탄생시키신다. 그리고 아이가 즐거워하면, 언제나 즐거워하시는 창조주 하나님은 그 순수한 영혼이 자신을 즐겁게 해 주는 무엇이나 추구하며 쫓아가게 놓아주신다. 처음에 그 영혼은 아주 작은 것에도 만족하여, 그 만족감을 잊지 못하고, 안내자나 억제하는 자가 그를 제어하지 않으면, 그 보잘 것 없는 것을 최상의 것이라 생각하고 쫓는다. 그러니 그의 욕망을 억제할 법이 필요하고, 진정한 국가의 이상을 구별할 줄 아는 왕이 필요하다. 세상은 어떠한가? 법이 있으나, 누가 그 법을 따르는가? 아무도 따르지 않는다. 앞에 서서 양떼들을 몰아가는 목자가 정치와 종교를 구별하지 않고, 세속의 일과 영적인 일을 똑같이 뒤섞어 놓았다. 목자가 먹고 사는 세속적인 것들까지 몽땅 다 챙기고 있다. 이것을 바라본 사람들은 이제 목자가 더 이상 가지고 있지 않은 영적인 것들을 그 목자에게서 구하여야 하는 입장에 놓였다. 잘못된 지도자가 세상을 잘못되게 만들어 놓아 세상이 부패한 것이지, 우리의 본성이 악해서 세상이 악하게 된 것이 아니다. -「연옥」캔토 16 : 65-105

신약 성경에 달란트(Talent) 우화가 있습니다. 자기가 태어날 때 가지고 태어난 달란트 그대로 사는 사람은 본능에 충실한 동물과 같습니다. 자유의지가 없이 사는 사람입니다. 그러나 자유의지를 가진 사람은 그 달란트를 투자하여 자신의 자산을 늘립니다. 우리가 가지고 있는 것만 사용하면 자유의지가 없이 사는 것과 같습니다. 달란트는 자유의지로 자산을 늘리기 위해 필요했던 원금이었을 뿐입니다.

버질은 다음 캔토 17에서 분노에 대하여 다음과 같이 정의합니다 : "자신이 모욕을 당했다 생각하여 수치스러움을 느끼고는 상대에게 자신이 받았던 모욕감을 되돌려주겠다는 복수심으로, 상대에게 자신을 모욕한 대가를 치르게 할 해악을 생각하는 사람이 있다." 나는 분노라는 말을 사용하여 연옥 3번째 테라스의 망령들이 지은 죄를 명명하였습니다. 그러나 그 낱말이 옳은 것인지 생각해 보아야 합니다. 영어, 'anger, ire, rage, fury, indignation, wrath' 모두 강한 불쾌감에서 생겨난 감정의 동요를 말합니다. 구체적으로, 화를 내는 일과 관련하여, 'Anger'는 가장 빈번히 사용되는 매우 일반적인 낱말로, 왜 화를 내는지, 얼마나 강하게 화를 내는지, 화를 내는 것이 정당한 것인지 등의 내용은 전혀 밝히지 않는, 가장 색깔이 없는 낱말이라고 할 수 있습니다. 'Ire'는 문학작품에 자주 사용되는 낱말로 'Anger'보다는 좀 더 강한 화냄의 감정 상태를 드러낼 때 사용합니다. 'Rage'는 외부로 감정상태가 폭발하듯 드러나 자아-통제를 상실할 지경으로 화를 내는 것을 말합니다. 'Fury'는 파괴적인 감정상태의 폭발로 제어가 불가능한 광증에 버금가게 화를 내는 것을 말합니다. 'Fury'는 'Rage'보다 폭발적인 파괴력이 더 강합니다. '분개'의 영어 표현 'Indignation'은 올바른 대우를 받지 못해, 불공평함을 느껴 수치스럽고 천시 받는 느낌으로 말문이 막혀 내는 화를 표현할 때 사용합니다. '분노'라 번역한 'Wrath'라는 영어 표현은 복수를 하거나 벌을 주려는 욕망이나 의도가 수반되어, 화를 낼 때 통제 불가한 파괴적인 감정폭발 'Rage'와 '분개' 'Indignation'을 모두 포용하고 있습니다.

XVII

단테는 환상 속에서 분노를 대표하는 인물들을 봅니다. 그리고 분노와 대적하는 평화의 천사(the Angel of Peace)가 나타나 단테의 이마로부터 3번째 'P'를 지우고, 축복의 기도를 하고, 두 시인을 다음 연옥 게으름 'Sloth'의 테라스로 인도합니다. 그들이 계단의 꼭대기에 도착하자 어둠이 내리고, 어두울 때는 더 이상 가지 않는 것이 연옥의 규칙이어서, 버질은 그곳에서 연옥의 구성과 죄의 본질에 대하여 단테에게 이야기합니다. 그것은 '사랑에 관한 두 번째 강론'으로, 이곳에서는 서론 부분만 말하고, 다음 캔토 18 초반부에서 두 번째 사랑의 강론이 계속됩니다.

살아서 선함을 사랑해야 하는 의무 충실하지 못한 망령들 연옥에서 의무 다 이행해야 한다. 예전 너무나 느슨하게 노 저었던, 선함 사랑하는 노, 이제 다시 힘껏 저어야 한다. 좀 더 명확하게 이곳이 어떤 곳인지 이해하기 위해 나의 말에 주의 기울여, 어두워 우리가 앞으로 더 나아가지 못하고 지체하게 된 것에 대한 보상 받도록 하자.

나의 아들, 단테여! 창조자나 피조물이나, 사랑 없다면, 본능도 이성도 없다. 당신은 이 사실 잘 알고 있다. 본능이란 무의식이니 잘못을 물을 수 없다. 그러나 이성이 대상을 잘못 선택하여 사랑하거나(Pride, Envy, Wrath), 아예 사랑하지 않거나(Sloth), 아니면 지나치게 사랑하여(Avarice, Gluttony, Lust) 모두 죄를 짓는다. 사랑이 제1의 선함이신 하나님을 사랑의 순위에서 제일 먼저 선택하고, 제2의 선함인 지상적인 것들을 두 번째 선택사항으로 삼는다면, 그때 그런 사랑은 죄의 원인이 되지 않는다. 그러나 잘못된 선택으로, 하나님보다 지상적인 것들을 더 사랑하거나, 지상적인 것보다 하나님을 덜 사랑한다면, 하나님의 피조물들은 하나님에게 거스른 행동을 하는 것이다. 당신이 알다시피 사랑이란, 당신이 행동하는 모든 덕성은 물론, 벌 받아 마땅한 모든 악행의 씨앗이라 할 수 있다. 좋은 결과 있는 곳에는 늘 사랑 함께 하였으니, 자신을 증오하는 곳에 좋은 일 있을 수 없다. 창조주 없는 창조물 없으니, 피조물이 하나님을 미워할 수 없다. 내가 올바르게 분별하였다면, 우리의 '잘못된 사랑'(the Love Perverted)은 이웃과 관계가 있고, 우리에게 있어서 3가지 방식(Pride, Envy, Wrath)으로 나타난다. 이웃을 깔아뭉개어 자신을 우위에 놓으려는 생각으로, 자신을 높여 이웃을 아래에 놓으려는 사람이 있고(Pride), 혹시나 상대가 나를 능가하여 내가 누려야 할 권력과 행운과 명예와 명성을 잃을까 두려워 마음속으로 잔뜩 불만을 품고 심술을 부풀려 상대가 최악의 상황에 처하기를 바라는 사람이 있고(Envy), 자신이 모욕을 당했다 생각하여 수치스러움을 느끼고는 상대에게 자신이 받았던 모욕감을 되돌려주겠다는 복수심으로, 상대에게 자신을 모욕한 대가를 치르게 할 해악을 생각하는 사람이 있다(Wrath). 이들 3가지 잘못된 사랑의 죄를 짓는 사람들은 그 일로 연옥에서 슬퍼하고 있다.

이제, 사랑을 잘못된 방식으로 추구하는 '또 다른 사랑'(the Sloth)에 대하여서도 이야기해야겠다. 사람들은 잘못된 방식으로 사랑을 생각하여, 그 잘못된 생각을 마음에 품고, 그 못된 사랑을 추구하려 한다(the Love Perverted). 만일 사랑하겠다고 생각하는 것을 마음에 품는 일과 추구하는 일에 있어서 열정을 보이지 않았다면, 그에 합당한 회개를 위하여 연옥의 이곳에서 머물러야 한다(Sloth). 위의 4가지 죄들 이외에도 사람들을 행복의 자리로 인도하는 데 방해가 되는 나머지 3가지 죄들이 더 있다. 그들 나머지 3가지들 또한, 모두의 열매이고 뿌리가 되는 선함의 본질이라 할, 하나님이 바라는 사랑 아니고, 행복도 아니다. 사랑에 사랑을 더하여 '과도한 사랑'(Avarice, Gluttony, Lust)의 죄를 지은 자들이 회개하는 곳들이, 앞으로 우리가 갈 곳 위쪽 세 곳 테라스들에 있다. 그들 3곳들이 어떠한지는 말하지 않을 것이니, 당신 스스로 가서 직접 보고 말해보라. -「연옥」캔토 17 : 85-139

버질은 연옥의 7가지 죄들이 어떻게 분류되고 있는지를 사랑에 근거하여 설명하고 있습니다. 먼저 잘못된 사랑으로 3가지 자만 'Pride', 시기 'Envy', 그리고 분노 'Wrath'가 있고, 합당한 사랑을 하지 않아 지은 죄 게으름 'Sloth'이 있고, 지나치게 사랑하여 짓게 되는 죄들 3가지, 탐욕 'Avarice', 탐식 'Gluttony', 정욕 'Lust'이 있습니다.

잘못된 사랑 3가지와 과도한 사랑 3가지 사이에, 합당한 사랑의 열정을 보이지 못한 죄 게으름 'Sloth'의 죄가 있습니다. 행동하거나 활동하려는 마음을 쉽게 보이지 않는 영어 표현들로, Laziness, Indolence, Sloth가 있습니다. 우리가 자주 사용하는 표현 laziness는 일하고 싶지 않아 움직일 생각이 없는 경우로, 일할 때조차 빈둥거리고 꾸물꾸물한 경향이 있을 때 사용하고, 나태함 'Indolence'는 편안함과 안일함을 좋아하여 처음부터 활동하거나 움직이는 것을 싫어하는 경향을 말합니다. 그리고 Sloth는, 기민함이나 속도가 요구됨에도 불구하고, 기민하게 속도를 내서 움직이거나 행동하지 않는 기질을 갖고 태어난 게으름을 말합니다. 그러니 영어로 말하자면 연옥의 망령들에게는 'Sloth'라는 표현이 딱 맞습니다.

영문학에서 나태함(Indolence)과 관련한 가장 유명한 시는 톰슨(Thompson)의 〈나태함의 성〉(〈Castle of Indolence〉 : 1784)입니다. 그러나 이 시는 나태함에 관한 내용의 시라는 점 이외에 시 자체로는 높은 평가를 받고 있지 못합니다. 그리고 이십육 세의 젊은 나이에 죽었지만 좋은 시들을 많이 남긴 낭만주의 시인 키이츠(John Keats : 1795-1821)가 쓴 〈나태함을 노래함〉(〈Ode on Indolence〉 : 1819)이 있습니다. 1819년 3월 19일 키이츠는 자신의 동생(George Keats) 부부에게 보낸 편지에서 시와 관련하여 말하고 있습니다.

오늘 아침 난 "꼼짝 않고 가만히 그 편안한 상태를 즐기고 있다"(indolent). 정말 손 하나 까딱하기 싫다. 나는 톰슨(Thompson)이 쓴 〈나태함의 성〉(〈Castle of Indolence〉)에 나오는 한두 연(stanza) 내용을 따라하고 싶다. 거의 11시까지 잠자서일까 딱히 뭘 하고 싶은 마음도 없고 기력도 소진하여, 약간의 기절상태가 주는 정도 쾌감이다. 근심 걱정이 없다면(진주 같은 이빨과 백합의 숨결을 가졌다면) 이 상태를 무기력함(languor)[1]이라 말하면 좋겠으나, 그저 '빈둥대고 있다'(Laziness : 아무것도 하고 싶지 않아 빈둥대고 있다는 뜻). 힘이 다 빠져 머리기능도 육체와 같이 풀어져 있다. 매력적이지 않을 정도의 즐거움과, 참을 수 없을 정도의 아픔은 아닌 고통(indolence의 본래 뜻), 그 정도 행복감이다. 내 앞을 지나쳐가는, 시(Poetry)도 야망도 사랑도 특이할 것이 없다. 그들은 그리스 항아리에 그려진 3명 인물들 같다. 한 명은 남자이고 두 명은 여자인데, 내가 아니면 그 누구도 그들의 변장한 모습들을 알아보지 못할 것이다. 단지 이 정도의 행복이다. 육체가 정신을 제어하는 아주 희귀한 경우이다.

---

1) 'languor'는 기운 빠지게 하는 기후, 질병, 편안한 생활 또는 사랑행위 등으로 움직이기 싫어함의 뜻이다.

위의 편지 내용은 시를 이해하는 데 아주 유용합니다. 예를 들어 시의 제목 밑에 프롤로그로 두 행이 있습니다. 마테복음 6장 28절 내용, "They toil not, neither do they spin."입니다. "들의 백합을 보라. 수고하지 않고 길쌈도 하지 않는다." 시인은 편지에서 근심과 걱정이 없는 상태를 '진주 같은 이빨과 백합의 숨결을 가진 상태'라고 말하고 있습니다.

어느 날 아침 내 앞에 세 인물들 목들을 꺾고, 손들은 맞잡고, 옆얼굴들만 보이며, 일렬로 나란히 평온한 표정 짓고, 소리 하나 들리지 않는 신발 신고, 흰옷으로 멋 부리고, 대리석 항아리 위에 그려진 인물들같이 지나갔다. 다른 쪽도 보여주겠다며 그들은 다시 돌아서 왔다. 난 항아리를 빙글 돌려 처음 보았던 인물들 다시 보는 듯했다. 기원전 5세기 파르테논 조각상들 만든 아테네 조각가 피디아스(Phidias) 작품들 잘 알고 있는 나에게 그들은 조각품들이 아니었다. 도자기에나 적합한 인물들이었다.

그림자들이여! 그때 내가 어떻게 너흴 몰라봤을까? 왜 너흰 그렇게 조용한 침묵의 가면 쓰고 왔었을까? 몰래 사라지면서, 할 일 없이 매일을 빈둥대며 지내도록 날 남겨두는 것이 비밀계획이었을까? 졸음이 몰려왔다. 여름날 무료함을 축복하는 구름이 나의 두 눈을 마비시켰고, 나의 맥박도 점점 느려져 갔다. 고통은 아프지 않았고, 즐거움의 화관은 꽃으로 피어나지 않았다. 왜 사라지지 않았을까? 왜 나의 감각을 무력하게 만들었을까?

그들은 세 번을 지나갔다. 지나가며 매번 잠시 얼굴 돌려 날 바라보곤 사라졌다. 난 그 셋을 알았기에 안달하며 그들을 따라가려 날개 달고 싶었다. 첫 그림자는 사랑이란 이름 가진 아름다운 처녀였고, 둘째는 창백한 뺨의 야망으로 피곤한 눈으로 계속하여 주위 살폈다. 마지막 여인은 내가 가장 사랑하여 더 원망스러웠다. 그녀는 가장 힘겨운 여인으로, 나는 그녀가 나의 영혼인 시(my demon Poesy)임을 알고 있었다.

그들이 사라지자, 난 정말 날아서 그들 따르고 싶었다. 그러나 어리석도다! 사랑이 무엇이냐? 사랑이 어디에 있느냐? 그리고 난 이번엔 그 보잘 것 없는 야망을 찾았다! 야망이란 인간의 작은 가슴이 잠시 열 받아 생겨난 발작증이다. 시를 찾아 날았다! 아니다. 시는 조금치 기쁨도 주지 않는다. 적어도 나에게 그렇다. 졸음 오는 오후들과, 달콤한 나태함(Indolence)에 푹 빠져 있었던 저녁들에 가졌던 달콤함이다. 오, 골칫거리들이 모두 차단되었던 시절을 찾아 날았다! 그때 난 세월이 어찌 흐르는지 모르고, 바쁜 일상의 소음이 들리지 않았을 것이다.

그리고 그들이 다시 한 번 지나갔다. 슬프도다! 왜? 그들이 오기 전, 나의 잠은 희미한 꿈들로 수놓아져 있었고, 나의 영혼은 꽃들과, 바람에 흔들리는 그림자들과 혼란스런 햇빛들로 뿌려진 잔디밭이었다. 그날 아침 구름이 잔뜩 끼었고, 오월의 달콤한 빗방울이 오월의 눈까풀에 걸려 있었지만, 비는 퍼붓지 않았다. 새로이 피어난 포도나무 이파리들이 들이밀어 열린 창문으로, 피어난 꽃잎의 온기와 방울새 소리 들어왔다. 오, 그림자들이여! 이제 떠날 시간 되었다! 너희가 떠날 때 나의 눈물들이 너의 옷자락을 적신 적이 없었다.

그러니 세 유령들이여, 안녕히 가시오! 나는 나의 머리를 서늘한 꽃밭에 처박고 있어 들어 올릴 수 없다. 감상적인 연극에 등장하는 애완용 양과 같이, 나는 박수 받고만 사는 것 아니다! 항아리에 그려진 연극 속 꿈꾸는 인물들같이, 나의 눈앞에서 조용히 사라지시오. 잘 가시오! 나는 아직도 밤엔 꿀 꿈들(visions)이 있고, 낮에도 희미하나마 꿈꿀 일들이 있다. 너 환영들이여! 나의 나른한 영혼(my idle spirit)을 그냥 두고, 구름들 속으로 사라져 다시는 돌아오지 마라!

시인이 무료함과 나태함과 무기력증에 빠져있기 이전, 그는 "나의 잠은 희미한 꿈들로 수놓아져 있었고, 나의 영혼은 꽃들과, 바람에 흔들리는 그림자들과 바람이 휘젓는 혼란스런 햇빛들이 뿌려진 잔디밭이었다"라고 했습니다. 키이츠에 있어서 시는 꿈이었습니다. 그리고 나는 위의 시에서 'vision'을 '꿈'이라 번역했습니다. 우리는 꿈을 현실로 만들며 살아갑니다. 그리고 우리는 우리의 현실이 우리가 꾸는 꿈이었으면 합니다. 결국 우리의 행복은 꿈과 현실이 하나일 때입니다. 그러나 우린 현실만 중요하다고 합니다. 아름다운 꿈이 없으면 아름다운 현실도 없습니다.

왜 우리는 시를 읽을까요? 꿈꾸기 위해서 시를 읽습니다. 그렇다면 시의 내용은 모두 꿈 이야기를 하고 있어야 합니다. 우리가 시를 읽지 않으면 우리에게 꿈도 없습니다. 키이츠의 시는 모두 꿈과 현실이 다르다고, 괴리가 있다고 쓰고 있습니다. 그러나 그는 꿈을 버릴 수 없다고 합니다. 꿈이 없는 현실은 아무 의미가 없어서입니다. 그의 시의 주인공들은 모두 현실에서 그가 꾸었던 꿈을 버릴 수 없고, 그리고 그 꿈이 없이는 현실에서 살 수도 없어, 꿈과 현실의 경계에서 살수밖에 없는 비극적인 인간들입니다. 그러나 그것이 우리의 모습이되어야 하지 않나요?

낭만주의 시인들은 모두 우리는 우리가 꿈꾸는 방식으로 우리의 삶을 산다고 생각했습니다. 우리는 꿈이 없이 아름답게 살 수 없고, 그리고 그 꿈이 아름다워야 합니다. 우리는 아름다움이 무엇인지 모르고 아름답게 살 수는 없습니다.

XVIII

앞캔토 17에서 버질은 잘못된 사랑들 3가지들, 자만(Pride), 시기(Envy), 분노(Wrath)에 대하여 정의를 내리고, 사랑의 부재에 해당되는 게으름(Sloth)에 대하여 이야기하고는, 나머지 3가지 과도한 사랑들, 탐욕(Avarice), 탐식(Gluttony), 정욕(Lust)에 대하여는 단테 자신이 보고 이야기하라고 말합니다. 그리고 캔토 18에서 단테는 버질에게 사랑의 덕성들과 그들 덕성들에 반대되는 악덕들에 대하여 이야기해 달라고 부탁합니다. 버질은 사랑과 자유의지에 대한 2번째 강론을 펼칩니다. 버질이 이야기를 멈추자, 별빛이 사라질 정도로 달빛이 밝게 빛나고, 단테는 잠에 빠집니다. 네 번째 테라스의 게으름의 망령들이 시끄럽게 그에게 다가와 단테는 잠에서 깨어납니다. 그 망령들은 열정과 무관심의 예들을 큰 소리로 말하며 테라스

주위를 계속하여 뛰어다닙니다. 단테는 그곳에서 수도원장 한 사람(Abbot of San Zeno)을 만나 그의 이야기를 나누고, 곧 잠에 빠집니다.

다음은 버질이 단테에게 말하는 사랑의 본질에 대하여 말한 내용입니다.

> 너의 이해를 돕기 위해 너의 눈을 밝혀 나의 말을 잘 들어라. 그러면 장님을 지도자로 삼았던 사람들이 어떻게 잘못된 수렁에 빠지게 되었는지 내가 너에게 분명히 보여주겠다. 마음은 사랑하는 대상을 향하여 언제나 빠르게 움직여 간다. 마음에 즐거운 대상이 나타나자마자, 마음은 서둘러 그곳을 향하여 나간다. 우리의 지각은 외부의 실제 대상으로부터 내적인 이미지를 마음속에 만들어 놓고 그 이미지를 우리에게 보여준다. 우리는 우리의 마음속에 만들어진 그 이미지에 매료되어, 다른 것은 마음에 두지 않는다. 그것이 사랑이다. 즐거움으로 우리를 새롭게 만드는 것이 사랑의 본질이다. 불은 자신이 머물러 있어야 할 곳으로 올라가기 위해 태어났다. 위를 향하여 올라가는 것이 불의 본성인 것과 같이, 이미지에 매료된 우리 마음은 욕망에 사로잡혀, 그 이미지가 우리 마음을 즐겁게 해줄 때까지 가만히 있지 못한다. 사랑이란 늘 좋은 것같이 보여서, 모든 사랑은 그 자체 좋지 않은 것이 없다고 주장하는 사람들에게 어떻게 사랑이 진리의 의미를 지니게 되었는지 이제 분명해졌을 것이다. 사랑 그 자체는 나쁠 것이 없다. 그렇다고 모든 사랑이 다 좋은 것은 아니다. -「연옥」 캔토 18:16-39

우리의 마음속에 우리가 어떤 이미지를 만들어 가지고 있느냐가 중요합니다. 불입니까? 우리는 하늘을 보고 오르려 할 것입니다. 땅입니까? 우리는 눈을 들어 하늘 보려 하지 않고 눈을 아래로 내려다 보려 할 것입니다. 도대체 우리를 매료시키고 있어 우리를 사랑하게 만드는 것이 무엇입니까? 우리는 우리가 사랑할 것으로 우리의 마음속에 무엇을 가져다 놓은 것입니까? 마음속에 간직하고 있는 사랑의 내용이 우리가 어떠한 사람이며, 어떻게 인생을 살아가고 있는가를 말해줍니다. 이 세상 살아가며 어두운 세상을 밝혀줄 것은 우리가 마음에 간직하고 있는 사랑의 내용입니다.

단테는 버질에게 사랑에 있어서 자유의지는 없는 것인지를 묻습니다. 왜냐하면 사랑이 외부로부터 주어지고, 우리의 영혼이 그 사랑을 따라간다면, 우리에게 자유의지는 없는 것이 됩니다.

나의 이성이 허용하는 정도까지 당신에게 말해주겠다. 그 이상은 나도 모르니 베아트리체가 대답해주어야 할 것이다. 자유의지는 신앙의 문제이다. 물질과 별도로 존재하든 아니면 물질과 결합되어 있든, 풀의 생명이 푸른 잎으로 피어나듯, 모든 실체는 그 내부에 모두 독특한 씨앗을 가지고 있어서 싹을 틔우지 않으면 알 수 없고, 결과로 나타나지 않으면 형체를 알 수도 없다. 그러므로 그가 처음에 어떻게 그런 생각을 했는지, 처음에 무엇이 그로 하여금 그런 목표를 세우게 했는지 알 수 있는 사람은 아무도 없다. 아무도 모른다. 벌들이 꿀을 만들려고 열심히 살아가듯, 그런 생각과 목표는 처음부터 본능과 같이 있었다. 그러므로 최초의 의지는 비난이나 칭송의 대상이 아니다. 그 이외의 나머지 의지들은 모두 이 최초의 의지에 맞추어가기 위하여, 처음부터 타고난 재능을 늘 잘 관리하여, 그 최초의 의지에서 벗어나지 않게 붙잡아두려 할 것이다. 우리 마음속에 들어있는 바로 이 원리가 우리로 하여금 선행과 악행을 구별하여 선택하게 한다. 뿌리 깊은 창조 계획을 이성으로 실천한 사람들은 처음부터 타고난 이 자유에 대하여 알고 있었다. 그래서 그들은 후대의 세상 사람들에게 어떻게 살아야 할지의 윤리를 남겨놓았던 사람들이 되었다. 당신의 마음에 불타오르는 사랑은 모두 필요하여 생겨난 것이다. 그리고 그 사랑을 관리할 수 있는 능력 또한 태어날 때부터 우리에게 주어졌다. 그 멋진 능력을 베아트리체는 자유의지라고 말할 것이다. 그녀가 당신에게 그 멋진 능력에 대하여 말하고 있다면, 그녀가 말하고 있는 것이 바로 자유의지임을 기억하여라. ─「연옥」 캔토 18:46-75

『신곡』에서 단테가 말하고 싶어 하는 것은 한 가지, 사랑에 대하여 입니다. 누구를 사랑할 것인가? 무엇을 사랑할 것인가? 그리고 그 둘을 어떻게 사랑할 것인가? 입니다. 이들 3가지 질문들에 대하여, 현자들은 후세의 세상 사람들에게 윤리라는 유산을 남겨주었습니다. 그들은, 어둠속을 살아가는 우리가 어떻게 살아야 할지를 보여주는 밤하늘의 별들이었습니다.

XIX

새벽이 되기 바로 전 단테는 사이렌(Siren)과 그녀가 부르는 노래를 꿈꿉니다. 단테가 연옥에서 꾼 3개의 꿈들 중에 2 번째입니다. 꿈에서 버질의 덕택으로 단테는 그녀의 본래 모습을 보게 됩니다. 그는 잠에서 깨어나 연옥의 제4 테라스 게으름(Sloth)의 악덕과 반대되는 '열정의 천사'(the Angel of Zeal)를 만나 축복의 말을 듣고, 제5테라스 탐욕(Avarice)의 테라스로 옮겨갑니다. 그곳에서 그들은 얼굴을 아래로 향하고 있는 탐욕의 망령들을 만납니다. 단테는 탐욕의 망령 교황 아드리안 5세(Pope Adrian V)를 만나 그와 함께 이야기를 나눕니다.

사이렌(Siren)은 그리스 신화에 나오는 신체의 반은 새이고 반은 사람인 마녀입니다. 그녀는 아름다운 노래 소리로 뱃사람들을 유혹하여 배를 난파시켰습니다. 호머(Homer)의 작품 『오디세이』(『Odyssey』)에서 오디세이는 밀랍으로 자신의 선원들의 귀를 막고 자신만 그녀의 노래 소리를 듣도록 하여 파선의 위험을 피하였다. 그녀는 귀를 즐겁게 하는 육체적인 유혹의 상징입니다. 단테가 꾸었던 사이렌의 꿈은 캔토 9에서 단테가 꾸었던 독수리 꿈과 같이 예언의 의미가 담긴 아침의 꿈입니다. 하나님의 목적에 미적지근하게 대응하는 게으른 사랑의 태도를 보였던 제4테라스(Sloth)를 아직 떠나지 않은 상태에서 단테는 꿈속에서 육체의 유혹을 받아 그의 영혼이 혼란합니다. 앞으로 단테가 만날 탐욕과 탐식과 정욕의 죄를 지은 망령들은 모두 육체적인 것들을 절제하지 못하고, 과도하게 사랑하는 육체의 죄들을 지은 죄인들입니다.

탐욕(Avarice)의 죄를 지은 망령들은 얼굴을 땅에다 처박고 누워서 울면서 「시편」 119:25에 나오는 "나의 영혼은 땅을 떠나지 못하네(Adhaesit pavimento anima mea)"를 노래하며 제5테라스에서 죄를 정화하고 있습니다. 그들은 세상의 부를 과도하게 사랑하였거나, 교황 아드리안 5세와 같이 세속적인 권력을 지나치게 사랑한 야망을 지녔던 망령들입니다. 그들은 지상적인 보상 이외에 다른 것은 사랑하지 않았습니다.

단테는 교황 아드리안 5세를 만나, 그가 누구이며, 왜 그가 등을 하늘로 높이 들고 땅만 바라보고 울며 가는지를 묻자, 교황이 단테에게 말합니다.

 내가 왜 하늘 향해 나의 등을 높이 보이는지 말하기 전에 난 베드로(Peter) 후계자 교황이었음을 말해야겠습니다. 두 마을 세스트리(Sestri)와 치아바리(Chiavari) 사이에 아름다운 피에치(Fieschi)강이 흐릅니다. 나의 가문 이름은 그 강의 이름 따르고 있습니다. 황제로 있었던 5주 동안 난 그 황제 옷에 흙 묻히지 않기가 얼마나 힘겨운가를 보여줍니다. 그 옷 무게에 비하면 다른 것들 무게는 깃털입니다. 나의 회개는 좀 늦었습니다. 그러나 내가 교황에 선출되었을 때, 난 지금까지 살아온 나의 인생이 얼마나 거짓이었는가 알게 되었습니다. 교황 되기까지 난 마음에 평화 없었습니다. 인간이 가장 높이 오를 수 있는 곳은 교황이라는 것 알고, 나의 가슴은 교황에 대한 사랑으로 불탔습니다. 교황 되기까지 난 불행하였습니다. 난 하나님은 알지도 못하면서 단지 욕심뿐이었습니다. 자, 당신이 보다시피, 난 그 욕심 때문에 이곳에서 벌 받고 있습니다. 회개한 망령들 정화되기 위하여 자신들의 탐욕이 했던 일들을 열거합니다. 연옥의 산은 그때가 가장 고통스럽습니다. 과거 우린 우리 눈을 땅 것들에 고정하였으니, 정의가 우리로 하여금 우리의 눈들을 땅으로부터 떼지 못하게 합니다. 탐욕이 선행하려는 마음을 모두 메마르게 하여, 우리가 한 일들 모두 악행 되었습니다. 정의는 우리가 아무 일 못하게 우릴 붙잡아 우리 손과 발 꽁꽁 묶어놓았습니다. 정의의 하나님이 원하시는 만큼 우린 이곳에서 움직이지 않고 얼굴을 땅에 처박고 누운 채로 있어야 합니다. -「연옥」 캔토 19:96-126

탐욕의 죄를 정화하는 망령들은 지옥의 형벌만큼이나 고통스럽습니다. 그들은 육체적인 것, 즉 지상적인 것을 사랑하였기에 연옥에서 '움직이지 않고 얼굴을 땅에 처박고 누운 채'로 정의의 하나님이 원하시는 만큼 있어야 합니다. 그러나 그들은 언젠가는 천국에 갈 수 있는 희망이 있습니다. 그러나 지옥의 망령들은 구원의 희망이 없이 영원히 지옥에서 형벌을 받습니다.

XX

단테와 버질이 제5테라스 탐욕의 죄들을 정화하는 망령들이 있는 곳을 지날 때, 시인들은 휴 카페(Hugh Capet)의 망령이 탐욕의 징계에 대하여 이야기하는 것을 듣습니다. 휴는 카페 왕조의 범죄들에 대하여 크게 슬퍼하며 단테에게 탐욕을 자제하였던 현인들의 예들을 이야기합니다. 두 시인들은 다음 테라스로 가기 전, 갑자기 연옥 산 아래부터 꼭대기까지 전체가 흔들리는 것을 경험합니다. 그리고 땅에다 얼굴을 박고 누워있던 망령들이 "지극히 높으신 곳에 계시는 주께 영광"(Gloria in excelsis Deo)을 소리 높여 외쳤습니다.

우린 휴 카페와 헤어져 할 수 있는 한 빨리 탐욕의 연옥 테라스 벗어나려 힘껏 앞으로 나갔다. 그때 무언가 연옥 산 위에 떨어지기라도 한 듯 산이 크게 흔들렸고, 죽음에 사로잡혀 갈 때와 같은 차가운 냉기가 날 휘감았다. 라토나(Latona)와 주피터(Jupiter) 사이에 태어날 아들과 딸, 하늘의 태양(Apollo)과 달(Diana)의 고향으로, 주피터가 바다에 떠다니는 섬 델로스(Delos)를 움직이지 않게 고정시켜 놓기 전, 델로스도 그렇게 심하게 흔들리진 않았을 것이다. 사방에서 커다란 함성 들리자 버질은 날 그의 가까이 끌어 당기며, "내가 널 인도할 것이니 두려워 마라"라고 말했다. 그리고 우리 가까이 망령들 외친 말은, "지극히 높은 곳에서 하나님께 영광"(Gloria in excelsis Deo)이었다. 그 말은 천사들이 예수님 탄생을 양치기들에게 알릴 때 한 말이다(「누가복음」 2:14). 우린 그 말 끝나고 산의 진동 끝날 때까지, 그 말 처음 들었던 양치기들같이, 꼼짝 않고 의아해 서 있었다. 그리곤 우리 갈 길 다시 갔다. 소리 외치던 망령들도 이제 누워 울고 있던 자리로 돌아가 땅에 누웠다. 지금 나의 기억이 틀리지 않았다면, 그때 난 내 생각을 무지에 놓 아두기에는 너무나 알고 싶었다. 서둘러 가야 해서, 난 감히 묻지 못하고, 해답될 만한 것도 주위에 없었다. 그래서 난 시큰둥하게 생각에 잠겨 앞으로 나가기만 했다. -「연옥」 캔토 20:123-151

다음 캔토에서 우리는 연옥의 산이 크게 흔들린 이유를 알게 됩니다. 한 영혼이 연옥에서 정화를 마치고 천국으로 올라갈 때 크게 산이 흔들리고, 연옥에 있던 망령들은 그를 축하하는 함성을 지릅니다.

XXI

두 시인들이 탐욕 정화의 장소 연옥 제5테라스를 아직 벗어나지 못하고 길을 따라가는 동안, 로마의 시인 스타티우스(Statius : 45-96)가 뒤에서 그들을 앞질러 가며, 함성과 산의 흔들림은 연옥에서 벗어난 한 영혼이 천국으로 올라가는 것을 축하하는 것이라고 말합니다. 그리고 그 일이 어떻게 일어났는지도 설명합니다. 그가 바로 당사자입니다. 그는 탐욕자의 망령들 사이에서 500년 동안 얼굴을 땅에 박고 누워있었습니다. 그리고 그는 자신의 이름을 말하며, 자신의 시가 많이 빚지고 있는, 버질의 『아이네이드』(『Aeneid』) 작품을 말하며, 그가 얼마나 버질을 보고 싶어 하는지를 말합니다. 그러자 단테는 미소를 참지 못하고 그와 함께 있는 망령이 버질이라고 말합니다. 그러자 스타티우스는 무릎을 꿇어 버질에게 경의를 표하려 합니다. 그리고 버질이 그를 말립니다.

버질은 스타티우스에게 왜 연옥의 산이 해변에 이르기까지 흔들리고, 동시에 왜 사람들이 소리를 외쳤는지 그 이유를 말해달라고 합니다.

연옥 산에 대한 하나님 규칙은 질서 깨거나 규범 어긋나는 일 없다. 이곳은 변화 허용하지 않는다. 한 영혼이 연옥에서 천국 하나님께로 돌아갈 때만 변화가 있다. 그 이외는 없다. 연옥 문으로 들어오는 짧은 거리, 3개 계단들 넘어서면, 이후 비도 우박도 눈도 이슬도 하얀 서리도 내리지 않는다. 짙거나 옅은 구름도 없고, 지상에서 자리 자주 바꾸는 타우마스(Thaumas)의 딸, 무지개 여신 아이리스(Iris)도 없다. 연옥 문 지키는 베드로 사제가 자신의 발 내딛고 앉아있는 3개 계단들 가운데 가장 높은 곳 지나면 바람도 불지 않는다. 3개 계단들 아래는 많거나 작은 진동이 있을 수 있으나, 땅속에 숨겨진 바람이라 말하는 지진 때문에 3개 계단들 위쪽이 흔들렸던 때 없었다. 나도 이유는 모른다. 나도 어떻게 해서 산의 진동이 있었는지 모른다. 그러나 연옥에 있던 한 영혼이 순수하게 정화되었다고 느껴서 하늘로 올라가려고 위를 향해 출발할 때, 연옥이 흔들리고 망령들이 외치는 찬송이 뒤따른다. 연옥의 한 영혼에게 하늘에 오르려는 의지가 생기면, 그것은 곧 그 영혼이 정화되어 순수해졌음을 말한다. 그리고 자신이 머물러 있던 위치를 바꿀 수 있게 된 영혼은, 하늘에 가려는 의지가 먼저 작동하지만, 아직 욕망은 따라오지 않는다. 왜냐하면 과거에 욕망이 죄를 향해 있었으므로, 의지와 반대로, 하나님의 정의가 고통을 욕망하게 하여서이다. 나는 500년 이상 고통스럽게 연옥에서 얼굴을 땅에 박고 누워있었다. 그리고 이제 나의 자유의지가 천국 갈 때 되었음을 알려주었다. 그러자 지진이 일어나고, 하나님 사모하는 망령들이 연옥 산 부서져라 하나님 찬송하는 노래 불렀다. 하나님이 그들도 하늘나라로 초대하시기 바란다! -「연옥」 캔토 21:37-72

우리가 탐욕으로 해석하는 'Covetousness, Greed, Avarice' 등은 모두 강한 소유욕, 특히 물질을 향한 소유욕을 의미합니다. 그러나 차이는 있습니다. 'Covetousness'는 자주 자신의 것이 아닌 남의 것을 지나칠 정도로 탐내어 욕심내는 것을 말하고, 'Greed'는 분별력과 자제력을 잃을 정도의 욕심을 말하며, 'Avarice'는 부를 축적하려는 강한 집착력이 동반된 욕심을 말하며, 그 결과 자주 수전노와 같이 강한 인색함이 함께 하는 것을 말합니다.

XXII

3명의 시인들은 다음 테라스로 옮겨가는 계단을 올라가다가 탐욕과 대립되는 미덕, 관대함(Liberality)의 천사를 만나 축복의 말을 듣고, 천사는 단테의 이마에서 죄를 뜻하는 'P'를 지웁니다. 스타티우스는 자신이 탐욕(Avarice)이 아니라 낭비(Prodigality)의 죄에 대한 회개를 하였다고 말합니다. 그는 또한 버질의 작품에 등장하는 인물들의 죄와 벌을 읽고 두려워 기독교인이 되었다고 말합니다. 그는 살아서 자신이 기독교인임을 공언하지 못한 비겁함 때문에 연옥 4번째 게으름(Sloth)의 테라스에서 장시간 체류하였다고 말하기도 합니다. 그리고 버질은 자신이 있는 림보(Limbo)의 세계에 체재하고 있는 유명 희랍인들과 로마인들에 대하여 말합니다. 세 시인들은 탐식의 테라스에서 반짝이는 폭포로부터 물을 받고 있는 커다란 한 그루 과일 나무를 봅니다. 그리고 그들은 그 나뭇가지 사이에서 여러 사람이 말하는, 과일을 따서 먹지 말라는 경고의 말과 절제의 사례들에 대한 이야기를 듣습니다.

스타티우스(Statius : 45-96)는 「테베의 노래」(「Thebaid」)를 쓴 시인입니다. 테베(Thebes)의 왕 레이어스(Laius)의 아내였던 조카스타(Jocasta)는 과부가 되어, 자신의 남편을 죽이고 자신의 아들이기도 한 오이디푸스(Oedipus)와 결혼하였습니다. 그녀는 오이디푸스 사이에서 두 아들 에테오크레스(Eteocles)와 폴리니세스(Polynices)를 낳았습니다. 이들 두 형제들이 테베의 왕위를 두고 싸우는 것이 「테베의 노래」의 주제입니다. 버질은 이 작품이 기독교적이지 않고 이교도적이라며, 어떻게 스타티우스가 기독교인이 되었는지를 묻습니다. 그리고 스타티우스가 대답합니다.

시의 신 아폴로(Apollo)와 시의 여신들 뮤즈들(Muses)이 살고 있는 파르나스수스(Parnassus)로 나를 인도하여 그곳 동굴에서 처음 물을 마시게 한 사람은 버질 당신이다. 처음은 당신이었고, 하나님이 후에 나를 빛의 자리로 인도했다. 당신은 밤에 횃불을 들고 다녀, 당신에겐 도움 되지 않았을지 모르나, 당신 뒤 따르는 사람들은 현명하게 되었다. 당신은 「전원시」(「Eclogue」) 네 번째 편에서 말했다. "새 시대 시작되어, 정의 돌아오자, 사람들 새 시대 맞는다." 난 당신 통해 시인되었고, 당신 때문에 기독교인 되었다. 내가 말하고자 하는 내용 더 잘 표현하기 위해, 나의 말에 색깔 입혀

보겠다. 영원한 나라의 소식을 전했던 사람들 때문에, 이미 세상은 진리의 신앙으로 어느 곳이나 밝았다. 방금 내가 말했던 당신 시 구절은 새 설교자들 입맛에 맞는 내용이어서, 나는 그들 설교자들 찾는 습관 생겼다. 그들은 나에게 하나님의 사람들로 다가왔다. 황제 도미티아누스(Domitianus : 51-96)가 그들 박해할 때, 그들 눈물 나의 눈물 되었고, 내가 살아있을 때 난 그들을 구해주었고, 그들 때문에 다른 종교들 경멸하였다. 그러다가 희랍인들을 테베의 강들로 인도하기 바로 전 장면까지 시를 쓰다가 세례를 받았다. 그러나 난 두려워 오랜 동안 이교도인 행세를 하며 숨은 기독교인으로 살았다. 이와 같은 비겁함 때문에 나는 연옥의 4번째 게으름의 테라스에서 400년 이상을 돌아다녀야 했다. -「연옥」 캔토 22 : 64-93

단테와 버질은 스타티우스가 그들보다 연옥을 더 잘 알고 있다고 생각하고, 그의 지시를 따라 탐욕의 제5테라스에서 탐식의 제6테라스로 가는 길을 올라갔습니다.

그들은 앞에 가고 난 그들 뒤를 따라가며 그들이 하는 말 들었다. 시 쓰는 방법에 대한 그들 이야기 도움 되었다. 그러나 곧 그들의 유쾌한 이야기도 그들이 나무 하나를 발견하자 멈춰야 했다. 길 한가운데 식욕 자극하는 달콤한 향기 가득한 과일들 잔뜩 열린 나무 한 그루 있었다. 전나무 가지들 위쪽 올라가며 가늘어지듯, 이 나무는 아래로 내려오며 가늘어졌다. 그래서 그 누구도 그 나무 오를 수 없다. 길 막혀 있는 쪽으로 맑은 물이 높은 바위로부터 그 나무의 나뭇잎들 위로 물방울 되어 떨어졌다. 두 시인들 그 나무에 접근하자, 나무 가지들 사이로 목소리 들렸다. "이 과일 먹지 말아야 했다." 그리고 이어서 말했다, "마리아가 예수에게 술이 없다 말했다. 그때 그녀는 자신이 먹기 위해서가 아니라, 결혼 잔치는 중요한 자리여서 부족함이 없어야 한다는 말이었다(「요한복음」 1:12). 이제 마리아는 천국에서 회개하는 자들을 위해 중재하고 있다. 옛날 로마의 여인들은 마실 것으로 물이면 충분했고(Thomas Aquinas), 다니엘은 음식보다는 지혜를 구했다(「다니엘」 1:8-17). 처음 세상이 열렸을 때 세상은 황금같이 아름다워 허기지면 개암 열매도 맛난 음식이었고, 목이 마르면 개울물도 신들이 마시는 음료와 같았다. 성경에서 우리가 읽어 알 수 있듯이, 위대한 예언자로 천국 영광의 자리 앉아 있는 세례 요한(John the Baptist)은 사막에서 음식으로 꿀과 메뚜기만 먹었다." –「연옥」 캔토 22:127-154

연옥의 탐식의 자리로 옮겨가기 전, 세 시인들은 음식과 관련하여, 나뭇가지들 사이로부터, 처음에는 아담과 이브가 먹은 금단의 열매 이야기와, 기타 성경에 등장하는 음식과 관련한 예들의 이야기를 듣습니다.

XXIII

연옥 탐식의 제6테라스를 걸어가던 세 시인들은 몸이 바싹
말라 초췌한 탐식(Gluttony)의 죄를 지은 망령들에 추월당
합니다. 그때 그들 가운데 한 망령이 단테를 알아봅니다. 그는 살아서
단테와 방탕한 생활을 함께 하였고, 그 생활의 조잡하고, 천박하고,
음란한 내용들로 소네트들을 써서 교환하였던 아주 가까운 친구 도
나티(Forese Donati)였습니다. 그는 단테의 아내 젬마(Gemma Donati)
와도 먼 인척이었습니다. 탐식(Gluttony)의 죄를 회개하는 망령들은
연옥에서 기아(Starvation)에 허덕입니다. 탐식의 죄를 짓는 사람들은
입맛에 예민하여 음식 맛에 과도한 관심으로 과식하고 과음합니다.
탐식은 넓게 말해 육체적 안락에 대한 지나친 관심은 물론 높은 수준
의 사치들을 포함합니다. 그들은 연옥에서 자신의 눈으로는 풍요를

바라보며, 육체적으로는 기아에 허덕이며 죄를 정화합니다.

단테는 그의 친구 도나티의 초췌해진 모습을 보고 눈물을 흘리며 그 이유가 무엇인지 말해달라고 친구에게 말합니다. 도나티는 탄탈루스(Tantalus) 신화를 들어 자신의 정화 형벌을 이야기합니다. 신의 음식을 훔치다 들킨 탄탈루스는 과일들이 가득 열려있는 나무 아래에서 그의 턱까지 물이 찬 곳에 서 있습니다. 그가 물을 마시려 하면 그의 입술은 물에 닿기 전에 사라지고, 과일을 먹으려 하면 바람이 불어와 가지를 움직여 과일을 딸 수 없게 합니다. 그는 기아와 목마름의 형벌을 받습니다. 도나티에게 물은 술이고 과일은 음식입니다.

우리가 살아서 탐하였던 물(술)과 나무(과일) 때문에, 영원하신 하나님 방식으로 정화가 이루어져, 우리는 이렇게 몸이 메말라 있다. 살아서 식욕을 주체할 수 없이 살았던 사람들이 죽어서, 하나님을 찬양하고 죄를 회개하며 슬피 우는 일에 허기지고 목말라 하며 그들의 성스러움을 되찾아가고 있다. 과일과, 나뭇가지의 넓고 푸른 나뭇잎들 위로 떨어지는 물방울 향기에 우리는 더욱 더 배고파하고 목말라한다. 한 번도 아니고 계속하여 테라스를 돌 때마다, 우리의 고통은 다시 시작된다. 나는 고통이라고 말하지만, 사실 나는 위로라고 말해야 할 것이다. 왜냐하면 우리가 우리를 정화하려는 의지가 바로, 예수가 자신의 피로 우리를 구원하실 때 예수가 "나의 하나님 Eli"라고 기뻐하며 외치게 하였던 그 푸른 나무숲(생명의 나무)으로 우리를 이끌기 때문이다. -「연옥」캔토 23:61-75

형용사들 'Voracious, Gluttonous, Ravenous, Rapacious' 등은 모두 '지나치게 욕심을 내는' 은유들로 사용되고 있습니다. 'Voracious'는 식욕을 만족시키기 위하여 습관적으로 게걸스럽게 먹어대는, 'Gluttonous'는 필요 이상으로 만족할 줄 모르고 먹거나 소유하는 데 기쁨을 느끼는, 'Ravenous'는 너무나 배가 고파서 먹을 수 있는 것은 무엇이나 마구 먹어대는, 'Rapacious'는 이기적으로 과도한 소유욕과 탐욕을 보이는, 등의 뜻을 지닌 형용사들입니다. 위의 형용사들의 의미에서 보아서 알 수 있듯이, 이들의 죄는 탐식의 죄에 해당합니다.

XXIV

단테의 친구 도나티(Donati)가 천국에 있는 그의 여동생 피카르다(Piccarda)에 대하여 이야기합니다. 그리고 탐식의 죄를 범하여 그와 함께 회개하고 있는 망령들의 이름들을 말합니다. 그들 가운데 루카의 본지운타(Bongiunta of Lucca)가 있었습니다. 시인이었던 그는 단테를 알아보고, 플로렌스 서정시 학파의 '아름다운 새로운 문체'(dolce stil novo)에 관하여 묻습니다. 그리고 도나티는 자신의 동생(Corso Donati)의 끔찍한 죽음을 예언하고 서둘러 헤어집니다. 세 시인들은 굶주려 먹고 싶어 안달하는 여윈 망령들에 둘러싸여 있는 두 번째 나무(the Tree of Knowledge)에 옵니다. 시인들에게 과일을 먹지 말고 지나쳐 가라는 경고의 말과 함께 탐식을 제어하였던 예들을 말하는 소리가 나뭇가지들 사이에서 들립니다. 절제의 천사가 나타나 단테의 이마에서 6번째 'P'자를 지우고, 축복의 말과 함께 다음 테라스로 올라가라고 합니다.

단테는 그의 친구 도나티와 함께 있는 루카의 본지운타가 그를 알아보고 '젠투까'(Gentucca)를 중얼댑니다. 단테는 그가 말하고 싶은 것을 분명히 말하라고 합니다. 젠투까는 여자이름으로, 그녀는 단테가 추방당하여 루카에 머물러있는 동안(1307-9) 그에게 도움을 주었던 유부녀였습니다. 그러나 단테가 연옥에 갔다고 시에서 말하는 1300년 그녀는 아직 결혼하지 않았습니다. 시에서 그녀는 젊고 결혼하지 않아, 결혼한 부인들이 하는 머리띠를 하지 않았습니다. 본지운타는 그 사건을 예언으로 말하고 있습니다.

결혼하지 않아 머리띠를 두르지 않은 여인이 있어, 그녀는 친절함으로 나의 도시가 너를 거부하지 않음을 보일 것이다. 그러나 사람들은 그 사실을 비난할 것이다. 그러니 그럴 일이 있으리라는 사실을 알고 있으시오. 내가 중얼대는 말이 무엇인지 몰랐다면, 훗날 사실이 분명해 질 것이다. '사랑이 무엇인지 알고 있는 여인들이여'(Donne ch'avete intelletto d'amore)로 시작하는 시로 새로운 문체를 선보인 그 사람을 내가 지금 보고 있는 것이 맞는가?
내가 그에게 말했다. "사랑이 나에게서 숨 쉬고 있을 때, 사랑에 귀 기울여, 사랑이 말하고 있는 그대로 그 말을 옮겨 적었다."
"오 시인이여, 시칠리아 시학파를 추종하는 나와 노타리(Notary) 그리고 구이토네(Guittone)의 문체가 내가 이제 알게 된 플로렌스 서정시 학파의 '아름다운 새로운 문체'(dolce stil novo)와는 비교가 되지 않음을 알게 되었다. 나는 사랑이 쓰라고 말하는 방식으로 당신이 시를 쓰고 있음을 잘 안다. 그러나 우리는 그렇지 않다. 그 차이 이외에 다른 차이들을 찾으려고 해도 두 학파 사이에 다른 것이 없다." 이제 그는 더 이상 할 말이 없었는지 조용히 있었다. -「연옥」 캔토 24 : 43-63

포레세 도나티는 자신의 동생 코르소 도나티에 대하여 말합니다. 코르소 도나티는 플로렌스 흑색당(the Black Party) 지도자로 1301년 백색당(the White Party) 당원들을 살해하거나 추방시켰습니다. 1308년 이번엔 흑색당이 수세에 몰려, 코르소는 체포될 지경에 이르자, 추적하는 사람들로부터 도망가다가 말에서 떨어져 죽습니다. 이와 같은 예언의 말을 하고 포레세 도나티는 단테를 떠납니다. 그리고 남은 세 시인들은 두 번째 나무에 도달합니다.

도나티가 우리를 지나쳐 앞으로 사라지고도 한참 나는 그가 떠난 곳을 바라보며 그가 한 말들을 마음에 담아두고 있었다. 우리가 막 그곳을 돌아서 갈 때, 나뭇가지에 과일들이 잔뜩 열리고 나뭇잎들은 푸르른 또 다른 나무 한 그루가 멀지 않은 곳에 있었다. 우리가 보니, 나무 밑에서 망령들이 손들을 들고 나뭇잎들을 향해 내가 모르는 무엇인가를 소리치고 있었다. 마치 아이들이 아무 생각 없이 열심히 달라고 보채고, 그들이 애걸하는 사람은 아무 대답 없이, 그들을 더 애타게 만들기 위해, 그들이 원하는 것을 어렴

풋이 높이 들고 있는 것과 같았다. 그리고 그들은 아무렇지 않다는 듯이 그곳을 떠났다. 우리는 곧 그들의 많은 애원과 눈물을 거부한 그 큰 나무에 다다랐다. "가까이 오지 말고 지나가시오. 이브가 선악과 열매를 먹은 지식의 나무는 연옥의 정상 지상낙원에 있습니다. 이 나무도 그 나무와 같은 나무입니다." 나뭇잎들 사이에서 누군가가 말했다. 그 말에 버질과 스타티우스, 그리고 나는 서로 가까이 모여, 절벽이 있는 쪽으로 계속 나아갔다. 그리고 나뭇가지로부터 말하는 소리가 들렸다. "주노의 모습을 한 구름으로부터 창조된 저주 받은 피조물들, 센토들(Centaurs)을 기억하라. 그들은 결혼식에서 술 취하여 신부와 다른 여인들을 붙잡으려 할 때, 그들을 막는 테세우스(Theseus)와 싸우다 패하였습니다(Ovid, 『Metamorphoses』, xii. 210-535). 유대인 장수 기드온(Gideon)이 미디언 부족들(Midianites)과 싸우기 위해 길리드 언덕(Mount Gilead)을 내려올 때, 그는 군대를 이끌고 강가에 이르러 물 마시게 하였습니다. 그때 무릎 꿇고 강물에 머리 처박고 물 마시는 병사들은 버리고, 주위를 경계하며 손바닥으로 물 떠서 마시는 병사들 300명만 이끌고 미디안 부족들을 쳐부수었습니다(「사사기」 7:1-7)." 이와 같이 우리는 길 가장자리에 꼭 붙어서, 예전에 탐식의 죄들로 불행한 대가를 치렀던 이야기들을 들으며 걸어갔다. 그리고 아무도 없는 길을 우리는 아무 말도 없이 저마다 자신의 생각에 잠겨 천 보 이상을 걸어갔다. -「연옥」캔토 24:100-132

XXV

세시인들이 제6테라스에서 제7테라스로 올라가는 계단을 올라가고 있을 때, 단테는 연옥의 망령들이 실제로 육체를 가지고 있는지를 묻습니다. 스타티우스(Statius)는 먼저 길게 이성을 가지고 있는 영혼의 본질에 대하여 이야기하고, 죽기 전의 물리적 육체와 죽은 후의 비물질 육체에 대하여 설명합니다. 아리스토텔레스에 근거한 그의 이론은 현대 독자들에게는 너무나 지루하고 난해합니다.

우리는 다음의 3가지로 그의 이론을 요약할 수 있습니다. 첫째 개인 영혼의 창조는 직접적이고 독립적이다. 둘째 인간 영혼은 식물적인 영혼과 동물적인 영혼 그리고 지성의 영혼 모두를 통합적으로 가지고 있다. 셋째 영혼은 그 자체의 기억과 지성과 의지를 가지고 있다. 즉, 영혼은 인간을 구성하는 통합체로, 생각하고, 책임감이 있고,

영원불멸이다.

그리고 이제 그들은 제7테라스에서 정욕의 죄를 불로 정화하는 망령들과 마주합니다.

우리는 이제 연옥의 마지막 테라스에 도착하여 오른쪽으로 돌아 조심해야 할 일이 생겼다. 그곳의 제방은 불꽃들을 뿜어내고 있었다. 그리고 테라스의 가장자리는 바람을 내어보내 제방에서 불꽃이 오지 못하게 돌려보내어 테라스를 보호하였다. 우리는 불꽃이 없는 곳으로 한 사람씩 걸어가야 했다. 나는 이쪽으로 불을 두려워하고 저쪽으로는 아래로 떨어질까 두려워했다.

버질이 말했다: "이쪽으로 갈 때 더욱 조심하여 두 눈을 똑바로 뜨고 가야 한다. 이쪽이 실수하기 쉽기 때문이다."

나는 그 큰 불 한가운데서 누군가 '최고로 자비하신 하나님'(Summmae Deus clementiae)이라며 노래하는 소리를 들었다. 나는 소리 나는 방향으로 몸을 돌려야 했다. 나는 망령들이 불꽃 사이를 걷고 있는 것을 보았다. 나는 나의 발을 보고 다시 그들을 보면서 계속하여 그들을 지켜보았다. 그 찬송을 끝까지 부른 후, 그들은 마리아가 가브리엘 천사에게 한 말을 크게 말하였다: "나는 남자와 동침하지 않았습니다"(Virum non cognosco). 그리고 그들은 다시 그 찬송을 조용히 불렀다. 그 찬송이 끝나자, 그들은 다음과 같이 외쳤다: "숲의 요정 다이아나(Diana)는 숲을 지켰고 엘리스(Elice)가 주피터(Jupiter)에게 능욕 당했음을 알고 그녀를 숲에서 내쫓았습니다." 그리고 그들은 다시 노래하였고, 다음으로 결혼에서 지켜야할 정조를 잃지 않은 남편들과 아내들을 칭송하였다. 그들은 이런 방식으로 노래를 반복하였다. 내 생각에 항상 불길이 그들을 그렇게 하게 하였다. 그런 방식을 계속하도록 그러한 불길이 일어나 그들의 마지막 상처까지 모두 치료되어야 한다.
-「연옥」캔토 25 : 109-139

XXVI

연옥의 마지막 일곱 번째 테라스 정욕(Lust)의 죄를 불꽃들 속에서 정화시키고 있는 사람들의 두 부류, 동성애의 죄를 지은 사람들과 동물들과 성관계를 가진 자들이 서로 반대방향에서 달려오다가 만납니다. 그들은 서로를 지나쳐 가다가 잠깐 포옹을 하고 헤어져 갑니다. 그리고 두 부류는 각각 자신의 죄를 제어할 것을 외칩니다. 단테는 그곳에서 두 시인 망령들, 귀도 귀니첼리(Guido Guinicelli)와 아르노트 다니엘(Arnaut Daniel)을 만납니다.

내가 대답해 주기를 기대하며 나를 바라보는 사람들과 반대편으로부터, 불타는 길 한가운데로, 우리를 향하여 오는 망령들이 있었다. 양쪽 반대 방향으로 가는 망령들은 서둘러 지나가며, 멈추지 않고 서로에게 키스를 하고, 가벼운 인사로 만족해했다. 검은 개미 무리들이 상대에게 주둥이를 내밀어 키스하며, 어떻게 지내는지 무슨 좋은 일이 있었는지를 물으며 멈춤 없이 지나가는 것 같았다. 그들은 친절하게 첫 인사를 끝내자마자, 지나가기 위해 첫 발을 내딛기도 전에, 서로 나머지 사람들에게 그리고 새로이 마주치는 사람들에게 "소돔(Sodom)과 고모라(Gomorrah)"라고 소리쳤다. 그러면 상대는 "파시파에(Pasiphae)는, 자신의 정욕을 취하기 위하여, 암소로 변신하여, 황소를 기다렸다." 그런 다음 하늘을 나는 황새들이 무리를 지어 더위와 추위를 피하기 위해, 일부는 알프스 산맥을 향해 가고, 나머지는 아프리카 뜨거운 사막을 향해 가듯, 한 무리가 나가면 다른 무리가 들어왔다. 그들은 눈물을 흘리며 이전에 불렀던 노래를, 그들에게 가장 적합한 목소리로 되풀이하여 불렀다. -「연옥」 캔토 26 : 28-50

버질이 사랑의 담론에서 이야기하였듯이, 사랑은 미덕과 악덕 둘 모두의 뿌리(원인)입니다. 정화의 불은 찌꺼기를 태웁니다. 그리고 태우고 남은 좋은 것은 죄 가운데도 늘 남아 있는 좋은 것입니다.

XXVII

해가 바로 지기 전에 세 시인들은 연옥의 서쪽 끝 지점에 도착합니다. 그들은 저쪽 불 너머로 지상낙원으로 통하는 길 입구에 정조의 천사(the Angel of Chastity)가 서 있는 것을 봅니다. 그들이 지상낙원으로 들어가려면 불을 통과하여야 합니다. 단테는 두려워합니다. 그러나 버질은 베아트리체의 이름을 언급하며 그를 격려합니다. 마침내 그는 두 시인들 사이의 불길을 뚫고 가기로 합니다. 그들이 산을 오르기 시작하자 해가 집니다. 그들은 길가에서 밤을 지새워야 합니다. 그리고 이곳에서 단테는 연옥에서의 세 번째 꿈, 레아(Leah)와 라헬(Rachel)의 꿈을 꿉니다. 새벽이 되어 그들은 일곱 번째 계단을 올라갑니다. 그리고 그 계단의 꼭대기에서 버질은 이제 자신이 안내자 역할을 할 수 없으니 단테 혼자 자신의 힘으로 가야 한다고 말합니다. 그들 앞에는 지상낙원을 둘러싸고 있는 꽃들이 만발한 초원이 펼쳐져 있습니다.

단테는 아담과 이브가 살았던 지상낙원(Earthly Paradise) 에덴동산에 들어가기 전에 연옥에서 세 번째 꿈을 꿉니다. 야곱의 첫 번째 아내 레아에 대한 꿈입니다. 야곱은 그가 사랑하는 여인 라헬과 결혼하기 위해 라반(Laban)의 집에서 7년을 일합니다. 7년이 지나자 라반은 언니 레아가 미혼이어서 라헬을 먼저 시집보낼 수 없다고 말합니다. 야곱은 할 수 없이 레아와 먼저 결혼하고, 다시 7년을 더 라반의 집에서 일하고 마침내 라헬과 결혼합니다. 레아는 예쁘지 않고 시력도 좋지 않았습니다. 그러나 그녀는 다산능력이 있었습니다. 라헬은 예쁘기는 하였지만 처음에는 불임이었습니다(「창세기」 29 : 10-31).

기독교의 신비주의자 성 빅터(Richard of St. Victor : ?-1173)는 야곱의 두 아내 레아와 라헬은 기독교인의 두 가지 유형의 삶, 육체적으로 활동적인 삶(Active Life)과 영혼을 위한 명상의 삶(Contemplative Life)을 각각 대표한다고 말했습니다. 육체적으로 활동적인 인생을 사는 사람은 하나님을 위해 하나님의 일을 열심히 실천하는 사람입니다. 그러나 그는 너무나 일하기 바빠서 자신의 영혼을 돌보는 일을 게을리 하게 됩니다. 이들 두 가지 유형의 인간 모습을 대표하는 인물이 마르다(Martha)와 마리아(Mary)입니다. 「누가복음」 10 : 38-42에 두 여인 이야기가 나옵니다. 죽어 무덤에 묻혀 있다가 예수가 살린 라사로의 누이로, 하나님의 일을 열심히 하는 상징이 된 마르다이고, 하나님만을 생각하며 명상의 삶을 살아간 상징의 인물이, 여동생 마리아입니다.

레아는 야곱에게 10명의 아들을 낳아주었고, 라헬은 나이 들어 가장 사랑받는 두 아들 요셉과 벤야민을 낳았습니다. 라헬은 왕성한 활동력으로 많은 선행을 쌓지는 못하였지만, 가장 중요한 열매들을 맺었습니다. 레아의 10명 아들들은 역사에서 이름도 없이 사라졌습니다. 레아와 마르다는 하나님의 일을 열심히 하였던 상징적 인물이고, 마리아와 라헬은 하나님을 힘써 명상하여 좋은 열매를 맺은 상징적 인물입니다.

"인간들이 마음을 다해 많은 가지들에서 찾으려 나서는 그 달콤한 과일이 오늘 너의 갈증에 평화를 안겨줄 것이다." 버질은 그렇게 나에게 말했다. 어떠한 선물도 이보다 더 즐거움을 줄 수는 없을 것이었다. 위쪽으로 올라가려는 욕망에 욕망이 더하여 발을 디딜 때마다 날 수 있게 깃털이 자라고 있는 것과 같았다. 계단을 빠르게 올라가 우리는 맨 꼭대기에 올라갔을 때, 버질이 나를 바라보며 말했다: "나의 아들아, 너는 (연옥의) 일시적인 불과 (지옥의) 영원한 불을 모두 보았고, 내가 더 이상 너를 안내해줄 수 없는 곳에 다다랐다. 나는 여기까지 이성과 경험으로 인도하였다. 이곳부터 이제 너 자신이 안내자가 되어 즐겁게 가거라. 너는 (연옥의) 가파른 길과 (지옥의) 좁은 길들을 모두 지나서왔다. 너의 이마 위를 밝게 비추는 태양이 있고, 땅이 홀로 키워내는 풀과 나무들이 있는 저곳을 보아라. 림보까지 와서 울며 부탁하여 나를 너에게 보낸 아름다운 눈을 가진 베아트리체가 기뻐하며 너에게 올 때까지, 그곳에 앉아 있거나 거닐고 있어라. 나의 말과 나의 몸짓을 더 이상 기대하지 마라. 너의 의지는 자유롭고 진실하고 완전하여, 의지가 지시하는 대로 행동하지 않는다면 잘못하는 일이 될 것이다. 그러므로 이제 나는 너에게 왕의 권위와 사제의 권한을 주겠다." -「연옥」캔토 27:115-142

인간이 창조되었을 때의 그 순수함을 잃지 않았다면, 그러나 죄를 통하여 순수함을 잃게 되어, 이후, 국가와 교회의 지도를 받아야 했습니다. 단테는 이제 정화된 영혼을 가지고, 인간이 처음 창조되었을 때의 순수한 상태인 지상낙원으로 들어갑니다. 그러므로 그는 더 이상 국가와 교회의 지배를 받지 않아, 그 자신 왕과 사제가 됩니다. 이후 단테는 천국에서 교회와 국가에 대한 이야기를 많이 들을 것입니다. 그리고 하나님의 뜻 가운데 국가와 교회가 어떻게 통일되어야 하는지도 보게 될 것입니다.

XXVIII

단테는 두 시인들과 함께 신성한 숲(the Sacred Wood)으로 들어갑니다. 그리고 그들은 시내를 만나, 저 멀리 시내 제방 위에서 한 여인이 노래 부르며 꽃을 따고 있는 것을 봅니다. 연옥의 마지막 캔토 33에서 베아트리체가 '마틸다'(Matilda)라고 부르는 그녀는 단테가 묻는 지상낙원에 대하여 대답해주면서, 옛 시인들이 꿈꾸었던 황금시대란 인간이 타락하기 이전 죄 없이 행복하게 지내던 시절, 바로 이 지상낙원에서의 희미한 기억을 말하는 것이라고 말합니다. 그녀는 앞 캔토에서 단테가 꿈에서 본 꽃을 따고 있는 레아(Leah)와 같이 '활동적인 인생'을 상징하는 인물로(「연옥」 캔토 27 : 97-99), 단테가 베아트리체를 만날 수 있도록 준비해주는 역할을 하고 있습니다.

지상낙원(the Earthly Paradise)인 에덴동산은 지옥의 '어두운 숲'(the dark Wood)과 비교되는 '신성한 숲'(Sacred Wood)이고 '예전의 숲'(the ancient Forest)입니다. 그곳은 죄 없는 순수함의 상태를 유지했던 곳으로, 인간이 죄를 짓지 않았다면 인간은 이곳에서 천상낙원(the Celestial Paradise)으로 직행했을 것입니다. 지옥과 연옥의 여행은 결국 인간이 창조되어 처음 있었던 에덴동산의 순수상태로 되돌아가는 여정이었습니다. 그러나 우리의 지상낙원의 순수상태가 최종 목적지는 아닙니다. 그곳은 우리가 천국에 들어가기 이전에 꼭 거쳐야 하는 곳입니다. 에덴동산은 천국의 출발점이지 목적지는 아닙니다.

단테가 지상낙원으로 들어가기 전 시냇가 언덕에서 즐겁게 꽃을 따며 노래하는 여인 마틸다를 만납니다. 그는 그녀의 노래를 더 잘 들을 수 있도록 시냇가 가까이로 와서 노래할 것을 부탁합니다.

"부탁하노니, 마음의 증거가 되는 모습을 보고 내가 알 수 있는, 사랑의 불꽃으로 불타는 아름다운 여인이여, 당신의 노래 소리를 들을 수 있도록 시냇가 가까이 나의 쪽으로 다가와 주세요. 당신을 보니 프로세르피나(Proserpina)가 어디에 있었고 그녀에게 무슨 일이 있었는지 생각이 납니다. 그녀의 어머니 대지의 여신 세레스(Ceres, Demeter)는 딸을 잃고 화가 나서 봄도 거부하여 대지가 열매를 맺지 못하게 했습니다."[2]

---

2) 엔나 Enna 들판에서 꽃을 따고 있던 프로세르피나는 지하의 신 플루토 Pluto에 의해 지하세계로 납치되어 갔다. 그러나 주피터가 중재하여, 석류를 먹은 죄로 1

그녀가 두 발이 거의 땅에 닿지 않게 한 발을 들기 전에 다른 발도 들며 빙글빙글 춤추며, 그녀는 수줍어 두 눈을 아래로 향하는 처녀와 같이, 붉은 꽃들과 노란 꽃들 사이로 나를 향하고, 나의 부탁을 들어주었다. 그녀가 가까이 다가와 나는 아름다운 노래 소리를 듣고 가사의 의미도 알게 되었다. 풀들이 아름다운 시내 물결에 젖어 있는 곳까지 그녀가 오자마자, 그녀는 두 눈을 들어 나를 바라보았다. 비너스(Venus)의 아들 큐피드(Cupid)가 고의인지 실수인지 모르게 사랑의 화살을 비너스에게 쏘았을 때, 비너스의 눈에서도 그렇게 밝은 빛이 새어나왔을 것이라고 생각지 않는다. 건너편 제방 위에 곧게 서서 그녀는 미소 지으며, 그 땅이 씨도 없이 꽃피운 알록달록한 꽃들을 손 안에서 정리하고 있었다. 우리 사이에 세 발의 거리가 되는 시내가 흐르고 있었다. 페르시아의 왕 크세르크세스(Xerxes)가 그리스를 침략할 때 배들을 묶어 헬레스폰트 해협(the Hellespont)을 건넜다가 패하여 돌아올 때는 어부의 작은 배를 타고 해협을 건너, 오늘날까지 인간의 어리석은 거만함의 징표가 되는 그 해협, 그 해협의 불어난 물결을 사이에 두고 '세스토스의 히로우'(Hero of Sestos)를 만나기 위해 자주 수영해 건너다가 끝내는 물에 빠져 죽은 '아비도스의 리앤더'(Leander of Abydos)도 방해 없이 곧장 갈 수 없어, 나보다 더 방해물에 증오의 마음을 품지 않았을 것이다. -「연옥」 캔토 28：43-75

년의 1/3을 지하세계에서 지내고, 나머지 기간은 지상으로 돌아와 대지의 여신 어머니와 지낸다.

마틸다는 하나님이 에덴동산에서 처음 인간을 창조했을 때의 그 모습 그대로 죄 없이 순수한 모습을 하고 있습니다. 그녀의 영혼은 평화롭고, 자연세계와도 평화를 유지하고 있습니다. 그녀는 타락하지 않은 채 에덴동산에 다시 돌아온 인간의 모습입니다. 그녀는 단테가 프로세르피나(Proserpina)와 비너스(Venus)보다 아름답고, 리앤더(Leander)가 가까이 하고 싶어 했던 그의 여인 히로우(Hero)보다 더 가까이 하고 싶어 하는 여인입니다. 단테의 영혼은 정화되어 이제 그는 천국으로 향하고 있습니다. 그는 축복받은 지상낙원의 삶을 너무나 강렬하게 갈구하고 있습니다. 지상낙원은 지상의 최초의 모습이고, 천국에 가기 전 지상의 마지막 모습입니다.

XXIX

단테와 버질과 스타티우스와 마틸다는 시내를 사이에 두고 굽어 흐르는 시냇물을 따라 위로 함께 갑니다. 그때 동쪽으로부터 숲을 지나 그들을 향해 다가오는 빛을 보고, 음악소리를 듣습니다. 성례 행렬(the Pageant of the Sacrament)이었습니다. 그 행렬은 마틸다가 있는 시내 쪽으로 다가오고 있었습니다.

우리로부터 조금 떨어져 우리는 일곱 그루 황금 나무들을 보고 있는 듯했다. 그러나 사실은 그들과 우리 사이의 거리 때문에 그렇게 보였다. 내가 가까이 다가가 보니, 내가 잘못 보았던 그 이상한 모양은 거리가 있기는 해도 무엇인지 분명해졌다. 이성은 그들을 촛대들이라고 말한다. 그리고 '호산나'(Hosanna)를 합창하는 소리들이 들렸다. 그 아름다운 행렬은 구름 한 점 없는 한 밤중 하늘에 뜬 보름달보다 더 밝게 불타올랐다. 나는 깜짝 놀라서 버질에게 돌아섰다. 그도 나보다 덜 놀라지 않는 표정을 지었다. 그리고 나는 그 멋진 행렬을 다시 보았다. 그 행렬이 매우 천천히 우리를 향해 다가오고 있어서 방금 결혼한 신부들도 따라 잡을 지경이었다.

마틸다가 나를 꾸짖어 말했다. "왜 당신은 그 빛나는 불빛들만 보려 하고, 그들 뒤에 오는 것들은 보려고 하지 않느냐?"

나는 지도자를 뒤쫓아 오듯이 그 불빛들 뒤로 오는 사람들을 보았다. 그들은 흰옷을 입었는데, 우리 세상에 그런 흰빛은 없다. 나의 왼쪽으로 물 위로 불빛이 쏟아져 내리고, 내가 물 위를 보니, 거울과 같이, 불빛이 반사하였다. 그들과 나를 가르는 시내를 사이에 두고 나는 제방 위에 서 있다가, 더 잘 보려고 시내 가까이 다가갔다. 불빛들이 앞으로 다가오며, 그 불빛들 뒤로 하늘에 잠시 이전의 불빛을 남겨놓았다. 그 불빛들은 펄럭이는 깃발들과 같았다. 머리 위로 펄럭이는 일곱 깃발들 색깔은 각각 태양과 달무리가 만들어 내놓는 무지개 빛깔이었다. 이들 깃발들이 나의 시야를 지나쳐 갈 때, 내 생각에, 가장 뒤쪽 행렬은 나에게서 십 보 정도 떨어져 갔다.

내가 말한 대로 맑은 하늘 아래 이십사 명의 장로들이 믿음의 색깔 흰빛 백합 화관을 쓰고 둘씩 마리아에 대한 노래를 부르며 왔다. "아담의 딸들 가운데 너는 축복받은 딸이로다. 너의 아름다움은 영원히 축복이 되도다." 이들 장로들이 지나가고, 반대편 제방 나의 반대쪽 꽃들과 푸른 풀들이 다시 보이자, 하늘의 빛이 있고 이어서 다른 빛이 보이듯이, 4복음서를 대표하는 4 짐승들이 모두 소망을 뜻하는 풀빛 화관을 쓰고, 24명의 장로들 뒤에 왔다. 그들은 각각 「요한계시록」에 나오는 4개의 짐승들과 같이 (4:6-8), 눈들로 가득한 6개의 깃털 날개들을 갖고 있었다. 그들 눈들이 살아있는 것들이었다면, 그들은 백 개의 눈들을 가진 괴물 아르구스(Argus)의 눈들과 같았을 것이다. 독자여, 그들의 모습들을 더 이상 설명할 수가 없다. 왜냐하면 다른 무리들이 곧 이어 다가와, 나는 그것에 대하여 말할 시간이 없다.

그러므로 「에스겔」을 읽어보도록 하라(1:4-14, 10:8-14). 에스겔은 그들 4천사들이 바람과 구름과 불을 동반하고 북쪽으로부터 오는 것을 보고, 그 천사들 모양을 기록하였다. 에스겔은 네 천사들이 각각 네 개의 얼굴들과 네 개의 날개를 가졌다 했고, 「요한계시록」을 쓴 사도 요한은 네 짐승은 각각 하나의 얼굴과 6개의 날개를 가졌다고 했다. 내가 이곳에서 본 네 짐승들의 날개들의 숫자는 사도 요한이 보았던 것과 같았지만, 그 나머지는 에스겔이 보았던 것들과 같았다. 이들 네 짐승들 사이에, 그리핀이 자신의 목에 걸고 끄는 승리를 기념하는 두 바퀴 마차가 있었다.

그리핀은 두 날개를 위로 뻗어, 마차의 양쪽으로 각각 6개의 날개를 가진 두 짐승들 사이로 두 날개를 끼워 넣었다. 그리핀의 두 날개가 양쪽 두 짐승들 사이로 끼었다고 해서 그들에게 해가 되지 않았다. 두 날개는 매우 높이 위쪽으로 올라가 눈에 보이지도 않았다. 그리핀의 위쪽 독수리 모양은 신성한 변하지 않는 황금이었고, 나머지 사자 모양은 믿음과 살과 빵과 구약의 흰빛과, 사랑과 피와

술과 신약의 붉은 빛이 뒤섞였다. 아프리카누스(Scipio Africanus)와 아우구스투스(Caesar Augustus)가 승리하였을 때, 로마는 이처럼 멋진 승리의 마차를 둘에게 제공하지 못하였다. 그리고 태양 마차도 내가 본 마차에 비교하면 초라할 것이다 – 아폴로(Apollo)의 아들 파이튼(Phaeton)은 태양 마차를 제어하지 못해 지구가 타 버릴 지경이 되자, 주피터는 지구의 청원을 받아들여 파이튼을 마차에 떨어뜨려 죽게 하였는데, 바로 그 태양 마차를 두고 한 말이다.

신학의 덕성을 대표하는 세 여인들이 마차의 오른 바퀴 쪽에서 원을 그리며 춤추며 왔다. 사랑의 붉은 빛 여인은 불속에 뛰어들어도 구별할 수 없이 붉었고, 두 번째 여인은 살과 뼈가 소망의 녹색 에메랄드였고, 세 번째 여인은 새로 내린 눈처럼 흰빛 믿음의 여인이었다. 그들을 흰빛 여인이 주도하는 듯하더니, 붉은 빛 여인이 주도하고, 누군가 노래하면 노래에 맞추어 나머지는 동작을 빠르게 그리고 느리게 하였다. 마차의 왼쪽 바퀴 쪽으로 이교도 4 덕성의 여인들이 제국의 자주색 옷을 입고, 머리에 세 개의 눈을 가진 지혜(Prudence)의 여인의 지휘 아래 춤추고 노래했다.

내가 말한 모든 무리들 뒤로 두 명의 노인이 있었다. 복장은 달라도 둘 다 모두 얼굴은 근엄하고 위엄이 있었다. 한 노인은, 자연이 가장 사랑하는 인간을 돕도록 만든 직업으로 위대한 히포크라테스와 같은 직업을 가진, 누가(Luke)와 같았다. 다른 노인은, 반대로, 번쩍이는 날카로운 칼을 들고 있어, 나는 강 먼 곳에 있는데도 두려웠다. 그는 하나님의 말씀인 성령의 칼을 들고 있는 바울(Paul)이다. 그리고 나는 네 명의 초라한 행색을 하고 있는 무리들을 보았다. 이들은 신약에서 짧은 서신들을 쓴 베드로(Peter), 야고보(James), 요한(John), 유다(Jude)이다. 그리고 이들 네 명의 뒤를 따라 가장 뒤에 처져서 예언자의 모습으로 환상에 사로잡혀 졸고 있는 노인은 「요한계시록」을 쓴 사도 요한이다. 이들 일곱 무리들은 그들의 머리에 백합꽃 화관을 쓰지 않고, 장미와 다른 붉은 꽃들로 만들어진 화관을 썼을 뿐, 앞서 마차를 따르는 다른 사람들과 같은 복장을 하였다. 조금 멀리 떨어져서 보면 모두들 눈썹 위로는 모두 불꽃이라고 맹세할 수 있다. 그리고 마차가 나의 반대편에 정면으로 서 있을 때, 천둥소리가 들렸다. 그리고 그 귀한 신앙의 무리들은 더 이상 가지 말라는 명령을 받은 듯, 일곱 촛대 깃발들을 앞세우고, 그곳에 멈추어 서 있었다. -「연옥」 캔토 29:43-154

위의 성례 행렬에서 우리는 군사 용어들이 사용되고 있음을 봅니다. 이 시는 교회 군대(the Church Militant)를 말하고 있기 때문입니다.

천사들이 꽃들을 뿌리며 소리 높여 환영하는 가운데, 마차 위에 탄 베아트리체가 나타났습니다. 단테는 지상에서 자신이 사랑하였던 여인을 보고 감격하여 베아트리체가 맞는지 확인하기 위해 버질을 찾았지만 그는 더 이상 그곳에 없었습니다. 그리고 베아트리체가 단테를 꾸짖는 말을 합니다.

베아트리체는 수레 위에 움직임 없이 서서, 단테를 불쌍하다 말하는 무리들을 향하여 다음과 같이 말했다: "밤이 찾아오거나 잠이 들어서도, 이 세상을 살아가는 방식을 쫓다가 실족하지 않도록, 영원히 하나님과 함께 할 그날만을 생각하라. 저기서 울고 있는 단테가 나의 말을 들을 수 있도록 나는 더욱 조심하여 그에게 말했다. 죄와 슬픔은 늘 함께 한다. 하나님은 태어난 모든 사람을 그들의 운명에 따라 그들이 해야 할 일을 하시게 한다. 그리고 하나님의 은총은 우리가 알 수 없는 매우 높은 하늘에서 우리에게 비가 내리듯이 떨어지고 있다. 이 사람 단테는 어린 시절 재능이 대단하여 올바른 방향으로 나가기만 하면 놀라울 정도의 기적의 일들을 해낼 수 있었다. 그는 더욱 더 힘써 일해 마땅한 그 땅을 쟁기로 갈아 덮지도 않고 더구나 나쁜 씨앗을 뿌려 그 땅은 부패하고 잡초만 무성하였다. 한 동안 나의 젊은 모습은 그에게 힘이 되었다. 나의 두 눈이 그의 안내자가 되어 그와 나는 올바른 길을 함께 갔다. 성년의 나이(25세)가 되어 내가 인생을 마감하자, 그는 나를 잃고 내가 아닌 제3의 인물을 따랐다. 내가 육체의 옷을 벗고 영혼의 세계로 올라가 아름다움과 덕성을 더욱 더 쌓아가는 동안, 그는 나를 덜 사랑하고 덜 생각하며, 진리가 아닌 곳으로 발을 들여놓고, 아무 약속도 보장하지 않는 거짓 야망의 우상들을 좇았다. 나는 꿈을 비롯한 여러 가지 방식으로 그를 옛날로 되돌려 놓으려고 온갖 방법들을 취하였지만 아무 소용이 없이, 그는 나의 방식에 전혀 눈길을 주지 않았다. 그가 너무나 잘못된 길을 가고 있어, 이제 그를 구원할 방법은 죽은 자들을 그에게 보여주는 것 이외에는 아무 것도 없었다. 이 일을 위하여 나는 죽은 자들이 머무는 곳의 문지방을 넘어가, 이곳까지 그를 인도해줄 버질을 찾아내어, 눈물로 그에게 부탁하였다. 조금치의 회개와 눈물이 없이, 망각의 강(Lethe)에 이르러 그 물을 마시게 한다면, 그것은 높으신 하나님의 계율을 무시하는 것이 될 것이다. -「연옥」 캔토 30:100-145

어제보다 더 나은 오늘을 산다는 의미는 무엇인가요? 우리는 어제와 오늘을 비교할 수 있기 위해서는, 어제와 다른 점을 제시하여 줄 제3의 눈이 필요합니다. 제3의 눈이란 저울의 중심입니다.

XXXI

베아트리체가 심하게 꾸짖자 단테는 놀라서 자신의 죄를 고백하고 정신을 잃고 맙니다. 의식을 회복한 그는 마틸다(Matilda)가 '망각의 강'(Lethe)으로 그를 끌고 가는 자신을 발견합니다. 그녀는 그의 머리를 강물에 넣게 하여 그가 강물을 마시게 합니다. 이교도 4가지 덕성들, 분별(Prudence), 절제(Temperance), 정의(Justice), 용기(Fortitude) 등이 단테를 베아트리체에게로 데려갑니다. 그녀의 투명한 눈들 속에서, 그리핀이 이중의 본성을 그대로 지닌 채, 독수리와 사자로 번갈아 반사되고 있는 것을 봅니다. 신학의 3가지 덕성들, 사랑(Love), 믿음(Faith), 소망(Hope) 등이 기도하자, 베아트리체는 그녀의 눈으로 단테를 바라보며, 입가에 미소 짓습니다.

마틸다는 두 팔을 벌려 단테의 머리를 잡고 망각의 강물에 집어넣어 그가 물을 마시게 하였습니다. 그리고 그를 꺼내어 이교도 4가지 덕성들을 뜻하는 4명의 여인들이 춤추는 곳으로 데려갔습니다. 그리고 그들 네 여인들이 그들의 팔로 단테를 보호하며 베아트리체에게로 데려갑니다.

"지상낙원에서 우리는 여인들이지만, 하늘에서는 별들입니다. 베아트리체가 세상으로 내려가 살기 전 우리는 천국에서 그녀의 시녀들이었습니다. 이제는 우리가 당신을 그녀가 보는 곳으로 데려가겠습니다. 그리고 그쪽에서 그들 안에 있는 천상의 빛으로 우리보다 더 깊이 바라볼 수 있는 신학의 세 덕성들, 세 여인들이 당신의 눈에 능력을 더해줄 것입니다."

이와 같이 노래하며 그들은 나를 그리핀의 가슴이 있는 곳까지 데려갔다. 그곳에서 베아트리체는 우리를 향하여 바라보며 서 있었다. 네 여인들이 말했다. "너의 눈길을 거두지 않도록 조심하여라. 한때 사랑이 그의 화살을 당신에게 쏘아대었던 그 에메랄드 빛 눈들 앞에 우리는 당신을 데려왔습니다."

불꽃보다 수천 배는 더 뜨거운 욕망으로 나의 눈이 베아트리체의 빛나는 눈을 바라보았다. 그녀는 그리핀(Griffin)에 눈길을 고정하고 있었다. 독수리와 사자, 그 둘이 하나가 되어 있는 그 짐승은 거울 속 태양과 같이 그녀의 눈 속에서 빛나고 있었다. 그리핀은 신성과 인성을 공유하고 있었다. 독자들이여, 내가 짐승 그리핀을 보았을 때, 그 짐승이 자신은 변하지 않으면서, 신성과 인성의 두 가지 이미지로 자신을 바꾸고 있는 것을 보고 내가 얼마나 의아해 했을지 생각해 보라. 놀라움과 기쁨으로 가득한 나의 영혼이, 먹고 마시지만 더욱 더 허기지고 갈증이 더하는 음식을 맛보고 있는 동안, 그들의 모습으로 나를 인도한 네 여인들보다 더 높은 질서에 있는 듯 보이는 세 여인들이 천사들의 춤 원무를 춤추며 앞으로 나왔다. 그리고 그들은 노래하였다. "베아트리체여, 당신에게 충실한 단테에게 당신의 천상의 눈길을 나눠주시오. 그는 당신을 만나려고 그 험하고 먼 길을 왔습니다. 우리를 위해서라도 그에게 당신의 입을 열어 말하는 은총을 베풀어주세요. 그때에 당신이 숨기고 있는 제2의 아름다움, 당신의 미소를 볼 수 있을 것입니다."

오 영원히 살아계신 빛의 찬란함이여, 예언의 신 아폴로 신전이 있고 시인들의 뮤즈들이 살고 있는 파르나소스 산(Mount Parnassus) 그늘 아래서 얼굴빛이 창백해질 때까지 노력하고, 그곳에서 영감의 샘물을 많이 마시어 못할 것이 없는 능력을 갖게 되었다고 생각하는 시인이라고 한들, 밝은 빛 가운데 당신의 모습이 드러낼 때, 하늘이 당신과 함께 조화를 이루고 있는 그 모습을 어떻게 글로 말할 수 있겠습니까? -「연옥」 캔토 31:106-145

그리핀(Griffin, Gryphon)은 앞쪽은 독수리이고 뒤쪽은 사자의 몸을 가진 괴물입니다. 그리핀은 한 몸에 두 가지 본성을 가지고 있어서, 신성과 인성 두 가지를 가지고 있는 예수와 비교되어 중세문학에 자주 등장하고 있습니다.

XXXII

그리핀이 끄는 마차 위에 베아트리체가 타고, 천사들이 함께 하는 성례 행렬(Pageant of Sacrament)을 마틸다와 단테와 스타티우스가 뒤따르며 북쪽을 향해갔습니다. 그리고 그들은 꽃들과 잎들이 하나도 없는 가지만 많은 높이가 큰 지식의 나무에 도달했습니다. 그리고 베아트리체가 마차에서 내리고, 그리핀은 자신이 끌던 마차의 축대를 나뭇가지로 그 나무의 몸통에 동여매었습니다. 그러자 나뭇잎이 없던 나뭇가지들에서 장미 색깔보다는 못하지만 자주색보다는 더 짙은 꽃들이 피어나며 그 나무가 생명을 다시 찾았습니다. 그리고 나무 주위에 모여 천사들이 노래를 하였습니다. 그 찬송 소리가 너무나 아름다워 단테는 잠에 빠집니다. 그리고 밝은 빛이 그의 잠을 깨우며 잠에서 일어나라는 소리를 듣습니다.

잠에서 깨어나 그는 자신을 위에서 쳐다보고 있는 마틸다를 발견하고 베아트리체가 어디에 있는지를 묻습니다. 그녀가 가리키는 곳을 보니 베아트리체가 새로이 피어난 잎들로 무성한 나무의 그루터기에 앉아 있고, 천사들이 그녀를 둘러싸고 있었습니다. 나머지 일부의 천사들은 그리핀과 함께 찬송을 부르며 위쪽으로 올라가고 있었습니다. 성령의 7은사들(Seven Gifts of the Holy Spirit : wisdom, understanding, counsel, fortitude, knowledge, piety, fear of the Lord)을 말하는 7명의 여인들이 바람에도 꺼지지 않는 횃불들을 손에 들고 베아트리체를 둥그렇게 성과 같이 둘러싸고 있었습니다. 그리고 베아트리체가 단테에게 말하였습니다.

"이곳 지상낙원에서 당신은 잠시 거주자가 되어, 예수가 로마인이듯이, 나와 함께 영원히 로마시민이 될 것입니다. 잘못된 인생을 살아가는 세상을 올바르게 인도하기 위하여 저기 마차 위를 잘 지켜보았다가, 다시 세상으로 돌아갔을 때, 이곳에서 본 것을 글로 써서 세상에 알리세요." 나는 그녀의 명령에 순종하여 허리를 굽혔고, 그녀가 원하는 대로 나의 마음을 다하여 교회를 뜻하는 마차를 바라보았다. 가장 먼 곳으로부터 떨어져 내려오는 어떤 번개도 검은 구름을 뚫고 그렇게 빨리 내려올 수 없듯이, 그렇게 제국을 상징하는 주피터(Jove)의 새 독수리 한 마리가 나무를 꿰뚫고 내려오면서, 꽃들과 새로이 피어난 나뭇잎들뿐 아니라 나무껍질까지 뜯어내며, 온 힘을 다하여 자신의 몸을 마차를 향하여 던졌다. 그리고 마차는 폭풍에 밀리고 파도에 쏠려가는 배와 같이 이쪽저쪽으로 빙빙 돌았다.

승리를 기념하여 행진하는 그 마차를 향하여, 초기 기독교인들을 괴롭혔던 이교도들을 뜻하는, 음식을 먹지 못해 아사 직전의 여우 한 마리가 자신을 던지는 것을 보았다. 그러자 베아트리체가 여우의 악행을 꾸짖으며 여우를 내쫓자, 그 여우는 앙상한 뼈만 남은 몸이 허용하는 한 빨리 도망하였다. 그리고 앞에서 우리가 보았던 그 독수리가 이번엔 마차 안으로 들어와 그 안에 가득 깃털을 남겨놓았다. 그리고 그 일에 대하여 가슴 아파하는 목소리가 하늘로부터 들려왔다. "오 나의 작은 배 교회여, 너는 얼마나 많은 고통을 겪고 있는가!"

그리고 두 바퀴들 사이로 땅이 열리고, 그곳으로부터 용 한 마리가 빠져나와 꼬리를 위로 들더니 아래로 마차를 내리쳤다. 벌이 꼬리 침을 빼듯이, 그렇게, 그 사악한 꼬리를 뒤로 당겨, 마차바닥의 일부를 빼내어서는 몸을 뒤틀며 사라졌다.

나머지 남아 있던 마차는, 비옥한 땅이 잡초로 덮여 있듯이, 아마도 순수하게 좋은 의도가 있었겠지만, 다시 독수리 깃털들로 뒤덮였다. 그리고 한숨 쉬기 위해 입술을 벌리는 시간보다 더 빨리, 바퀴 두 개와 축대도 깃털로 다시 뒤덮였다.

그 변형된 모습의 신성한 마차 여러 곳들에는 7개의 머리들이 돌출하였는데, 축대에 있는 3개의 머리들에는 황소의 뿔들이 6개 있고, 귀퉁이마다 하나씩 4개의 머리들의 이마에는 뿔이 하나씩 4개 있었다. 그런 괴물의 마차는 전에 없었다.

그리고 높은 산 위에 성채와 같이 당당하게, 마차 위에는 풀어헤친 옷을 입은 매춘부가 앉아서, 두 눈을 부라리며 주위를 둘러보았고, 그녀를 빼앗기지 않으려고, 그녀 곁에 거인이 서 있었으며,

그들은 계속하여 키스하고 껴안았다. 그러나 그녀가 바람기 가득한 두 눈을 나에게로 돌리자, 그녀의 짐승 같은 애인은 화가 나서 그녀를 머리부터 발끝까지 두들겨 팼다. 그리고 질투심에 미쳐서, 불같은 분노를 터뜨리며, 그 거인은 괴물 같은 마차를 묶여있던 나무에서 풀어 끌고는 숲속으로 멀리 들어갔다. 그가 멀리까지 끌고 들어가서 나는 더 이상 그 매춘부와 거인과 그 괴물-마차를 보지 못하였다. -「연옥」 캔토 32:100-160

위의 캔토 32 마지막 내용은 기독교의 역사를 「요한계시록」의 7가지 재앙들로 재해석한 것입니다.

1) 로마제국이 초기 기독교를 박해하였다.
2) 이교도들이 초기 기독교인들을 박해하였다.
3) 콘스탄틴 황제(Emperor Constantine)가 교회에 제국의 재산을 기부하고 제국의 재판권을 교회에 넘겨주었다.
4) 이교도들 가운데 가장 큰 마호메트교가 교회를 분리시켰다.
5) 중세의 신성로마제국 황제들이 더욱 더 교회를 부유하게 만들었다.
6) 교회의 이어지는 부패와 변질은, 일곱 죄악들과 「요한계시록」 13장 1절의 7개의 머리들과 10개의 뿔을 가진 짐승이 되었다.
7) 교황청은 프랑스와 손을 맞잡고, 1302년 교황 클레멘트는 교황청을 로마에서 아비뇽으로 옮겼다.

XXXIII

마틸다, 7명의 덕성 여인들, 스타티우스, 그리고 단테의 호위를 받으며 베아트리체는 걸어서 숲을 통과합니다. 베아트리체는 단테를 그녀의 곁으로 불러 단테가 보았던 행렬에 대하여 그에게 설명합니다. 그리고 기독교국가에 가해진 악행들을 복수할 사람이 장차 올 것이라고 예언합니다. 단테는 망각의 물이 그의 옛 죄에 대한 기억을 모두 삭제하였음을 발견합니다. 그들은 '좋은 기억'(Eunoë)의 두 분수대에 이르러, 단테는 좋은 기억의 물을 마시고, 자신이 새 사람이 되었음을 느낍니다. 그리고 그는 천국낙원을 향해 올라갈 준비를 합니다.

베아트리체는 단테에게 예언의 말을 합니다. 그러나 단테는 그녀의 말을 이해하지 못하고, 왜 이해 불가능한 말을 그녀가 그에게 하는지를 묻습니다. 그녀는 예언의 말이 이해불가능의 말일 수밖에 없는 이유를 말합니다.

"그러나 내가 보니, 당신의 마음은 돌로 검게 변하여, 단단하게 굳어 있어, 내가 말하는 진리의 빛이 당신을 어리둥절하게 만들고 있습니다. 내가 바라기는, 당신의 마음속에 내가 한 말을 품고 갔으면 좋겠습니다. 순례의 길을 떠나갔다가 돌아올 때 기억이 담겨 있는 종려나무 가지를 갖고 오듯이, 당신이 이해하는 방식의 글로 나의 말을 당신 마음에 새겨 기억하지 못하더라도, 마음에 나의 말을 그림 같이 품고 세상으로 다시 돌아갈 수는 있을 겁니다."

그리고 나는 대답하였다: "양초 위에 도장을 찍어 도장 내용이 잊히지 않듯이, 나는 당신의 말을 말 그대로 나의 두뇌에 새겨놓았습니다. 내가 그토록 기다렸던 당신의 말들이 왜 그토록 알 수 없는 말들이 되어, 왜 내가 이해하려고 애를 쓰면 쓸수록 나는 그 의미를 알 수 없을까요?"

나의 말을 듣고 그녀가 대답하였다: "당신이 배워서 알고 있는 지식으로는 나의 예언을 이해할 수 없다는 것과, 하나님이 계신 가장 높은 하늘과 당신이 사는 지구와의 거리만큼이나, 당신의 사고 방식과 하나님이 생각하시는 방식이 거리가 있음을 당신에게 알려주려고 내가 그렇게 말했습니다." -「연옥」캔토 33:73-90

베아트리체는 단테가 이해할 수 없는 꿈과 같은 예언의 말을 합니다. 그러자 단테가 왜 내가 이해할 수 없는 말을 하냐고 묻자, 그녀가 대답합니다. 그가 지금 알고 있는 지식의 한계성에 대하여 그에게 알려주고, 구체적으로 하나님의 생각과 우리의 생각은 너무나 거리가 있어서 이해가 불가능함을 보여주기 위해서, 그녀는 그가 이해할 수 없는 말로 말했다고 대답합니다.

우리는 우리가 알고 있는 것만을 이야기하지 않습니다. 우리가 알지 못하는 것도 말합니다. 우리가 모르는 것을 말할 때 우리는 꿈(Dream)의 이야기 구조나, 아니면 판타지(Fantasy)거나 예언(Vision)의 이야기 형식을 가져다 사용합니다. 꿈과 판타지와 예언은 그가 쓴 글을 그가 모르고 써도 용서되는 문학 장르입니다. 그리고 꿈과 판타지와 예언의 내용을 우리는 지금은 알 수 없지만 미래에는 밝혀질 내용들이란 사실을 암묵적으로 알고 있습니다. 미래를 향하여 의미가 열려있는 이야기 형식입니다.

우리가 알지 못하는 내용을 말하려고 할 때, 우리는 그 내용을 이미지(image)로 말합니다. 위에서 말한 3가지 문학 장르, 꿈, 판타지, 예언은 모두 이미지로 말합니다. 글(word)이 이미지를 추구할 때 글은 자신의 한계를 벗어나 말하고 있어, 말해서 이해시키는 글의 기능을 상실하게 됩니다.

가장 흥미로운 문학 장르로 그림(image)과 글(word)이 함께 이야기 구조를 만들고 있는 그림책이 있습니다. 그림책의 어느 그림도 글의 내용과 일치하는 것은 없습니다. 글이 그림의 일부를 이야기할 수는 있어도 그림 전부를 이야기할 수는 없습니다. 반대로 그림이 글 내용의 일부를 말해줄 수 있어도 모두를 말해주지는 못합니다. 추구하는 내용이 달라서입니다. 이미지는 보여주고(show), 글은 말해줍니다(narrate). 기능이 다릅니다.

여기에 글이 없는 그림책이 있습니다. 그리고 누군가에게 그 그림책의 그림을 보고 이야기를 만들어보라고 해보세요. 그러면 어느 누구도 그 그림을 보고 같은 이야기를 하는 사람은 없을 것입니다. 할 수가 없습니다. 광고를 보면 알 수 있습니다. 글이 없는 그림만의 광고는 광고효과가 없습니다. 광고에서 글은 광고의 그림을 어떻게 이해해야 하는지를 보여주는 좌표가 됩니다.

베아트리체는 위의 시에서 아주 흥미로운 말을 합니다. 그녀의 예언이 무슨 말인지 단테가 알 수 없다고 말하자, 그녀는 그에게 글로 기억하지 말고 이미지로 기억하라고 말합니다. 우리는 성경의 구약 예언서들과 「요한계시록」에서 우리가 이해하지 못하는 많은 말들을 만납니다. 그리고 그 이해하기 어려운 예언서의 말들은 모두 이미지들로 만들어져 있습니다. 베아트리체는 말합니다. 예언의 말들은 우리의 사고방식이 아니라, 하나님의 사고방식으로 읽혀야 한다고 말합니다. 예언의 말을 이해하기 위해서 우리는 하나님의 마음을 가져야 합니다. 그러나 우리는 인간이기 때문에 불멸의 영원한 하나님의 마음을 갖는 일이 불가능합니다. 그렇다면 예언의 이미지는 그 뜻을 찾기가 불가능한 그림일 뿐입니다.

시의 특징을 말할 때, 산문과 다르게 시에서 이미지가 매우 중요하다고 말합니다. 기본적으로 그 기능이 다릅니다. 산문은 제기된 문제를 쉽게 풀어서 이해 가능하게 쓴 글이고, 시는 문제의 문제성을 제기하는 글입니다. 달리 말해 시는 언어로 표현 불가능한 것을 언어로 표현합니다. 이미지의 언어입니다. 산문은 알고 있다고 말하고, 시는 모른다고 말합니다. 작가가 몰라서 쓴 시에서, 독자가 문제의 해답을 구하려고 하면, 시가 어려워집니다. 우리가 알고 있다고 생각하는 것들이 사실은 모르는 것들임을 보여주는 것이 시의 기능입니다. 그리고 모른다는 것을 표현하기 위하여 시인은 이미지의 글을 씁니다.

이미지는 원시적(primitive)이고 구어적(colloquial)이고, 글은 문명을 대표하는 추상성을 지녔습니다. 구어의 말은 거리의 제한이 있지만, 문어의 글은 거리의 제약이 없습니다. 글은 말과 달리 시간과 공간의 제약이 없습니다. 그리고 글은 말과 달리 직접적이지 않고 간접적이어서, 말하는 주체의 부재가 용인됩니다. 글은 말하는 사람이 직접 그 자리에 있지 않아도 됩니다.

이미지는 말이 가지는 직접성을 갖습니다. 그래서 이미지의 글을 쓰려고 할 때 저자는 보여주려 합니다. 그리고 글은 말해주려고 설명하는 이야기 형식을 갖습니다. 글이 문법성을 갖는 이유가 여기에 있습니다. 글은 저자와 내용과 독자의 세 가지가 모두 내재하여야 하는 것입니다. 이미지는 말은 하고 있지만 말해주고 있는 것은 아닙니다. 이미지는 단지 보여주기만 할 뿐입니다. 자신의 이야기가 아니라 그가 본 것을 그냥 그대로 보여준 것입니다. 이미지에는 주어가 개입하지 않습니다. 주체의 자리가 비어있습니다.

이미지는 보여주기 위해 사고에 색깔을 입히기까지 합니다. 이미지는 우리의 원초적인 기억을 되살려 내려합니다. 우리는 글의 내용을 글자로 기억하는 것이 아니라, 이미지로 기억하기 때문입니다. 우리는 글에서 글자가 말하고 있는 이미지를 기억합니다. 글이 이미지를 구축하지 못하면 우리는 글의 내용을 기억하지 못합니다. 그리고 우리는 글을 이미지로 만들 때, 5감각들 가운데 시각을 제외한 청각, 촉각, 미각, 후각으로 글을 시각화하여 기억합니다. 이미지는 기억의 장치이지, 사고의 구조가 아닙니다. 이미지는 완료형이고, 사고는 진행형입니다. 그래서 이미지가 우리의 사고를 방해합니다. 이미지가 만들어지기까지만 우리는 사고를 합니다.

단테의 『신곡』은 언어의 제한성을 이미지의 모호성으로 해방시키고, 이미지의 현재성은 언어의 부재성으로 확장하는 하나의 작품으로 이해하는 것을 보여주는 작품으로 해석할 수 있습니다.

왕십리 온 단테 (Wangsimni on Dante) Ⅰ
《천국 • 연옥편》

초판 1쇄 인쇄일   2021년 6월 25일
초판 1쇄 발행일   2021년 6월 30일

지 은 이   김명복
만 든 이   이정옥
만 든 곳   평민사
　　　　 서울시 은평구 수색로 340 〈202호〉
　　　　 전화 : 02) 375-8571
　　　　 팩스 : 02) 375-8573
　　　　 http://blog.naver.com/pyung1976
　　　　 이메일 pyung1976@naver.com
등록번호   25100-2015-000102호
ISBN   978-89-7115-780-0   03800
　　　　 978-89-7115-779-4 (set)

정   가   18,000원